古典詩歌研究彙刊

第十六輯

龔鵬程 主編

第 12 冊

辛棄疾以賦為詞研究

周 振 興 著

國家圖書館出版品預行編目資料

辛棄疾以賦為詞研究／周振興 著 -- 初版 -- 新北市：花木蘭文
化出版社，2014〔民 103〕

目 2+212 面；17×24 公分

（古典詩歌研究彙刊 第十六輯；第 12 冊）

ISBN 978-986-322-830-1（精裝）

1.（宋）辛棄疾 2.賦 3.宋詞 4.文學評論

820.91   103013521

ISBN-978-986-322-830-1

9 789863 228301

古典詩歌研究彙刊
第十六輯　第十二冊   ISBN：978-986-322-830-1

辛棄疾以賦為詞研究

作　　　者　周振興
主　　　編　龔鵬程
總 編 輯　杜潔祥
副總編輯　楊嘉樂
編　　　輯　許郁翎
出　　　版　花木蘭文化出版社
社　　　長　高小娟
聯絡地址　235 新北市中和區中安街七二號十三樓
　　　　　　電話：02-2923-1455／傳眞：02-2923-1452
網　　　址　http://www.huamulan.tw 信箱 hml 810518@gmail.com
印　　　刷　普羅文化出版廣告事業
初　　　版　2014 年 9 月
定　　　價　第十六輯 21 冊（精裝）新台幣 32,000 元

辛棄疾以賦為詞研究

周振興 著

作者簡介

周振興，1979 年出生，臺灣高雄縣人。原為技職生，經南台科大陳憶蘇老師鼓勵，退伍後藉由插大考取國立中興大學。後經劉錦賢老師鼓勵，於是決定繼續報考研究所。101 年取得中山大學中文碩士學位 現就讀成功大學博士班。興趣為棒、壘球、極短篇小說、史傳文學、詞及現代詩。未來仍以進入大專院校中文系研究為目標，繼續往學術之路前進，期使成為創造知識之詞學研究者。

提　　要

　　北宋因競逐新聲之娛樂需求，以致慢詞勃興，改變令詞之獨尊地位。以賦為詞乃借鑒賦體寫作技巧，以擴大詞體原有表現能力，為因應長調慢詞創作之嶄新手法。此「賦」字含意，以辭賦敷陳之意為主，而兼有騷賦、荀賦、辭賦、俳賦、律賦之長。

　　欲研究以賦為詞，須先明白賦體流變，而欲求賦體流變，又須先確立分類方法，為利本文之論述，故採以形式特點分類作法。賦體歷史悠久，自先秦迄北宋，有騷、荀、辭、詩、俳、律、文諸體，然非各體特色皆可供詞體賦化之借鑒，以辛棄疾為例，明顯使用以賦為詞者有：鋪陳堆疊、想像出奇、假設問對、模擬仿效、諷諭精神等。

　　先行審視北宋以賦為詞之實際應用情形，透過比較眾人表現，有助於瞭解辛棄疾以賦為詞之特色所在。柳永乃首位有意識大量以賦為詞之詞人，主要表現手法為接近宮殿賦之鋪陳，餘如行旅賦、宮體賦之承襲，亦能不愧前人。蘇軾學際天人，詞如天地奇觀，然僅以餘力為詞，賦化主要表現於詠物詞作，發揮荀賦隱語性質，使詠物能不即不離。秦觀早年用意作賦，習慣已成，填詞不畏再三修改，以全副精神為之，此以思力為詞之創作態度，形成詞中含攝鋪陳、典麗等賦體特色。周邦彥妙解音律，能自製新詞，填詞注重安排鉤勒，鋪陳之角度超越柳永，詠物追求酷肖形容，賦化程度較秦觀深入，信為賦化大家。

　　辛棄疾詞作數量為兩宋冠軍，因賦體題材甚眾，檢視辛詞，確實有使用賦體題材之處。如英雄主題即用〈三箭定天山賦〉典故，登覽主題可見對〈登樓賦〉之接受，詠物主題結合屈原、宋玉高潔幽獨之意象，紀遊主題應用〈離騷〉周遊上下之背景鋪陳，議論主題承襲〈握槊賦〉、〈打馬賦〉之諷刺等，辛詞對賦體題材之承襲接受，可見一斑。

辛棄疾以賦為詞之實際表現，鋪敘使用於時間流動、詠史懷古、事物品類、四方空間、特定對象，均能鋪采摛文，以見千態萬狀。鋪排對偶除能達成鋪敘效果外，隔句對、以領字引起之對偶，均接近律賦之作法，又為賦化一例。堆疊典故，賦體務求盡善盡美，大異於詩體之適當合宜，辛詞用典如〈賀新郎〉，即宛如〈恨賦〉。騷賦、辭賦等均善於馳騁想像，進而假稱珍怪，以為潤色。辛詞〈木蘭花慢〉用「天問體」連續發出矛盾之疑問，造成無理而妙之奇趣，即為辛棄疾想像力之驚人表現。設辭問答能藉第三者抒發難以明言之議題，一則推遠利害關係，再則可漫衍其辭以迂迴闡述。詞人對賦體之仿擬，有對賦家之心醉追摹、如柳永接近宋玉，辛棄疾則好引屈原；有對賦作之刻意仿擬，如〈水龍吟〉仿擬〈洛神賦〉，刻意用「些」字為韻；有對字句之化用移植，用前人名句，而能切合一己性靈。辭賦之諷諭，著重於篇末振起全篇，辛棄疾因其善感之心思，故時時可見曲終奏雅式之諷諭精神流露。

目

次

第一章　緒　論 …………………………………………… 1

一、研究動機與目的 …………………………………… 3

二、定義及研究範圍 …………………………………… 5

三、文獻回顧 …………………………………………… 9

四、研究方法 ………………………………………… 14

第二章　賦體特色 ……………………………………… 17

第一節　賦體分類 …………………………………… 18

（一）以作法分類 ………………………………… 18

（二）以題材分類 ………………………………… 19

（三）以時代分類 ………………………………… 20

（四）以形式特點分類 …………………………… 20

第二節　各類特色 …………………………………… 21

（一）騷賦 ………………………………………… 21

（二）辭賦 ………………………………………… 28

（三）詩賦 ………………………………………… 38

（四）俳賦 ………………………………………… 40

（五）律賦 ………………………………………… 46

（六）文賦 ………………………………………… 52

第三節　賦體特徵 …………………………………… 57

第三章　北宋以賦為詞之先導 ……………………… 61

第一節　背景因素 …………………………………… 62

（一）《花間》、應制，同為障累 ……………… 62

（二）歌臺舞席，競賭新聲 ……………………… 66

（三）文人自覺，新變代雄 ……………………… 68

第二節　北宋賦化表現 ……………………………… 71

（一）柳永 ………………………………………… 72

（二）蘇軾 ………………………………………… 81

（三）秦觀 ………………………………………… 84

（四）周邦彥 ……………………………………… 88

第三節　北宋賦化概況 ……………………………… 99

第四章　稼軒詞對賦體題材之接受與轉化 ……… 103

第一節　言　志 …………………………………… 104

（一）英雄主題 ………………………………… 104

（二）憂國主題 ································· 110

第二節　抒情 ·································· 112

　　（一）登覽主題 ··························· 113

　　（二）知己主題 ··························· 115

第三節　詠物 ·································· 118

　　（一）詠物寓志 ··························· 120

　　（二）詠史入題 ··························· 123

第四節　紀遊 ·································· 126

第五節　議論說理 ····························· 131

第六節　接受與轉化 ··························· 137

第五章　稼軒以賦為詞之表現 ··················· 139

第一節　鋪陳堆疊 ····························· 142

　　（一）鋪敘展衍 ··························· 142

　　（二）鋪排對偶 ··························· 148

　　（三）堆疊典故 ··························· 152

第二節　想像出奇 ····························· 156

第三節　假設問對 ····························· 160

第四節　模擬仿效 ····························· 164

第五節　諷諭精神 ····························· 171

第六節　稼軒賦化特色 ························· 175

第六章　結　論 ······························· 185

參考書目 ···································· 191

附　錄 ······································ 203

附錄一　辛棄疾以賦爲詞之表現 ················· 203

附錄二　辛棄疾用賦作成句、典故入詞表 ········· 209

附錄三　未列入賦化詞作舉隅（以鋪敘展衍

　　　　爲主） ····························· 211

第一章　緒　論

　　北宋初期詞壇，多沿襲花間餘風，不論作者爲剛毅方正之宰輔，或爲流連歌樓之才子，詞風同樣以柔軟秀麗爲其創作基調。由於作者並無營構皇皇巨著之企圖，往往僅希冀表達心中一點點微小情思，因此選擇詞牌時，多以小令爲主。於此情形下，詞人若有豐沛情感，意欲盡情傾吐時，便容易感到小令之不敷使用。此外，宋初應制詞，亦爲詞作主要產生管道。應制詞有其政治性與娛樂性之需要，然而受其本身主旨、題材狹隘之約束，內容易有大同小異之情形，卷帙既多，便易令人感到煩膩不耐。

　　就外在客觀環境因素而言，自唐、五代至於北宋，經過一段時間之醞釀後，詞體發展漸趨成熟。在舊有表現方法不能滿足詞人需要，而外在條件又足以提供寫作環境之下，詞人若能自覺的挑戰傳統，勇於突破，必因能將新文學因子加進文體之中，對文體進行改革，而收到良好變化之成效。就內在作者主觀因素而言，《詩·大序》云：「詩者，志之所之也，在心爲志，發言爲詩。」〔註1〕清楚指出文學作品，乃是作者情志之直接反映。劉勰亦云：「人稟七情，應物斯感，感物吟志，莫非自然。」〔註2〕同樣認爲藉由吟詠創作來宣洩情感，乃是

〔註1〕〔漢〕毛亨傳，〔漢〕鄭玄箋，〔唐〕孔穎達正義：《毛詩正義》，收入《十三經注疏》（臺北：新文豐出版公司，2001年），頁37。
〔註2〕〔梁〕劉勰：〈明詩〉，見王更生注譯：《文心雕龍讀本》（臺北：文

人性自然之舉。人情有喜怒悲歡，各式各樣的情緒，自然非《花間集》、應制詞所能範圍。北宋初期，詞體表現能力、描寫範圍並不寬廣，詞人若欲將繁複的生命情志，透過詞體表達，勢必會對舊有詞體進行各方面之修正，或是加入新文學成分，突破原來狹隘、單調的表現能力。以慢詞替換小令，以鋪陳取代精簡，即是詞人經由實踐後，所選擇採行之寫作策略。張高評先生云：

> 一種文體通行既久，作家如林，作品充棟的情況下，創作因共識而成規範，因規範而成傳統，又因蕭規曹隨而自成習套窠臼，爲救亡圖存，一切求變追新的努力，遂應運而生。

說明透過突破窠臼，追求變化，文體將更加活躍，張氏並云：

> 豪傑之士，往往跳脫傳統，挑戰典範，因能破能立，故能新變代雄，於是文體獲得新生與發展。〔註3〕

強調打破規範，追求新變代雄能使文體獲得全新發展。李漁云：「才人所撰詩、賦、古文，與佳人所製錦繡花樣，無不隨時更變。變則新，不變則腐；變則活，不變則板。」〔註4〕錢鍾書亦云：「名家名篇，往往破體，而文體亦因以恢弘焉。」〔註5〕均強調文體之新變與借鑒。柳永有意識且大量以賦筆爲詞之後，既有詞人明顯之實驗採用，賦體之創作習慣同時又影響詞人寫作，在雙方面交互融通之下，周邦彥始以其融匯百家之才情，奠定「以賦爲詞」的技法。周邦彥以賦筆爲詞，已有余筠珺《清眞「以賦爲詞」探論》碩士論文專文討論，下文將略作介紹，茲不贅述。本文關注焦點，乃在重新梳理賦體具備之獨特技巧，探索並界定賦體與其他文類同異之處，最終目的則爲檢視並論證辛棄疾「以賦爲詞」的承襲及新變。

史哲出版社，2004年），上篇，頁83。

〔註3〕張高評：《會通化成與宋代詩學》（臺南：成功大學出版組，2000年），頁272～273。

〔註4〕〔清〕李漁：《閒情偶記》，收入馬漢茂輯：《李漁全集》（臺北：成文出版社，1970年），冊5，頁2101。

〔註5〕錢鍾書：《管錐篇》（臺北：書林出版有限公司，1990年），冊3，頁890。

一、研究動機與目的

　　北宋之前，詞壇流行多爲令詞，慢詞並不多見，是以柳永之前，慢詞之創作尚未成熟，及至張先、柳永較明顯嘗試各項塡作慢詞方法，以至於周邦彥集前人賦化大成，以賦爲詞終於成爲後來詞壇常見之寫作方式。以賦爲詞於形式上之優勢：首先在於破除張先以小令作法寫作慢詞，容易產生上、下片各自獨立不相涉之缺陷，成功將詞情統一，使上、下成爲互補、連續之完整體。其次，令詞由於體製短小，無法承載過多情事，將鋪陳作法引入詞中，可使詞體更加清楚描摹所詠對象，突破傳統令詞詠物之限制。再次，虛構問對能假借虛擬人物，以處理敏感議題，將詞人與事件之利害關係拉遠至安全距離，同時亦能藉正、反雙方之意見，一來一往使主旨更爲明確。

　　以賦爲詞於內容上可貴之處在於：首先，賦體虛構奇幻之想像，足以爲詞體增光，一定程度的拓展詞體內容，不再純爲現實生活，而是充滿想像與浪漫之情調。其次，賦體之諷諭精神，不僅能保有詞體含蓄之餘韻，亦能進行委婉之諷諫，曲終奏雅方式雖與詩之直抒其志不同，然而同樣皆能反映知識份子之風骨。最後，對賦體、賦家、賦作之模擬仿效，均能汲取歷代寶貴之養分，使詞體表現能力更爲出色。

　　在進入主要議題，討論辛棄疾詞賦化表現之前，勢必先釐清何爲「以賦爲詞」！雖然已有不少學者對此議題發表看法，然而單篇論文因受限於篇幅，所論多爲提點式之說明，無法深入探討；另外則是限於一隅，未能全盤照應，無法探求賦化表現全貌。更有甚者，少數學者對賦化之「賦」意，認識不夠清楚，因此所論不免有混淆不清、模稜兩可之處。職是之故，本文即計劃從前人之定義中，重新檢視並確立以賦爲詞之意涵及技巧。

　　現代學者自袁行霈〈以賦爲詞——試論淸眞詞的藝術特色〉提出「以賦爲詞」此一名詞後，才正式確定詞體賦化之專屬稱謂。然如前文所云，「以賦爲詞」意涵爲何？仍然有待釐清。「賦」意眾多，前輩

學者多有論述〔註6〕，本文不再蛇足，僅針對學者容易混淆之賦體意義與直敘之賦義作區分，劃清二者界線。

其次，在前人評價上，自《文心・詮賦》以來，歷代賦話對賦體之批評及要求，是否曾經促使賦體在寫作精神、書寫技巧、主題風格等產生異動？異動之情形表現爲何？這些文學批評理論是否引導賦體與其他文類進行融合或借鑒？是否有跡可尋？這些賦話是否同樣對賦意有認識不清之嫌疑？以之推論是否有可議之處？在在皆是本文希冀整理清楚，以確立「賦」眞正意涵之議題。

第三，在確定古今學者之論述，並透過歷代賦話之對比後，所求得之「以賦爲詞」，相較於未能正確把握「賦」義，或是未能完整檢視賦體所具含之諸多面向，本文探行路徑應爲較周詳之作法。然而這些前置作業之目的，仍然是爲求論述之便利，並非本文核心重點。本文更加關注，在慢詞發展過程中，詞人挪用賦體表現能力，所展示之技巧爲何？而要清楚何者爲賦體技巧，便需要先區分出賦體與其他文類在使用上相異之處。如以用典爲例，一般情形下，詩歌之用典貴精不貴多，要求恰到好處，而不以堆砌爲高；賦體則專事堆疊，連篇累牘，務求能將主旨形容曲盡，不容他人置喙。惟有先從本質上瞭解各種文體之特色，透過比較，顯現各自獨特之運用情形，如此方能正確判斷詞體完整借鑒、轉化賦體技巧之處。

第四，基於「以賦爲詞」研究時間不夠久長，嚴格而言，此議題不僅少數學者尚未有正確認識，詞學界亦尚未有正確及全面之評價！異言之，「以賦爲詞」雖爲寫作慢詞重要手法之一，然而相關之評價及研究仍未受到應有之重視。單篇論文雖能針對所論項目，逐一析論，振聾發聵，然可惜不夠全面完整；且現今學位論文，或未能把握賦化主旨，使行文出現無關題旨之論述；或未妥善分配賦化技巧與其

〔註6〕 曹淑娟考察先秦賦義即有財稅兵馬之斂取、財物命意之敷佈、語文能力之表現、六義之一之技巧等意義，見曹淑娟：《漢賦之寫物言志傳統》（臺北：文津出版社，1987年），頁2～8。

他議題之比重，致使輕重失衡；或是未深入探索賦之淵源、流變，乃至於從根本上誤解賦義，或多或少均存在些許問題。因此，「以賦爲詞」於學界仍然有必要還原其完整且正確之評價。

　　上述問題均爲本文研擬探究之寫作動機，雖然限於學殖，論文有諸多未盡理想，甚至疏漏錯解之處，然筆者仍然期望能以所學，儘量解決上述問題，爲「以賦爲詞」求得最公允、完整之論述。而本文之最終研究目的，則是聚焦於辛棄疾「以賦爲詞」之創作技巧，探尋辛棄疾於前人之嘗試運用後，有何承襲與新變，其獨到特色又爲何？現今詞學界多以「以文爲詞」評論辛棄疾，王師偉勇〈兩宋豪放詞之典範與突破——以蘇、辛雜體詞爲例〉指出：「『以文爲詞』爲今人論辛棄疾詞之常用語，然實括自宋末陳模《懷古錄》中語，其言云：「故稼軒歸本朝，晚年詞筆尤高。嘗作〈賀新郎〉云：……又止酒賦〈沁園春〉云：……此又如〈答賓戲〉、〈解嘲〉等作，乃是把古文手段寓之於詞。」〔註7〕其實辛棄疾天縱之才，不僅能「把古文手段寓之於詞」，這種跨文類之融通，也表現在賦與詞之借鑒運用。而辛棄疾如何有意識的選用？其創新、獨到之特色爲何？種種議題，均爲本文所企圖釐清之研究目的。

二、定義及研究範圍

　　欲探討以賦爲詞之種種議題，先決條件必定要清楚以賦爲詞定義，並確定研究範圍。以賦爲詞之「賦」，現今學界有兩種主要意見，一爲文體修辭技巧，是賦之直敘義；一爲文體之一，以具有鋪陳、誇飾、窮物之變等特色之鋪陳義。亦有未嚴格區分賦體、直敘此兩種賦義者，如曾大興《柳永和他的詞》雖然認爲：

　　　　柳永成功之秘，也正在以賦爲詞，放縱筆勢，層層鋪敍。

　　　〔註8〕

〔註7〕王偉勇：〈兩宋豪放詞之典範與突破——以蘇辛雜體詞爲例〉，《文與哲》第 10 期（2007 年 6 月），頁 327。

〔註8〕曾大興：《柳永和他的詞》（廣州：中山大學出版社，2001 年），頁

贊成以賦為詞乃是「放縱筆勢，層層鋪敘」，然而他同時又云：

> 市民的詞和接近於市民的文人詞，……多數作品還是以賦
> 為主。即事言情，直書胸臆。……柳詞的表情方式是直陳。
> 具體說來，就是即事言情，直書胸臆，白描式的寫景狀物。
> 〔註9〕

既云以賦為詞乃是放縱筆勢，層層鋪敘（此為賦體之賦義）；卻又同時將直書胸臆、白描等也稱為「賦」（此為直敘之賦義），認為「二者之間是有聯繫的……以賦為詞，正是包含著這樣互相聯繫著的兩層意思。一曰鋪陳，一曰直言。」〔註10〕將賦之直敘義與賦體之鋪陳義，均歸入以賦為詞領域，定義過於籠統，未能徹底釐清以賦為詞含意。

　　直敘之賦與辭賦之賦，一為寫作手法，一為文學體裁，兩者並非處於同一平面。誠然，柳詞具有直敘之風格，然若欲以「直敘」來界定以賦為詞，便不應又同時納入「鋪陳」之義。畢竟直敘此單一意義，詞學家根本可逕自稱為直敘，何必大費周章另創一名詞以炫人耳目？欲創立一專有名詞，必須有其必要性，否則何必多造新名以擾人視聽。以賦為詞乃是用辭賦之寫作手法填詞，其涵蓋之面向，遠較平鋪直敘意廣泛，正因其特色眾多，無法以簡單一語涵蓋，方才有必要使用以賦為詞此專有名詞，來論述諸般創作手法。

　　其次，由前人之論述，亦可發現諸家所稱述之以賦為詞，乃是辭賦之鋪陳義，實際上與賦之直敘義無關〔註11〕。再者，從鋪敘方式、篇章結構也可發現，以賦為詞所具備之多重面向，僅能由有悠久歷史，具備多種技巧之辭賦來含括，而非直敘之單調意義所能範圍〔註12〕。

　　　110。

〔註 9〕同前註，頁 80。

〔註10〕同前註，頁 108～109。

〔註11〕第三節將依次介紹。

〔註12〕上述兩點請參閱本文第三章〈賦化表現〉論柳永一節。

　　以賦為詞應該是有所限定的，不能將兩種完全不同之概念混為一談。由鋪陳所帶出之諸般相關觀念，具有數種辭賦特色，和直敘截然不同。而賦之直敘義，所以不能成為以賦為詞最核心之關鍵，乃是此直敘義與賦體之鋪陳義，若同時用來評述詞體作法，將產生無法避免之矛盾情形。舉例而言，曾大興即曾歸納柳永之鋪敘法為：橫向鋪敘、縱向鋪敘、逆向鋪敘、交叉鋪敘等四類〔註13〕。其中逆向鋪敘是倒敘式手法，交叉鋪敘則是將時空錯綜複雜的交織安排，皆非平鋪直敘。因此，若認為直敘是柳永以賦為詞之表現，那麼將不能以逆向鋪敘、交叉鋪敘來稱述以賦為詞，原因顯而易見，直敘絕對不等同於逆向及交叉鋪敘。又如蔡嵩雲稱讚柳永章法精嚴：「至其佳詞，則章法精嚴，極離合順逆貫串映帶之妙，下開清真、夢窗詞法。」〔註14〕此「離合順逆貫串映帶之妙」，與葉嘉瑩〈從中國詞學之傳統看詞之特質〉認為以賦為詞作家是以「鋪陳勾勒的思力安排」取勝〔註15〕，同樣均指出以賦為詞具備辭賦以思力為詞、注重篇章結構等特色，遠較直敘更適用、貼近賦化表現。而簡宗梧對二者之區分，更是最有力之證據，其云：

　　　賦乃被認為是一種不用譬喻而直接表述作者意象的方式。
　　大盛於兩漢的賦體，在其篇章中，直接鋪陳外在事物，確
　　是最慣用、比例最高的表現方式。不過我們並不能因此就
　　說：賦體之所以稱之為賦，是因為作者採用直接表達意象
　　的手法……而且漢人賦作，雖然用了較多的鋪敘，仍大用
　　譬喻，況且不只明喻，更用略喻……因此賦體之所以稱之
　　為賦，與其說是因它採用直接鋪陳作者意象的方式，不如
　　說是因它採用鋪排的形式設計。……賦之言鋪，不在於是
　　不是直接鋪陳，而在於鋪采摛文的特色上。鋪采摛文是語

〔註13〕曾大興：《柳永和他的詞》，頁110～116。
〔註14〕〔清〕蔡嵩雲：《柯亭詞論》，見唐圭璋編：《詞話叢編》（北京：中華書局，2005年），冊5，頁4911。
〔註15〕葉嘉瑩：〈從中國詞學之傳統看詞之特質〉，《中國詞學的現代觀》（臺北：大安出版社，1999年），頁9。

言形式的特徵，體物寫志才是賦體表達內在意象的方式。
〔註16〕

論證精闢，擲地有聲。賦體之賦雖確曾使用直接鋪陳（直敘之賦）
手法，然直敘乃僅賦體作法之一，而非全部內涵，二者絕不相等。
因此，若以直敘義來界定以賦爲詞，將失去賦體豐富多層次之意涵，
且二者亦有衝突難安之處，如此一來，以賦爲詞之表現能力勢必大
打折扣，甚至失去專文討論意義。

　　在確定以賦爲詞之「賦」，乃是辭賦之賦體意義後，已可爲以賦
爲詞界定定義，以利本文之論述。佘筠珺《清眞「以賦爲詞」探論》
認爲：

> 所謂「以賦爲詞」，自然是以「詞」爲主、以「賦」爲輔，
> 藉由「賦」的特質來拓展詞體的表現能力，指涉的內涵乃
> 緊繞著藝術表現的層面而生，援引寫賦之法入詞，借重「賦」
> 豐富多面的藝術特色，逐漸形成「賦化」之詞的審美結構。
> 〔註17〕

定義雖然詳盡，不過略顯繁複，且未明言「賦」所指爲何。廖國棟
〈試論辛棄疾「以賦爲詞」的藝術表現技巧〉定義「以賦爲詞」云：

> 借鑒賦體的某些表現技巧，運用於詞體的創作之中，使詞
> 體突破其本身的制約與局限。〔註18〕

一針見血指出「以賦爲詩」最重要之意涵。爾後李嘉瑜〈論「以賦爲
詞」的形成──以柳永、周邦彥詞爲例〉界定以賦爲詞時亦云：

> 在詞體的形式格局中，借用某些賦體的寫作技巧以超越其
> 本身的表現能力。〔註19〕

明顯承襲廖氏之說。此定義簡要清晰，且強調用「賦體」之技巧以

〔註16〕簡宗梧：《漢賦史論》（臺北：東大圖書，1993 年），頁 194～195。
〔註17〕佘筠珺：《清眞「以賦爲詞」探論》（臺北：臺灣大學中文研究所碩
　　　　士論文，2008 年），頁 30。
〔註18〕廖國棟：〈試論辛棄疾「以賦爲詞」的藝術表現技巧〉，《宋代文學研
　　　　究叢刊》第 2 期（1996 年 9 月），頁 476。
〔註19〕李嘉瑜：〈論「以賦爲詞」的形成──以柳永、周邦彥詞爲例〉，《國
　　　　立編譯館館刊》第 29 卷第 1 期（2000 年 6 月），頁 136。

「突破」、「超越」詞體本身表現能力，將焦點投注在原有詞體不能達
到，然而辭賦卻能表現之寫作技巧，更能凸顯「以賦爲詞」之特色，
故筆者亦同意此說，並將依此觀點檢視辛棄疾詞集以賦爲詞之現
象。辛棄疾詞作數量高達六百二十九闋，賦化之詞以慢詞較爲顯著，
然若小令亦有明顯賦化現象，亦將視情況揀擇說明。因此本文研究
範圍，乃擬由鄧廣銘《稼軒詞編年箋注》〔註20〕中，揀取確實具有
賦化表現之詞作爲例證，以慢詞爲主，以小令爲輔，希冀還原辛棄
疾「以賦爲詞」寫作策略之眞實景況。

三、文獻回顧

　　佘筠珺《清眞「以賦爲詞」探論》乃爲現今第一本全面性研究
周邦彥以賦爲詞之專著，該文將清眞詞賦化表現分爲：藝術技巧與
特質、賦家姿態、詞情特質與表現效果。佘文第二章首先對賦之文
學意涵作探討，分爲詩六義之賦及賦體之賦，並分別討論其含意，
雖然分類過於繁複，致使第二小節賦體之賦有部分討論超出賦義之
處，然所言大抵無誤。其次佘文對以賦爲詞下定義，並指出以賦爲
詞具有增添敘事成分、情感結構與審美趣味的轉變、開發文字的表
現能力、確立詞的本質，同時實驗語言的可能性、反應文學發展的
進程等五項意義。所論多言之成理，然而第二點並未明白交代情感
結構與審美趣味的轉變，而僅言「這些變化如何發展，以及最終會
將詞體帶往何處，都是『以賦爲詞』可以探討的面向。」〔註21〕殊
爲可惜。接著佘文對以賦爲詞研究概況作通盤簡介，分爲（1）由賦
比興之賦來談，（2）由鋪陳、章法來談，（3）由駢儷句法來談，（4）
由思力安排來談，（5）由題材內容來談。詳細蒐羅諸家之說，用功
頗勤，可惜第一點「由賦比興之賦來談」對所引之部分文句，有過

〔註20〕本文所引稼軒詞，均採用此書，爲節省篇幅，下文不再註明出處，
　　　　僅於詞末註明頁碼。見鄧廣銘：《稼軒詞編年箋注》（臺北：華正書
　　　　局，2007年）。
〔註21〕佘筠珺：《清眞「以賦爲詞」探論》，頁30。

度解讀之嫌。如所引蔡嵩雲《柯亭詞論》「賦少而比興多」〔註22〕
之說，遂自認爲蔡氏乃將賦比興之賦，視爲以賦爲詞之意，因此將
此段引文歸入以賦爲詞之討論中，然而此與其下文所引「周詞淵源，
全自柳出。其寫情用賦筆，純是屯田家法。特清眞有時意較含蓄，
辭較精工耳」〔註23〕相互抵觸。觀所引全文，蔡氏並未明言「賦少
而比興多」即爲以賦爲詞，且此處之賦並非「鋪陳」意，乃爲與比
興相對之「直敘」意，此僅指以直接陳述之方式作詞；而下文所引
之「賦筆」，據蔡氏所強調之「章法精嚴，極離合順逆貫串映帶之妙」
〔註24〕可發現蔡氏之「賦筆」確實爲鋪陳之意，此離合順逆論點乃
爲「賦體義」以賦爲詞特色之一，而與直敘相抵觸。佘文將蔡氏之
說分作「賦比興之賦」及「鋪陳、章法」二處，有矛盾之處；而以
所引引文而言，蔡氏實區分爲「賦」與「賦筆」之別，則並未混用。
另外，亦有學者如施議對認爲此「賦筆」乃是「鋪敘的手法」，並認
爲鋪敘乃是「柳永慢詞創作獲得成功的重要經驗之一」〔註25〕。鋪
敘即賦體最主要特色之一，更加可見賦筆應指賦體之賦而非直敘之
賦。

　　佘文沿部分學者之說，將直敘義之賦列入以賦爲詞之中，並無
錯誤，然而筆者以爲：以「以賦爲詞」而言，賦之直敘，乃是鋪陳
作法下其中一項成果展現，並不完全等同於以賦爲詞，有時甚至會
與以賦爲詞之鋪陳義相抵觸，而鋪陳即爲以賦爲詞最重要最顯著之
特色，甚至可以說，沒有鋪陳，則以賦爲詞之藝術效果將大爲失色。
直敘既然僅爲以賦爲詞其中一部份（且所佔份量極低，實際情形亦
顯示直敘在該文討論中所佔成分相當低），甚至有抵觸之可能，即不

〔註22〕〔清〕蔡嵩雲：《柯亭詞論》，見唐圭璋編：《詞話叢編》，冊 5，頁
　　　　4905。
〔註23〕〔清〕蔡嵩雲：《柯亭詞論》，見唐圭璋編：《詞話叢編》，冊 5，頁
　　　　4912。
〔註24〕同前註，頁4911。
〔註25〕施議對：《宋詞正體》（澳門：澳門大學出版中心，1996 年），頁 47。

應將直敘逕自列為以賦為詞，否則即容易有自相矛盾之情形。對賦
字定義之寬嚴，乃本文與佘文最大之區別〔註26〕。

　　第三節則是略論詞體之形式特徵，以及自柳永以來，北宋曾經嘗
試以賦為詞之詞人。包含蘇軾、秦觀、賀鑄等。佘文或許受陳匪石《宋
詞舉》:「美成兼取東坡、少游、賀鑄、柳永之長。」之說影響，論述
與陳說相彷彿。然陳說實無特別針對以賦為詞立論，而佘文所論，除
柳永外，包含蘇軾、秦觀、賀鑄等，均為一般詞體現象，而非以賦為
詞所專有之賦化成果。各舉一例而言，該文認為蘇軾詞境對以賦為詞
之變創在於「生活理趣與哲思境界的融合」，而理趣與哲思實與以賦
為詞無涉，一般詞作亦有此現象。其次，佘文認為秦詞賦化的痕跡為
「言語淡雅清麗」，佘文並未舉出秦觀賦論、賦作與詞體創作之關係，
所論亦無法看出言語淡雅清麗有何賦化痕跡。第三，佘文認為「櫽括
前人詩句」是賦化表現，然而行文中亦云:「不過這個特色也可以說
是受『以詩為詞』的影響。」〔註27〕略顯矛盾而突兀。

　　第三章乃是探討清真以賦為詞下的藝術技巧與特質，以及詞中
的賦家姿態。其中探討「以賦為詞下的藝術技巧與特質」一節，又
分為「篇章結構」與「下字運意皆有法度」，不僅整理前人說法，徵
引資料豐富，立論有據，其對清真詞賦化之論述，文辭與條理兼具，
全面觀察且見解精闢，是全文最為重要的一章，該章數項對賦化表
現之研究，貢獻最為顯著〔註28〕。佘文其餘章節，並非本文關注焦
點，故略而不論。

　　劉軼男《夢窗詞賦化之研究》〔註29〕雖未明言以賦為詞，然其
研究取向亦與本議題相關。劉文首先分析吳文英夢窗詞之結構，明言

〔註26〕下文將有章節針對賦字定義作討論。
〔註27〕佘筠珺:《清真「以賦為詞」探論》，頁59。
〔註28〕由於該章內容允當充實，本文限於篇幅，不一一詳述。見佘筠珺:《清
　　　　真「以賦為詞」探論》，頁63～124。
〔註29〕劉軼男:《夢窗詞賦化之研究》(曲阜:曲阜師範大學中國古代文學
　　　　研究所碩士論文，2008年)，頁1～24。

其章法是複雜的騰挪反覆，其中又有情感脈絡的潛氣內轉暗寓其中，可供讀者追尋。其次劉文發掘夢窗詞所蘊含之體物情懷，認爲夢窗詞具有意象密集、略貌取神、有寄託等賦體詠物精神。第三、四章，討論用語繁飾、疊用事典，以及以賦體之四字句法爲主。所論大抵正確，然而部分議題溢出研究主旨，應可省略。其次，或許限於篇幅，部分行文過於簡略，未能完整敘述本末，所論亦多沿前輩學者之說，並無獨到之處。整體而言，整理之功較著，發明之意較少，然終究爲大陸以賦爲詞學位論文開基，故亦必須肯定其貢獻。

追本探源，以賦爲詞之論可上溯至宋代，李之儀論詞云：「至柳耆卿，始鋪敘展衍，備足無餘，形容盛明，千載如逢當日。」〔註30〕雖未明言以賦爲詞，實際上已點出柳永詞具備辭賦「鋪敘展衍」之特色，可謂爲此議題開基。而專書及單篇論文明顯指出詞體借鑑賦體作法者，則以夏敬觀（1875〜1953）爲第一人，夏氏爲清末民初時人，其《映庵詞評》云：

> 耆卿詞當分雅、俚二類。雅詞用六朝小品文賦作法，層層鋪敘，情景兼融，一筆到底，始終不懈。〔註31〕

自此之後，學者開始從各個面向對以賦爲詞發表看法，而最早提出「以賦爲詞」此專有名詞者乃爲袁行霈，袁氏云：

> 賦這種文學體裁的主要特點即在於鋪陳。所謂「以賦爲詞」，就是用鋪陳的方法寫詞。柳永最先在詞裏融匯了賦的寫法，他的〈望海潮〉（東南形勝）、〈迎新春〉（嶰管變青律）、〈破陣子〉（露花倒影）等，鋪陳城市的繁華、節日的歡樂，以及社會的風俗人情，展示了一幅幅城市生活的畫面。這類詞簡直就象濃縮的、通俗化的漢賦。柳永還有一些詞是用六朝抒情小賦的寫法，通過景物的鋪陳描寫，抒發詞人的感情。正如夏敬觀所說其「雅詞用六朝小品文賦

〔註30〕〔宋〕李之儀：〈跋吳思小詞道〉，收入金啓華等編：《唐宋詞集序跋匯編》（臺北：臺灣商務印書館，1993 年），頁 36。

〔註31〕夏敬觀：《映庵詞評》，收入《詞學》第五輯（上海：華東師範大學出版社，1986 年），頁 199。

作法」。〔註32〕

立論徵引夏氏之言，可見其說亦承夏氏而來，其他如吳世昌、林玫儀、劉乃昌、曾大興、葉嘉瑩、廖國棟、曹辛華、宇野直人、李嘉瑜……等學者均對賦化現象有所闡釋〔註33〕。

　　劉乃昌〈論賦對宋詞的影響〉〔註34〕將賦體對宋詞之影響分爲（1）鋪陳其事，層層描寫。（2）排比事典，反覆形容。（3）以小見大，體物寄懷。並介紹宋代詞人有部分「仿效辭賦體制，步武其風情遺韻」之作品。廖國棟〈試論辛棄疾「以賦爲詞」的藝術表現技巧〉〔註35〕首先介紹賦體的精神內涵、語言特徵、表現技巧，事實上，亦唯有先區分清楚賦體所有特色，方能完整與詞體作比較，鑑識詞體借鑒賦體表現能力之處。其次論述辛棄疾詞之精神內涵與賦之諷諭傳統，討論辛棄疾懷才不遇之心路歷程，及其詞作所反映之諷諭精神。最終分析辛棄疾「以賦爲詞」之藝術表現技巧，共分爲（1）假設問對、虛構人物。（2）想像誇張、眩人耳目。（3）鋪陳其事、層層描寫。（4）善用譬喻、窮情盡貌。（5）排比事典、反覆形容。（6）以小見大、體物寄懷。曹辛華〈論唐宋詞體演進與律賦之關係〉〔註36〕以律賦爲觀察對象，從句式、對偶、平仄、換韻、分段、虛字、鋪敘等形式技巧，找尋律賦與詞體演進之關連，最後討論律賦提供之文學風氣，所影響之層面。曹辛華另有〈論唐宋詞與小賦之關係〉〔註37〕，此文改由豔情、言志、詠物等三大題材著手申論，並從用字、詞境、

〔註32〕袁行霈：〈以賦爲詞──試論清眞詞的藝術特色〉，《北京大學學報哲學社會科學版》1985 年第 5 期，頁 67。

〔註33〕部分專書及論文，余筠珺《清眞「以賦爲詞」探論》已有闡釋，筆者不敢掠美，請自行參閱，筆者僅針對足資本文參考引用，而余文未暇論及之論文略作介紹。

〔註34〕劉乃昌：〈論賦對宋詞的影響〉，《文史哲》1990 年第 5 期，頁 84～86。

〔註35〕廖國棟：〈試論辛棄疾「以賦爲詞」的藝術表現技巧〉，頁 475～513。

〔註36〕曹辛華：〈論唐宋詞體演進與律賦之關係〉，《宋代文學研究叢刊》第 4 期（1998 年 12 月），頁 185～200。

〔註37〕曹辛華：〈論唐宋詞與小賦之關係〉，《宋代文學研究叢刊》第 7 期（2001 年 12 月），頁 251～270。

章法結構、意識創造、隱語性質、詠物出神等方面，剖析詞體受小賦影響之證據。

以上論文均是較直接對以賦爲詞作論述者，其他尚有部分論文，內容偶有觸及詞體賦化現象。孫維城〈論宋玉〈高唐〉、〈神女〉賦對柳永登臨詞及宋詞的影響〉〔註38〕將視線集中於宋玉兩篇賦作，說明賦作中蘊含的賢人失志情調對宋詞之影響。韓水仙〈慢詞風致與賦體手法〉〔註39〕指出辛棄疾能將鋪敘、有寄託等手法帶進豪邁之詞中，爲該文獨到之見解。孟光全〈論詩、賦、敘事文學在清眞詞中的滲透及其意義〉〔註40〕提到詞語多爲同義鋪陳，以及以香花香草所構成之中心意象群，眼光亦相當獨到。張進〈論柳永詞的「賦法」〉〔註41〕則注意到柳詞賦化曾經影響蘇軾、周邦彥，甚至影響關漢卿之散曲。孫雪霄〈以賦爲詞：柳永的市井之「俗」〉〔註42〕則是將柳永以賦爲詞手法與市井俗文學作連結，認爲柳詞受此影響，因此其詞顯得簡單俗氣，觀察面向較爲新穎。

本文於前人基礎上，斟酌諸家意見，去取均再三考量。前輩學者之言，擇善從之之餘，更加檢視是否有能再補述之處，如有一二管見可爲續貂，或能完備其意；少數篇章與己意不合者，亦儘量力求直接證據，還原實況，避免主觀意識干擾議題之判斷，有失公允客觀之評述。

四、研究方法

本文旨在探討辛棄疾「以賦爲詞」運用哪些手法，依據鄧廣銘

〔註38〕孫維城：〈論宋玉〈高唐〉、〈神女〉賦對柳永登臨詞及宋詞的影響〉，《文學遺產》1996 年第 5 期，頁 62〜69。
〔註39〕韓水仙：〈慢詞風致與賦體手法〉，《洛陽師範學院學報》2002 年第 6 期，頁 64〜66。
〔註40〕孟光全：〈論詩、賦、敘事文學在清眞詞中的滲透及其意義〉，《內江師範學院學報》2004 年第 3 期，頁 92〜95。
〔註41〕張進：〈論柳永詞的「賦法」〉，《陝西廣播電視大學學報》2004 年第 3 期，頁 57〜59。
〔註42〕孫雪霄：〈以賦爲詞：柳永的市井之「俗」〉，《河北學刊》2011 年第 1 期，頁 255〜257。

《稼軒詞編年箋注》逐闋檢視，列出賦化顯著詞作，並分類列表附錄於後。

在進入正式討論之前，必須先定義「以賦爲詞」之「賦」字，使研究成果能清晰而不含混籠統。筆者列舉前賢之說，「比較」各家是非優劣，除正面印證前文之定義外，並駁斥似是而非之說，期使論文能依循明確之定義，求得最正確之研究成果。

前文所列「以賦爲詞」之定義雖清晰，然具體作法因作家表現手法各自有異，故未能即以定義分析詞作，尚待進一步具體說明。欲實際省視「以賦爲詞」作法，須先瞭解賦體特色，欲瞭解賦體特色，又須先確立分類方法。於比較各類方法之優劣後，由於本文關注重點在於賦化表現，而非時代風潮之影響，因此採取以形式特點分類，較爲切合本文敍述之主軸。

南宋之前，賦體計有騷賦、辭賦、詩賦、俳賦、律賦、文賦六類，透過「比較」彼此異同、使用頻率，進而列出各類特色計有二十一項，並以諸般特色逐一檢閱辛棄疾詞是否同樣具有該項之顯著特徵，如此則能「歸納」出辛詞於形式與精神上之種種賦化表現。經筆者統計，辛棄疾運用較爲顯著者計有：鋪陳堆疊、想像出奇、假設問對、模擬仿效、諷諭精神等〔註43〕。

本文並非探尋作者本心是否有意識使用以賦爲詞，而是根據詞作形式及內容判斷賦化效果是否顯著，賦化顯著者方納入討論，以避免陷入穿鑿附會之惡道。「顯著」之標準乃是相對而言，如頁430、431詞牌均爲〈沁園春〉，均寫人事，若以本文所歸納之「鋪敍展衍」檢視，二者鋪敍程度大相逕庭，故431實可作爲頁430之最佳對比。「鋪排對偶」及「堆疊典故」由於皆可量化，因此判斷準據即是依實例多寡而定。第一節之鋪敍、對偶、典故諸般表現，除注意使用密度外，仍須注意是否針對「同一主旨」作描寫。假若使用頻率雖密集出現，然並非針對同一事物，而是同時書寫二種以上之情事，

〔註43〕詳細運用情形請參見附錄一。

而任一情事之表現份量未達判斷之準據者，本文仍不列入賦化討論。

其餘之賦化現象，表現於形式上有「假設問對」，表現於內容上有「想像出奇」、「諷諭精神」，「模擬仿效」則二者兼具。形式上之研究較爲簡易，出現問答，且近似賦體作法者，以及出現賦作成句者，均可清楚判分。「想像出奇」則必須符合「假稱珍怪，以爲潤色」〔註44〕之特色；「諷諭精神」除篇中可能出現之諷諭外，篇末更須具備「曲終而奏雅」〔註45〕之要件，否則亦不類於賦體。

除辛棄疾以賦爲詞之表現外，筆者同時關注南宋以前之歷代賦篇，是否可能衝擊、影響過辛棄疾之創作。《歷代賦彙》將歷代賦作分門別類，筆者按圖索驥，依照《歷代賦彙》之類別，嘗試自辛詞揀擇出可能曾經對賦體題材作接受或轉化之詞作。

與研究辛棄疾以賦爲詞之表現相同，欲針對題材之影響作探討，勢必須先閱讀辛詞，如此於與賦篇比對時，方能確切把握，不致漏失。除研讀辛詞外，由於題材之決定，往往牽扯作者本身之際遇，因此詞人年譜亦需搭配參看。以「言志」類而言，由年譜可知辛棄疾曾起義南歸，亦曾創立飛虎軍等實際作爲，平時亦時時以功業自許，因此詞中多有英雄與憂國等主題，然與周邦彥相較，周邦彥因生於北宋，自然缺乏此類詞作。次以「抒情」類而論，辛棄疾亦有羈旅之詞，然與周邦彥相較，辛多存恢復之望，非以己身進退爲念；周多有落魄之感，常以詞人離愁爲題。此不僅爲詞人性情懷抱之影響，時代因素與自身際遇亦爲值得觀察之要素。且若將此區別移以觀察「詠物」、「記遊」、「議論」，亦可發現相同現象，如此一來，自然可發現辛棄疾詞中，某些特定典故與題材，出現之比例與次數遠較他類爲高，因此便可歸納出辛詞偏重功業之結果。

〔註44〕〔晉〕左思：〈三都賦序〉，〔梁〕蕭統編：《文選》（臺北：華正書局，1995年），卷4，頁74。
〔註45〕〔漢〕班固：〈司馬相如傳〉，《漢書》（北京：中華書局，1997年），卷57下，頁2609。

第二章　賦體特色

　　童慶炳《文體與文體的創造》對文體下定義：「文體是指一定的話語秩序所形成的文本體式，它折射出作家、批評家獨特的精神結構、體驗方式、思維方式和其他社會歷史、文化精神。」〔註1〕正因文體是由不同的「一定的話語秩序」所形成，所以不同文體自然會有不同話語秩序所產生的文體特色。在進入以賦為詞之論述前，必須先區分清楚詞、賦不同之文體特色，透過彼此特色的對比，方能顯現詞體借鑒賦體作法之處。

　　賦體挾其獨特創作手法，成為文學史不可或缺之一環，更進而影響後世文學之發展。馬積高《賦史》認為賦所產生的重要影響具有：（1）有不少題材和主題都是首先在賦作中出現；（2）用比興象徵的手法來抒情，進而追求對自然景物和社會生活作真實而具體細緻的反映，也就是追求形似與神似；（3）雙聲疊韻詞和由兩個單音詞連成的復合詞大量增加；（4）從刻劃形容的精確和傳神上去鍊詞；（5）注意從口語中提煉生動的比喻〔註2〕。黃水雲《歷代辭賦通論》更是具體說明賦對詩、詞、戲曲、文章、小說、俗文學等各種文體

〔註1〕童慶炳：《文體與文體的創造》（昆明：雲南人民出版社，1999年），頁1。

〔註2〕馬積高：《賦史》（上海：上海古籍出版社，1998年），頁11～14。

所產生之影響〔註3〕。正由於賦體影響範圍廣大，所以本文將從賦
體之分類情形，以及分類後之各類特點，逐一探討賦體獨特且完整
之文體特色。

第一節　賦體分類

　　賦體並非僅由一時一地之作者，即構成其文體特色，歷朝歷代
辭賦家各逞其才思，遂於不同時期建立相異且具有其獨到特色之時
代典範。辭賦學者爲了區別賦體，進一步研究其風格流派、文體特
色，所以歷代辭賦學家不乏對賦體進行分類者。《漢書・藝文志》
首先將賦分爲屈原賦、陸賈賦、孫卿賦、雜賦等四類〔註4〕，由於
《漢書・藝文志》僅針對漢代以前賦作分類，且分類並不夠清楚明
白〔註5〕，所以後代賦學家各依其學養及對賦體之見解，持續爲賦
分類。

（一）以作法分類

　　《漢書・藝文志》乃根據《七略》編輯而成，章炳麟《國故論衡・
辨詩》推測《漢書・藝文志》分類的可能原因時指出：

> 《七略》次賦爲四家：一曰屈原賦，二曰陸賈賦，三曰孫
> 卿賦，四曰雜賦。屈原言情，孫卿効物。陸賈賦不可見，
> 其屬有朱建、嚴助、朱買臣諸家，蓋縱橫之變也。〔註6〕

〔註3〕黃水雲：《歷代辭賦通論》（臺北：文津出版社，2008 年），頁 11～
　　　 32。

〔註4〕〔漢〕班固撰，〔唐〕顏師古注：〈藝文志〉，《漢書》（北京：中華書
　　　 局，1987 年），卷30，頁 1747～1753。

〔註5〕章學誠云：「詩賦一略區爲五種，而每種之後，更無敘論。」認爲〈詩
　　　 賦略〉並無敘論，所以使後人難以推測劉歆、班固當初劃分四類的
　　　 依據何在。章氏更指出此分法之不當，認爲「淮南王群臣賦四十四
　　　 篇，及第三種之秦時雜賦九篇，當隸雜賦條下，而猥廁專門之家，
　　　 何所取耶？」見〔清〕章學誠：〈漢志詩賦第十五〉，《校讎通義》（臺
　　　 北：中華書局，1966 年），頁 18～20。

〔註6〕〔清〕章炳麟：〈辨詩〉，《國故論衡》（上海：上海古籍出版社，2003
　　　 年），頁 90。

章氏接著指出（1）賈誼、司馬相如等人「多本屈原」。（2）荀子「〈蠶〉、〈箴〉諸篇與屈原〈橘頌〉異狀」，而後世詠物賦其實乃效法荀子。（3）因為「陸賈賦不可見」，所以從朱建、嚴助、朱買臣諸人之作，逆推「縱橫既黜，然後退為賦家」，認為此類賦作之遠祖為縱橫家。（4）解釋第四類的雜賦有「譎諫」和「占繇」之屬〔註7〕。章氏乃是將《七略》所載之四類賦作，解釋為依據「言情」、「效物」等作法而形成之四大流派。劉師培《左盦集‧漢書藝文志書後》亦云：

> 屈平以下二十家，均緣情託興之作也，體兼比興，情為裏而物為表。陸賈以下二十一家，均騁詞之作也，聚事徵材，旨詭而詞肆。荀卿以下二十五家，均指物類情之作也，侔色揣稱，品物畢圖，捨文而從質。此古賦區類之大略也。

〔註8〕

此所謂「緣情託興」、「騁詞」、「指物類情」之賦作，同樣亦是以賦體作法來劃分，故若依章、劉二家之說，則《漢書‧藝文志》之分法，乃屬於以作法為分類者。以此法進行分類，較能看出同一類之作家中，創作手法、藝術技巧等的高低異同，以及彼此之間的承繼變革關係。

（二）以題材分類

《昭明文選》將先秦至梁之賦作分為京都、郊祀、耕藉、畋獵、紀行、遊覽、宮殿、江海、物色、鳥獸、志、哀傷、論文、音樂、情等十五類〔註9〕，《文苑英華》更是將梁至唐之賦作詳細分為四十二類〔註10〕。此種作法乃是辭賦集主要採用之分類法〔註11〕，優點

〔註7〕同前註，頁91。
〔註8〕劉師培著：《左盦集》，收入南桂馨、錢玄同編：《劉申叔先生遺書》（臺北：大新書局，1965年），冊3，頁1519～1520。
〔註9〕〔梁〕蕭統編：《昭明文選》（臺北：華正書局，1995年），頁21～272。
〔註10〕〔宋〕李昉等編：《文苑英華》（臺北：新文豐出版公司，1979年），冊1，頁10～700。
〔註11〕以此法分類者，尚有《歷代賦彙》分先秦至明代辭賦為三十八類，

是具有近似類書之功能，能將同題材之賦作集中聚焦，但是如《文苑英華》分類已達四十二類，雖然頗爲詳盡，然亦無法避免分類過於繁瑣之感。

（三）以時代分類

元・祝堯《古賦辨體》，將先秦至宋代賦作，依時代先後分爲楚辭、兩漢、三國六朝、唐、宋等五體〔註12〕。以作法分類，往往會遇到如章學誠所批評之難以精準判分類別的情況；以題材分類，又往往爲了妥善兼顧各種題材，致使分類有流於蕪雜之失；而以時代分類，恰能解決上述兩項尷尬情形。唯以時代分類，由於某一朝代往往不只存在某一類作品，如宋代同時具有文賦與律賦，如此則較無法清楚指稱所欲探討之賦體對象。

（四）以形式特點分類

明・徐師曾《文體明辨序說》有古賦、俳賦、律賦和文賦之區別〔註13〕，後來辭賦學家分類更是精細，如日人鈴木虎雄《賦史大要》將賦分爲騷賦、辭賦、駢賦、律賦、文賦、八股文賦等六期〔註14〕。以時代分類，若同一時代有數種形式之賦體，將會造成此分法含混不清，無法確切指明是何種賦體。以形式特點分類，判斷標準最爲清晰，可以避免以時代分類之缺失。

曹明綱《賦學概論》對賦作分類之得失，申論甚爲詳細。曹氏總分賦爲詩體及文體兩大類，又於詩體賦下分出騷賦、詩賦、律賦，於文體賦下分出辭賦、俳賦、文賦等六小類〔註15〕。此法較上述方法更

　　　　見〔清〕陳元龍：《御定歷代賦彙》（京都：中文出版社，1974 年），上集，頁 1～2。
〔註12〕〔元〕祝堯：《古賦辨體》，收入王冠編：《賦話廣聚》（北京：北京圖書館出版社，2006 年），冊 2，頁 55。
〔註13〕〔明〕徐師曾著，羅根澤校點：《文體明辨序說》（北京：人民文學出版社，1998 年），頁 101。
〔註14〕鈴木虎雄著，殷石臞譯：《賦史大要》（臺北：正中書局，1976 年），頁 11。
〔註15〕曹明綱：《賦學概論》（上海：上海古籍出版社，2009 年），頁 58～

為客觀得當，以下將針對此分法繼續討論各類賦之特色。

第二節　各類特色

　　馬積高《賦史》分析賦之形成有三種不同途徑：（1）由楚歌演變而來；（2）由諸子問答體和游士的說詞演變而來；（3）由《詩》三百篇演變而來〔註16〕。賦體吸收上述各種文體之部分特點，進而構成賦體特色。且由於時代之演變，各朝各代之文學潮流，又一再衝激賦體，於是賦吸收各時期之文風，在各個朝代形成數種不同面貌。

　　文體之演變是循序漸進的，具有連貫性，不能因政治上之改朝換代，即將文體之流衍一刀兩斷，忽視文體內在之承續。如片面認定漢代即為辭賦，唐代即為律賦，事實上，即使在同一朝代，也往往具有兩類以上的賦體。因此，為求完整而客觀尋繹賦體特色之獨到與流變，本文將以賦體種類為經，輔以時代為緯，進行交叉檢視。

　　在進入以賦為詞之論述前，同樣須先釐清之要項，即為賦體專屬或首見且為人熟知之寫作技巧及賦體題材之影響。追尋各類文體最基本、核心之元素，透過交叉比對，方能求得所欲比較文體與對照文體相異之處，亦唯有如此比較，方能清楚瞭解兩者間之借鑒轉化情形。下文將從種類及時代依序說明各類賦體特色，以利區別賦體與詞體特色差異之論述。

（一）騷　賦

　　馬積高《賦史》認為騷體賦是「由楚歌演變而來」〔註17〕，自屈原〈離騷〉至漢人擬作，都可歸入騷體賦。曹明綱《賦學概論》定義騷賦是指：

　　　　「取〈騷〉中贍麗之辭以為辭」的作品，而不包括先秦時

　　　63。
〔註16〕馬積高：《賦史》，頁4～6。
〔註17〕同前註，頁4。

以屈原〈離騷〉爲代表的楚辭和歷代一大批不以賦名的擬
騷作品。漢初賈誼〈弔屈原賦〉是它的創始之作……凡以
賦名篇、形式取自楚騷的作品均屬此類。騷賦這種體式的
出現，完全是楚辭巨大影響在賦體演變中的顯示。〔註18〕

此〈騷〉是廣義的〈離騷〉，實際上即爲《楚辭》。二家對騷賦的定
義有寬、狹之別，辭賦學者贊成廣義之說者，如鈴木虎雄《賦史大
要》界定騷賦性質云：「此時代爲屈原宋玉等之時代，彼輩之作，係
騷賦性質。」〔註19〕李日剛《中國辭賦流變史》直接以《楚辭》解
釋騷賦，並云：「所謂『出於幽憂窮蹙，怨慕淒涼之意』，即《楚辭》
之風格所在。是以《楚辭》之作品可以入賦，而賦之作品，除合於
上述風格者外，即不能入《楚辭》。」〔註20〕亦即具有「出於幽憂窮
蹙，怨慕淒涼之意」〔註21〕之風格，始可歸入騷賦範圍。

　　不論是廣、狹二義的哪一種，都共同指出《楚辭》對騷賦之絕對
影響力。雖然有部分學者基於檢視角度之差異，認爲《楚辭》並非賦
體，然而他們卻「不能否認《楚辭》與賦之間的淵源承繼關係……《楚
辭》應是賦的近源。」〔註22〕本文欲探究辛棄疾「以賦爲詞」之現象，
《楚辭》既然是騷賦莫大關鍵所在，自然也是本文所欲探討之對象。
與其冒著失之偏狹風險，不如全面觀照曾經影響騷賦之特色，方能對
賦體有更深入之瞭解，亦較能切中肯綮。所以本文將全面討論自〈離
騷〉至漢代仿擬騷體，明顯帶有騷賦風格之作品，茲先歸納騷賦所具
備之形式及風格特色如次：

1、多語助詞

　　語助詞可以調整文氣的緩急，強化文句間的流暢性，騷賦在形
式上最明顯的特點，即是在句中含有大量的語助詞。蘇杭雲〈楚辭

〔註18〕曹明綱：《賦學概論》，頁61。

〔註19〕鈴木虎雄：《賦史大要》，頁12。

〔註20〕李日剛：《中國辭賦流變史》（臺北：國立編譯館，1997年），頁2。

〔註21〕〔宋〕朱熹：〈楚辭後語目錄敍〉，《楚辭集注》（臺北：中央圖書館，
　　　　1991年），頁12。

〔註22〕徐志嘯：《楚辭綜論》（臺北：東大圖書公司，1994年），頁230。

在藝術形式上的地方特色〉說明《楚辭》的特色在於用兮、些等字表示音節、表情、語氣。蘇氏並指出「《詩經》對『兮』字的用法,主要句式有兩種:用在每句之末和一句的中間。(單字詞後)」而《楚辭》中的兮字用法則有:(1)用在兩句之中。更解釋這種用法「去掉『兮』字並不損害原義及其完整性。因為楚辭的一句,實際為兩句,中間用『兮』字分出……而《詩經》中單字詞後的『兮』字如果去掉,意思就不通了。」蘇氏並舉例,《詩經》如「簡兮簡兮」、「子兮子兮」,《楚辭》如「聞佳人兮召予,將騰駕兮偕逝」以說明。(2)楚辭中兮字用在句末的是兩句為一組,即單句用兮字,雙句不用兮字。(3)兮字用在雙句末的固然有,但少見〔註23〕。透過蘇氏的分析,可以清楚區分:(1)《詩經》兮字用在一句中間時,是在單字詞後,且若去掉兮字,意思將不通順;《楚辭》去掉兮字,意思依舊可通。(2)《楚辭》兮字用在句末時,多在單句句末,用在雙句句末較為少見。按照這兩項內部條例,可以幫助判斷含有語助詞「兮」字之賦作,是否屬於仿擬騷賦之作品。

王德華〈騷體「兮」字表徵作用及限度——兼論唐前騷體兼融多變的句式特徵〉亦提到語助詞的使用情形,她認為:

> 無論是先秦歌謠還是《詩經》,語氣詞在詩歌中的運用不具有相對固定的體式規範,表現為一是語氣詞之多,二是語氣詞在詩句中沒有固定的位置。相較而言,屈原騷體「兮」字表徵有三:一是句句皆用;二是位置固定;三是除〈招魂〉「些」、〈大招〉「只」之外,很少用其他語氣詞替代。可以說從屈原騷體始,「兮」字基本代替了其他語氣詞,取得了騷體外在表徵的重要地位。〔註24〕

由王氏所提到的三項特徵來檢視騷體賦,即可明瞭「兮」字之獨特

〔註23〕 蘇杭雲:〈楚辭在藝術形式上的地方特色〉,《思想戰線》1980 年第 6 期,頁 69～70。

〔註24〕 王德華〈騷體「兮」字表徵作用及限度——兼論唐前騷體兼融多變的句式特徵〉,《浙江大學學報人文社會科學版》第 38 卷第 5 期(2008 年 9 月),頁 86。

性。若是與其他類賦體比較，甚至可以說，「兮」字乃是騷體賦最清晰的指標之一。除了「兮」字外，《楚辭》還有其他語助詞。蘇慧霜《騷體的發展與衍變》統計指出：「『些』、『羌』則爲屈賦所獨用，單只〈招魂〉一文，『些』字共出現 112 次，『只』字則出現在〈大招〉117 次，可見『些』、『只』、『羌』等口語的運用是屈賦的創新。」〔註25〕「兮」字固然是騷體文學相當重要之表徵，然而「些」字等語助詞，運用於賦體時，辨識度亦相當高，帶有仿擬騷賦之企圖亦十分明顯。以這些語助詞來判斷詞作是否具有以賦爲詞之傾向，也是本文所計畫採用的方式之一。

2、句式多樣

先秦文學向以《詩經》爲代表，《詩經》之句式多爲短句，雖然自一言句至八言句都曾出現，然以四言句爲主，多數篇章呈現一種較爲整齊之句式；《楚辭》則多用長句，六言、七言句數量較爲豐富，變化亦較爲參差。丘瓊蓀《詩賦詞曲概論》討論賦的體製，將《楚辭》主要句式分爲：(1) 多六言句，奇句之末必有「兮」字。若〈離騷〉、〈九章〉、〈遠遊〉等。(2) 多五言及六言句，每句有「兮」字，若〈九歌〉、〈九辯〉之第二章及第一章之上半。(3) 多四言句，偶句之末必用「兮」字以足四言，實爲四三言句；或確爲四言，加「兮」字爲五言者（或「些」、「只」）若〈橘頌〉、〈招魂〉等〔註26〕。以《詩經》爲首的「詩」之傳統，主流趨勢多爲整齊句式；而騷體賦成功繼承《楚辭》句式長短不一之特點，句式自由，爲往後文體提供一種可以學習仿效之可能性，擬騷之賦體可謂《楚辭》影響後世文體之中間橋樑。

3、篇末亂辭

「亂辭」之使用，亦是《楚辭》在形式上極爲顯著之特色。自屈

〔註25〕蘇慧霜：《騷體的發展與衍變》（臺北：文津出版社，2007 年），頁 85。

〔註26〕丘瓊蓀：《詩賦詞曲概論》（臺北：臺灣中華書局，1983 年），頁 143 ～144。

原〈離騷〉開始使用之後，《楚辭》中多處可見亂辭。亂辭常見之名稱有「亂曰」、「詩曰」、「歌曰」、「倡曰」、「重曰」等等，也有以「已矣哉」為名稱者，如賈誼〈惜誓〉即為其例。郭建勳〈論文體賦對楚辭的接受〉認為：

> 「亂辭」不僅在結構上起著終結全篇的作用，而且以各種不同類型的句式調整句法、打破鋪陳的單調板滯，所以也有著修辭與表達上的功能。同時，由這種「亂辭」收束的方式，到後來又派生出以「詩」或「歌」結尾的新格，如馬融〈長笛賦〉、趙壹〈刺世嫉邪賦〉便分別以七言詩和五言詩作為收束，而結尾處用「歌」者更為常見，如鮑照〈蕪城賦〉、蕭繹〈採蓮賦〉之類即是。〔註 27〕

郭氏雖然主要著眼於文體賦對亂辭之容受，然而亂辭影響層面廣泛，實亦涵蓋騷體賦。

《楚辭》之亂辭，多有「兮」字等語助詞；及至東漢，騷體賦之語助詞，使用頻率漸趨減少；六朝之時，如陶潛〈歸去來辭〉以「已矣乎」為亂詞，不僅不再使用「兮」字等語助詞，其亂辭之句法、文句蘊含詩意之密度，均顯示亂辭隨時代潮流，於詩、文兩大體系之間擺盪衝激的痕跡。

4、神話氛圍

〈離騷〉、〈九歌〉以及漢代擬騷諸作，環繞著濃烈的神仙色彩，由先秦至西漢，風氣未曾止歇。如〈離騷〉自「駟玉虬以桀鷖兮，溘埃風余上征」開始，屈原運用其想像力，駕馭靈獸，上天入地，周旋於眾仙之中〔註 28〕。仙界風景奇麗，人物縹緲出群，充滿浪漫之奇遇，建構騷體賦特有之奇幻神話氛圍。許東海云：「屈原〈離騷〉在辭賦與神仙結合的遊仙文學中，首先樹立一種『憂―遊』言志詠

〔註 27〕郭建勳：〈論文體賦對楚辭的接受〉，《新亞論叢》2004 年第 1 期，頁124〜145。

〔註 28〕〔戰國〕屈原著，〔宋〕洪興祖注：〈離騷〉，《楚辭補注》（臺北：頂淵文化，2005 年），頁 25〜35。

懷色彩，其中所顯露的深沈，正與辭賦中仙境『紛總總其離合兮，班陸離其上下』的繽紛，形成強烈的對比，這種手法與後世『以麗景寫悲情』的創作風格可謂不謀而合。」〔註29〕屈原志意高潔，憂愁國事，卻無法得到君王信任，唯有將滿腔悲憤，寄託於〈離騷〉、〈九歌〉等作品中，使這類作品既充滿神仙色彩，也含有哀樂對比的極端反差現象，因此奠定騷體賦此種「以麗景寫悲情」之手法，對後世各類文體皆影響深遠。

騷賦於詞體之具體實踐者，如辛棄疾〈醉翁操〉（長松，頁263）及〈水龍吟〉：「聽兮清珮瓊瑤些。明兮鏡秋毫些。君無去此，流昏漲膩，生蓬蒿些。虎豹甘人，渴而飲汝，寧猿猱些。大而流江海，覆舟如芥，君無助，狂濤些。　路險兮、山高些。塊予獨處無聊些。冬槽春盎，歸來爲我，製松醪些。其外芳芬，團龍片鳳，煮雲膏些。古人兮既往，嗟予之樂，樂簞瓢些。」（頁 355）均刻意以語助詞營造賦體氣氛，此即將騷賦特色引以爲詞之顯例。

除騷體賦外，戰國時期，荀子也作有五篇賦，必須另外加以析論。荀賦之特色可分兩點探討，首先，荀賦和宋玉「極聲貌以窮文」之手法不同，荀子採用的乃是「述主客以首引」之架構，設辭問答，以引出作者內心實際企圖表達之主旨。其次，荀賦採用一種猜謎式的手法，類似俳優之隱語，並不直接說出所詠之物，而是針對題目旁敲側擊，由於描寫角度多元，進而帶動後世詠物賦之發展。

假設問對如〈禮賦〉，荀子設題發問：「爰有大物，非絲非帛，文理成章。非日非月，爲天下明。生者以壽，死者以葬。城郭以固，三軍以強。粹而王，駁而伯，無一焉而亡。臣愚不識，敢請之王。」而王對曰：「此夫文而不采者與！簡然易知，而致有理者與！君子所敬而小人所不者與！性不得則若禽獸，性得之則甚雅似者與！匹夫隆之則爲聖人，諸侯隆之則一四海者與！致明而約，甚順而體，請

〔註29〕許東海：《女性・帝王・神仙——先秦兩漢辭賦及其文化身影》（臺北：里仁書局，2003 年），頁 150。

歸之禮。」〔註30〕荀子是否眞有發問對答之事，並非討論重點，眞正值得關注之處，乃在於荀子以一問一答方式，先以疑問句，使讀者反思所詠主題之材質、功用，而後正面回答問題，帶出主旨，並且深入探討，肯定禮有「匹夫隆之則爲聖人，諸侯隆之則一四海」之巨大功用，使禮之正面意義深植人心。

　　隱語性質乃荀賦另一特點，屬於策士遊說技巧之一。荀子除〈禮賦〉外，其他四篇賦（〈知賦〉、〈雲賦〉、〈蠶賦〉、〈箴賦〉），同樣使用假設問對，也同樣具有隱語性質。徐師曾《文體明辨序說》即稱荀子：「所作五賦，工巧深刻，純用隱語，若今人之揣謎。」〔註31〕荀賦實際使用情形，如〈雲賦〉以「有物於此，居則周靜致下，動則慕高以鉅，圓者中規，方者中矩，大參天地，德厚堯禹，精微乎毫毛，而充盈乎大寓。……」〔註32〕發問，〈蠶賦〉以「有物於此，蠡蠡兮其狀屢化如神，功被天下，爲萬世文。禮樂以成，貴賤以分，養老長幼，待之焉而後存。名號不美，與暴爲鄰。功立而身廢，事成而家敗。……」〔註33〕發問，均刻意隱藏題目，不直接說出，具備「遯辭以隱意，譎譬以指事」〔註34〕之特點。此兩點特色雖已爲後世文人所習用，然探本尋源，仍是以荀賦爲創始者，且爲人所熟知。

　　運用荀賦之假設問對者如〈沁園春〉（杯汝來前，頁 386），第二闋云：「杯汝知乎，酒泉罷侯，鴟夷乞骸。更高陽入謁，都稱麴臼，杜康初筮，正得雲雷。細數從前，不堪餘恨，歲月都將麴蘗埋。君詩好，似提壺卻勸，沽酒何哉。　　　君言病豈無媒。似壁上雕弓蛇

〔註30〕　〔戰國〕荀子：〈禮賦〉，〔清〕陳元龍等編：《御定歷代賦彙》，中集，
　　　　　卷 60，頁 877。
〔註31〕　〔明〕徐師曾：《文體明辨序說》，頁 101。
〔註32〕　〔戰國〕荀子：〈雲賦〉，〔清〕陳元龍等編：《御定歷代賦彙》，上集，
　　　　　卷 6，頁 149。
〔註33〕　同前註，中集，卷 71，頁 1018。
〔註34〕　〔梁〕劉勰：〈諧讔〉，見王更生注譯：《文心雕龍讀本》（臺北：文
　　　　　史哲出版社，2004 年），上篇，頁 258。

暗猜。記醉眠陶令，終全至樂，獨醒屈子，未免沈菑。欲聽公言，
憝非勇者，司馬家兒解覆杯。還堪笑，借今宵一醉，爲故人來。」
（頁 387）

（二）辭　賦

辭賦是指以司馬相如、揚雄爲代表，具有強烈描繪性，注重鋪
陳，韻散配合之作品。辭賦之數量，是兩漢賦中最豐富之一體，此
類作品具有多項特色，其名稱也因賦學家所採觀察角度之不同，而
有幾種異稱，以下僅略舉數種以爲說明。鈴木虎雄及曹明綱著眼於
其於文辭之表現，故稱之爲「辭賦」〔註35〕；馬積高更是直接命名
爲「逞辭大賦」，認爲此類賦作特點有鋪陳排比、多古文奇字及雙聲
疊韻詞等〔註36〕。郭維森、許結則稱爲「散體大賦」，並敘述司馬相
如所創作之此類散體大賦，具有鋪陳誇飾、虛設人物、音樂性等特
點〔註37〕。逞辭大賦及散體大賦名稱之不同，僅在於前者強調辭賦
創作手法之鋪陳誇張；後者取決於辭賦敘述、人物問答時，以散體
爲主，故以散體爲名稱。而以「散體」爲此類名稱者，尚有褚斌杰
及萬光治。褚氏依據徐師曾《文體明辨序說》辦法，將賦分爲古、
俳、文、律四類，並且又在古體賦下分出散體大賦、騷體賦、小賦
等三類，可見郭維森、許結乃是直接襲用散體大賦此名稱〔註38〕。
萬氏則在對漢賦進行溯源時，將辭賦稱之爲「散體賦」〔註39〕，名
稱和郭維森等人極爲接近。至於將辭賦稱爲「古賦」者，如徐師曾
《文體明辨序說》〔註40〕、孫梅《四六叢話》〔註41〕等，雖然古賦

〔註35〕參見鈴木虎雄：《賦史大要》，頁 11。曹明綱：《賦學概論》，頁 59。
〔註36〕馬積高：《賦史》，頁 8。
〔註37〕郭維森、許結：《中國辭賦發展史》（南京：江蘇教育出版社，1996
　　　　年），頁 117～123。
〔註38〕褚斌杰：《中國古代文體學》（臺北：臺灣學生書局，1991 年），頁
　　　　90～93。
〔註39〕萬光治：《漢賦通論》（北京：華齡出版社，2006 年），頁 82～85。
〔註40〕〔明〕徐師曾：《文體明辨序說》，頁 101。
〔註41〕〔清〕孫梅：《四六叢話》（臺北：世界書局，1962 年），頁 61。

能涵蓋辭賦此體，然而範圍太大，卻又失之精準。

　　其次，賦家求全、求備之精神，亦可透過事典之排比反映。既可炫才，也能加強文章說服力。而僅以用典而言，其他文類並不似賦體如此繁複的疊用典故，是賦體最大特色。再者，奇文僻字的大量出現，不僅造成閱讀上之隔閡，同偏旁的字詞同時出現，亦容易使讀者對這類賦作有「類書」之感，此點更是賦體所獨擅。最後，誇張之想像亦與《詩經》之質樸有別。不論是主旨立意上之奇異，或是描寫編排上之虛幻，均與寫實傳統之《詩經》大相逕庭。此體之特色，歸納為以下六點：

1、鋪陳堆垛

　　辭賦為賦體文學最重要之一體，首先，辭賦乃是以鋪敘展衍為其最明顯之特色。其他文類如詩、詞、曲，一般情形下並不刻意鋪敘、堆疊，通常詩詞貴能言簡意賅，講求精要含蓄，而不像賦以博麗為能。鋪敘為辭賦最重要之創作手法，在辭賦之前，《楚辭》乃至仿擬《楚辭》之騷體賦，即有鋪敘之傾向，而辭賦更將鋪敘手法發展得淋漓盡致。龔克昌指出漢賦鋪張揚厲的原因之一是有安定、強盛的帝國，外在物質條件的繁榮興盛，提供漢賦足以取資的對象；其次是寫作者多為宮廷文人，雖然部分作家目的是為了諷諫，但卻造成「勸百而諷一」〔註42〕之情況，甚至有部分文人之創作，根本是為了歌功頌德；其三是受到《楚辭》之影響〔註43〕。《楚辭》部分篇章寫到方位時，總是求全、求備，如〈招魂〉中，巫陽招魂之時，從「東方不可以託些」、「南方不可以止些」、「西方之害，流沙千里些」、「北方不以止些」，到「君無上天些」、「君無下此幽都些」〔註44〕，南北東西皆齊備，明顯為固定的複製化創作技法。

〔註42〕〔漢〕司馬遷：〈司馬相如列傳〉，《史記》（臺北：鼎文書局，1980年），卷117，頁3073。

〔註43〕龔克昌：〈關於漢賦的鋪張揚厲〉，《漢賦研究》（濟南：山東文藝出版社，1990年），頁375～376。

〔註44〕〔戰國〕屈原著，〔宋〕洪興祖注：〈招魂〉，《楚辭補注》，頁198～

辭賦使用鋪敘手法務求完備，如敘述方位，則東西南北、內外上下，盡皆一一詳述，無不鉅細靡遺。劉熙載云：「賦兼敘列二法：列者，一左一右，橫義也；敘者，一先一後，豎義也。」〔註45〕亦即賦之鋪敘，實際上可以分為時間和空間兩方面而言。

（1）時　間

辭賦於時間上之鋪敘，一天中可由清晨描寫至夜半，季節上也可由春天記錄到冬季。除此種單調之單一時間鋪敘外，辭賦更能從古往今來之歷史中，引用所需史事片段，作為有力論證，強化文章之說服力。此點明顯是從戰國縱橫家之遊說技巧而來，如蘇秦遊說魏襄王時云：「臣聞越王句踐戰敝卒三千人，禽夫差於干遂；武王卒三千人，革車三百乘，制紂於牧野。豈其士卒眾哉，誠能奮其威也。今竊聞大王之卒，武士二十萬……車六百乘，騎五千匹。此其過越王句踐、武王遠矣。」〔註46〕蘇秦為凸顯魏國國勢之強盛，給予魏襄王信心，於是援引周朝開創者武王，以及春秋時稱霸吳越之霸主句踐。在時間上以古人為例，對照今日魏國之強盛，藉以使魏襄王相信自己也能如同古代霸主建立功業，蘇秦之說法也能因其例證而更加穩固。

除了戰國縱橫家說辭已稍微可見時間之鋪敘外，《楚辭》也有此現象。如屈原〈離騷〉云：「朝搴阰之木蘭兮，夕攬洲之宿莽。日月忽其不淹兮，春與秋其代序。」、「朝飲木蘭之墜露兮，夕餐秋菊之落英。」、「謇朝誶而夕替」、「朝發軔於蒼梧兮，夕余至乎縣圃。」等等〔註47〕。其中值得注意者，在於屈原對時間的描寫，必定成雙成對出現，如「朝夕」、「日月」、「春秋」等，此皆對辭賦於時間上之展衍，具有一定的影響。如董仲舒〈士不遇賦〉：

202。

〔註45〕〔清〕劉熙載：〈賦概〉，《藝概》（臺北：漢京文化，1985 年），頁98。

〔註46〕〔漢〕司馬遷：〈蘇秦列傳〉，《史記》，卷69，頁2255。

〔註47〕〔戰國〕屈原著，〔宋〕洪興祖注：〈離騷〉，《楚辭補注》，頁6～26。

> 觀上古之清濁兮，廉士亦熒熒而靡歸。殷湯有卞隨與務光
> 兮，周武有伯夷與叔齊。卞隨務光遁跡於深淵兮，伯夷、
> 叔齊登山而采薇。使彼聖人其猶周邅兮，矧舉世而同迷。
> 若伍員與屈原兮，固亦無所復顧。亦不能同彼數子兮，將
> 遠遊而終慕。〔註48〕

古代所謂之賢人高士卞隨與務光，於清明之時代仍然對出仕感到猶
疑徬徨，伍子胥、屈原更因忠誠而不被信用，最終對國君感到徹底
失望。時間的長河流轉，然而人類從歷史上學到的唯一教訓，就是
人類從歷史上學不到任何教訓〔註49〕。董仲舒同樣援引古人為例
證，藉以抒發懷才不遇之感，由〈士不遇賦〉可以瞭解辭賦作家運
用歷史故實，進行重重說解之手法。

（2）空　間

辭賦對空間之鋪陳，同樣受到戰國縱橫家及《楚辭》的影響，
如蘇秦遊說秦、燕、趙、韓、魏、齊、楚各國君王時，無一例外的
針對該國四方地理形勢，逐一敘述〔註50〕。〈離騷〉則是從「駟玉虬
以桀鷖兮，溘埃風余上征」後，上下前後，從蒼梧、縣圃到咸池，不
停的敘述自己追求理想的過程〔註51〕。可以說，戰國縱橫家提供辭
賦作者取資之處，在於外在形式一種固定敘寫模式；〈離騷〉提供的
則是內在上不斷擴張、不斷求索之展衍精神。

辭賦於空間上之鋪陳表現，不可勝數。如司馬相如〈子虛賦〉提
到雲夢澤時云：

> 其山則盤紆岪鬱，隆崇嵂崒……其土則丹青赭堊，雌黃白
> 坿，錫碧金銀……其石則赤玉玫瑰，琳瑉昆吾……其東則

〔註48〕　〔漢〕董仲舒：〈士不遇賦〉，〔清〕陳元龍等編：《御定歷代賦彙》，
　　　　　外集，卷3，頁1892。
〔註49〕　黑格爾：「經驗和歷史所昭示我們的，卻是各民族和各政府沒有從歷
　　　　　史方面學到什麼，也沒有依據歷史上演繹出來的法則行事。」見黑
　　　　　格爾著，王造時譯：《歷史哲學》（臺北：里仁書局，1994年），頁
　　　　　35。
〔註50〕　〔漢〕司馬遷：〈蘇秦列傳〉，《史記》，卷69，頁2242～2261。
〔註51〕　〔戰國〕屈原著，〔宋〕洪興祖注：〈離騷〉，《楚辭補注》，頁25～30。

有蕙圃，蘅蘭苣若……其南則有平原廣澤，登降陁靡……其西則有湧泉清池，激水推移……其北則有陰林巨樹，楩柟豫章……其上則有鵷鶵孔鸞，騰遠射干。其下則有白虎玄豹，蟃蜒貙犴。〔註52〕

從雲夢澤之山、土、石，描寫東南西北之所有景物，一氣直下。手法固定爲「其……則」，敍寫則極盡鋪陳之能事。劉熙載《藝概·賦概》載：「張融作〈海賦〉不道鹽，因顧凱之之言乃益之。姚鉉令夏竦爲〈水賦〉，限以萬字。竦作三千字，鉉怒，不視，曰：『汝何不於水之前後左右廣言之？』竦益得六千字。可知賦須當有者盡有，更須難有者能有也。」〔註53〕辭賦作家大多具有「前後左右廣言之」特色，如此自然形成雄篇巨著，辭賦篇幅也日漸增加。據龔克昌之統計：「漢初賈誼的〈鵩鳥賦〉，只有五百來字……班固〈兩都賦〉是四千三百字，東漢後期的張衡〈二京賦〉，便猛增至七千七百多字。」〔註54〕此種篇幅日益廣大之主要原因，即由於辭賦作者大量採用鋪敍之緣故，所以王芑孫乃云：「詩有清虛之賞，賦惟博麗爲能。」〔註55〕即是說明賦體特別注重雅麗與廣博這兩項特點。

2、諷諭精神

漢代儒士承繼《詩·大序》：「上以風化下，下以風刺上，主文而譎諫，言之者無罪，聞之者足以戒。」〔註56〕此種婉言諷諫之傳統，認爲文藝作品應當具有政治教化之功能，《漢書·藝文志》載：「大儒孫卿及楚臣屈原，離讒憂國，皆作賦以風，咸有惻隱古詩之意。」〔註57〕即是認爲荀子賦及《楚辭》含有《詩經》之婉言諷諫

〔註52〕〔漢〕司馬相如：〈子虛賦〉，〔清〕陳元龍等編：《御定歷代賦彙》，中集，卷58，頁847～848。

〔註53〕〔清〕劉熙載：〈賦概〉，頁99。

〔註54〕龔克昌：〈關於漢賦的鋪張揚厲〉，頁373。

〔註55〕〔清〕王芑孫撰：《讀賦卮言》，何沛雄編著：《賦話六種》（香港：萬有圖書公司，1982年），頁4。

〔註56〕〔漢〕毛亨傳，〔漢〕鄭玄箋，〔唐〕孔穎達正義：《毛詩正義》，收入《十三經注疏》（臺北：新文豐出版公司，2001年），頁47。

〔註57〕〔漢〕班固撰，〔唐〕顏師古注：〈藝文志〉，《漢書》，卷30，頁1756。

傳統。王逸認為〈離騷〉之作是因為「屈原執履忠貞而被讒衰,憂心煩亂,不知所愬,乃作《離騷經》……言己放逐離別,中心愁思,猶依道徑,以風諫君也。」〔註58〕他同樣認為〈九歌〉具有「上陳事神之敬,下見己之冤結,託之以風諫」〔註59〕之寓意。漢人普遍認為辭賦應具備諷諭之主旨,由此亦可見一斑。

辭賦乃是以具有曲終奏雅之諷諭精神為貴。辭賦此項特色雖為承繼《詩經》而來,然而齊言詩體自《詩經》之後,諷諭精神不復《詩經》如此濃烈,相形之下,辭賦卻能將諷諭傳統保留下來。(特別是漢代)而辭賦與《詩經》諷諭之使用情形,不同之處在於:《詩經》往往通篇均針對諷刺對象而發;辭賦即使篇幅甚巨,卻僅於篇末略述諷諫之意,無怪乎揚雄認為「靡麗之賦,勸百而諷一。」〔註60〕

就司馬相如〈子虛賦〉、〈上林賦〉等作品觀察,雖然在篇幅上,有頌揚之意遠多於諷諭之情況,然而不論是〈子虛賦〉之烏有先生,或〈上林賦〉之亡是公,其諷諫確實是理性論辯,且具有深刻反省意義的,如〈上林賦〉末段云:

> 若夫終日馳騁,勞神苦形。罷車馬之用,抏士卒之精。費府庫之財,而無德厚之恩。務在獨樂,不顧眾庶。忘國家之政,貪雉兔之獲。則仁者不繇也。從此觀之,齊楚之事,豈不哀哉!地方不過千里,而囿居九百,是草木不得墾闢,而民無所食也。夫以諸侯之細,而樂萬乘之侈,僕恐百姓被其尤也。〔註61〕

此即程大昌所云:「先出以勸,以中帝欲,帝既訢訢有意,乃始樂聽,待其樂聽,而後徐加風諭。」〔註62〕如果通篇皆是勸諫之文,必定無法取得上位者青睞,如此儘管文章立意再良善,也無法達到諷諭效

〔註58〕 〔戰國〕屈原著,〔宋〕洪興祖注:〈離騷〉,《楚辭補注》,頁2。
〔註59〕 同前註,頁55
〔註60〕 〔漢〕司馬遷:〈司馬相如列傳〉,《史記》,卷117,頁3073。
〔註61〕 〔漢〕司馬相如:〈上林賦〉,〔清〕陳元龍等編:《御定歷代賦彙》,中集,卷58,頁851。
〔註62〕 〔宋〕程大昌:《雍錄》(臺北:藝文印書館,1970年)冊5,頁6。

果。所以此種先勸後諷之手法，實乃文學家一種以退爲進之創作技巧。因此簡宗梧先生認爲司馬相如之〈上林賦〉，可以說是「爲生靈百姓請命的萬言書」〔註63〕，尋繹其意，實非過譽。

詩體同樣具有諷諭之傳統，與賦體相較而言，詩隨時皆可進行諷刺，賦則更注重於篇末注入微詞諷諫，寄望能感悟對象。因此以賦爲詞之諷諭精神，首重能於末段發揮曲終奏雅之諷諫功能。另外，二者相較而言，詩體較多直抒其志，賦體較多婉言以諫，亦爲詩、賦相異之處。

3、排比事典

由於辭賦作家希望透過對體物無遺之追求，以顯示自身之博學多聞，因此大量使用鋪陳手法。典故之蒐羅廣徵，堆砌成篇，也是辭賦常見特色之一。劉勰認爲「經典沈深，載籍浩瀚，實群言之奧區，而才思之神皐」，亦即只要善用事典，就能達到「眾美輻輳，表裏發揮」之功效〔註64〕。鋪排大量事典，以加強文章說服力者，如張衡〈思玄賦〉敘述天道不可知一段云：

> 黃靈詹而訪命兮，繆天道其焉如。曰近信而遠疑兮，六籍闕而不書。神遂昧其難覆兮，疇克謀而從諸？牛哀病而成虎兮，雖逢昆其必噬。鼈令殪而尸亡兮，取蜀禪而引世。死生錯其不齊兮，雖司命其不晰。實號行於代路兮，後膺祚而繁廡。王肆侈於漢庭兮，辛衙恤而絕緒。尉厖眉而郎潛兮，逮三葉而遘武。董弱冠而司袞兮，設王隧而弗處。夫吉凶之相仍兮，恆反側而靡所。〔註65〕

張衡以黃帝引出天道不可知之主旨，並以典故證明之：(1)《淮南子‧俶眞訓》記載魯人公牛哀生病七日，竟然變成老虎，搏食其兄。(2)

〔註63〕簡宗梧：《漢賦源流與價值之商榷》（臺北：文史哲出版社，1980年），頁31。

〔註64〕〔梁〕劉勰：〈事類〉，見王更生注譯：《文心雕龍讀本》，下篇，頁170。

〔註65〕〔漢〕張衡：〈思玄賦〉，〔清〕陳元龍等編：《御定歷代賦彙》，外集，卷2，頁1878。

《蜀王本紀》記載荊國有一名曰鱉靈者，死而復活，後來遇見蜀帝杜宇，杜宇認為自己比不上他，遂將皇位禪讓給鱉靈。(3)《漢書・外戚傳》記載呂太后將宮人賞賜諸王時，竇姬原希望能回趙國，但卻陰錯陽差被安排到代，代王特別寵愛竇姬，等到代王立為帝，竇姬成為皇后，生子漢景帝，後來子孫滿堂。(4)《漢書・外戚傳》同樣記載平帝王皇后在即位後，雖然能隨心所欲，最終卻因父親王莽作亂，含恨而終，斷絕了子嗣。(5)《漢武故事》記載顏駟歷經文、景、武帝三世，始終沒有機會得到重用，直到被漢武帝發現，才終於擢升為會稽都尉。(6)《漢書・佞幸傳》記載董賢二十二歲就當上大司馬，雖然能建造如帝王般的墳墓，卻無法安葬。

　　張衡藉由上述正反兩面事例，首先說明天道幽昧，任何人都無法預先加以籌畫。其次提醒生死有命，不必刻意追求長壽。最後明示吉凶禍福乃是相隨而來，人不可過於勉強固執。辭賦作家反覆用典，不嫌堆砌，一方面能將主旨敘述詳盡，另一方面能展現個人才華，因此作者不厭其煩，盡情使用，造成此類賦作大多具有排比事典之特色。

　　詩、賦亦同樣重視用典，然重心亦各自不同。詩體用典強調適可而止，要求用典須渾化不澀；賦體用典要務必盡善盡美，不畏累牘連篇。其次為詩體兼容並蓄，用典往往不計精粗；賦體則好尚典雅，摒棄俚俗，期使以用典追求更加雅麗之效果，此即詩、賦用典相異之處。

4、奇文僻字

　　辭賦作家有精通小學者，如司馬相如作〈凡將篇〉、揚雄作〈訓纂篇〉〔註66〕，是以曹植認為司馬相如、揚雄等人賦作「趣幽旨深，讀者非師傳不能析其辭，非博學不能綜其理」〔註67〕。這是因為他們熟悉文字學，因此創作時，大量使用古文奇字，進而造成賦作部分內容，易使讀者感到晦澀難解。司馬相如〈上林賦〉其中一段描寫上林

〔註66〕〔漢〕班固撰，〔唐〕顏師古注：〈藝文志〉，《漢書》，卷30，頁1720。
〔註67〕〔梁〕劉勰：〈練字〉，見王更生注譯：《文心雕龍讀本》，下篇，頁187。

苑之四方物類云：

> 蛟龍赤螭，魱鯿漸離，鰅鰫鰬魠，禺禺魼鰨，揵鰭掉尾，
> 振鱗奮翼，潛處乎深巖。魚鱉讙聲，萬物眾夥，明月珠子，
> 的皪江靡，蜀石黃堁，水玉磊砢，磷磷爛爛，采色澔汗，
> 叢積乎其中。鴻鷫鵠鴇，駕鵝屬玉，交精旋目，煩鶩庸渠，
> 箴疵鵁盧，群浮乎其上。泛淫泛濫，隨風澹淡，與波搖蕩，
> 奄薄水渚，唼喋菁藻，咀嚼菱藕。〔註68〕

此賦記水族則有「鰅鰫鰬魠，禺禺魼鰨」；寫禽鳥則是「鴻鷫鵠鴇，駕鵝屬玉」。此類瑋字，於後代詩詞之中，均不多見。《詩經》與《楚辭》部分篇章，雖然同樣含有較為生僻之古文奇字，然於數量上，卻遠遠不及辭賦，因此這些奇文僻字可視為辭賦指標之一，亦即辭賦是以此建立文體特色之一部份。

　　此外，由於過度使用瑋字，所以容易使讀者對這類賦作有「類書」、「郡志」之感。並且認為秦、漢時代部分罕用的瑋字，因為曾於賦中出現才能得以保存。袁枚《隨園詩話》卷一云：「古無類書，無志書，又無字彙。故三都兩京賦，言木則若干，言鳥則若干，必待搜輯群書，廣採風土，然後成文。果能才藻富豔，便傾動一時。洛陽所以紙貴者，直是家置一本，當類書郡志讀耳，故成之亦須十年五年。」〔註69〕即是說明張衡、左思於創作辭賦時，由於「搜輯群書，廣採風土」，所以造成辭賦以類相從，有如類書之實際情形〔註70〕。

〔註68〕〔漢〕司馬相如：〈上林賦〉，〔清〕陳元龍等編：《御定歷代賦彙》，中集，卷58，頁849。

〔註69〕〔清〕袁枚：《隨園詩話》（臺北：宏業書局，1987年），卷1，頁5。

〔註70〕簡宗梧先生云：「當帝王不再是他們的知音，賦仍然是逞才的工具，既不能用來向帝王邀寵，卻可以用來發抒感慨或自娛娛人。它的欣賞者，不再是帝王權貴，而是同受語文訓練的文人墨客，同是飽讀詩書的士子才人。他們欣賞賦篇的方式，不再是聽人朗誦，而是自行誦讀吟詠，因此他們不免斟酌經辭、鎔鑄故實，一則以增加美感的密度，再則炫其學博才高，經史諸子之書的內容，都成為彼此溝通的符碼，所以賦逐漸走上『掊摭經史，華實布濩，因書立功』的路子，編輯文集與類書，以便於取資，也成為必然的趨勢。」說明

5、假設問答

辭賦作家承繼荀賦假設問對之手法,為求將內心所欲表達之主旨,以更為深刻、更加生動活潑之方式訴諸讀者,往往於賦中虛構一假設人物,對主角之意見,提出反面之疑問,再由主角回答作者實際企圖表達之主旨,反映真正之情志。如枚乘〈七發〉由吳客與楚太子,一來一往進行問答,吳客以天下至悲之音、至美之美食、至快之車乘、靡麗之游宴、至壯之校獵、怪異之奇觀,詢問太子能否起而賞玩,太子雖然因病而不能嘗試,但是已經有所起色。最終吳客以天下要言妙道,使太子涊然汗出,霍然病已,終於帶出真正主旨[註71]。枚乘設計一組組問答,吳客詢問之語詞,必然集合該類最為極端之物事,藉以吸引太子,並逐步逼出作者真正主旨:勸誡王侯貴族不該只貪圖遊樂,應捨棄前述幾項極樂之事,而以心靈、知識上的充足為優先要務。透過反思方式,能使讀者作更為深刻之反省,而非僅直接點明題意,反而容易因直接淺顯而被讀者忽略,因此,假設問答可謂作者寫作技巧上成功之嘗試。而假設問對於詞作實際運用之例,前文已舉〈沁園春〉(杯汝知乎,頁387)為例,餘如〈六州歌頭〉:「晨來問疾,有鶴止庭隅。吾語汝:只三事,太愁余。病難扶。手種青松樹。礙梅塢。妨花逕,縷數尺。如人立。卻須鋤。秋水堂前,曲沼明於鏡,可燭眉鬚。被山頭急雨,耕壟灌泥塗。誰使吾廬。映污渠。　　歎青山好,簷外竹,遮欲盡,有還無。刪竹去,吾乍可,食無魚。愛扶疎。又欲為山計,千百慮,累吾軀。凡病此。吾過矣。子奚如。口不能言臆對:雖盧扁、藥石難除。有要言妙道,往問北山愚。庶有瘳乎。」(頁428)不僅採用問答方式,其模仿枚乘〈七發〉以病寓理之結構亦相當明顯。

作家由於炫技的心理作用,而使辭賦類書化的傾向。見簡宗梧:〈賦與類書關係之考察〉,《第五屆國際辭賦學學術研討會論文集》(漳州:漳州師範學院,2001年)。

〔註71〕〔漢〕枚乘:〈七發〉,費振剛等輯校:《全漢賦》(北京:北京大學出版社,1997年),頁16~21。

6、想像誇張

誇張的想像亦是辭賦常見特色之一，不同於《詩經》之質樸，辭賦對描寫之主題，進行擴大、強化、虛構等手法，形成辭賦特殊之幻想世界。想像誇張可分為主旨奇異與描寫虛幻。主旨奇異如張衡〈髑髏賦〉，大膽選用常人避諱之髑髏為題，炫人耳目。原本人死不能復生，然而作者卻要「告之于五岳，禱之于神祇。起子素骨，反子四肢，取耳北坎，求目南離，使東震獻足，西坤授腹，五內皆還，六神盡復，子欲之不乎？」接著假借莊子髑髏，抒發「死為休息，生為役勞」、「榮位在身，不亦輕於塵毛」之賦作主旨 〔註72〕。

描寫虛幻如王延壽〈夢賦〉，常人日有所思，夜有所夢，題目原無甚出奇，然而賦作內容寫作者遇鬼之奇幻事件，不同於柳宗元〈夢歸賦〉、歐陽脩〈述夢賦〉以日常生活為賦作內容，王延壽〈夢賦〉說明自己「吾含天地之純和，何妖孽之敢臻」，認為自己秉性純和，行為正直，所以內心毫不畏懼，進而描寫與鬼怪搏鬥之畫面，十分生動刺激，超現實之想像，確實足以稱為與鬼對抗之「罵鬼書」〔註73〕。

神奇之想像運用於詞中者如〈木蘭花慢〉，詞人竟想像「可憐今夕月，向何處、去悠悠？是別有人間，那邊纔見，光影東頭？」（頁408）想像力竟與科學暗合，且長鯨縱橫與蝦蟆浴水、玉兔沈浮等亦透顯作者之奇思妙想，加之仿擬「天問體」，賦化程度可為代表。

（三）詩　賦

楊遺旗、唐文〈推動唐代律賦形成的兩股內生力量——「詩化」與「文化」〉為詩賦作界定云：「四言詩如不分章且有鋪陳色彩便是四

〔註72〕〔漢〕張衡：〈髑髏賦〉，〔清〕陳元龍等編：《御定歷代賦彙》，外集，卷19，頁2102～2103。

〔註73〕賦前有自序云：「臣弱冠嘗夜寢，見鬼物與臣戰。遂得東方朔與臣作罵鬼之書，臣遂作賦一篇敘夢。」同前註，外集，卷18，頁2083～2084。

言詩體賦，五言詩、七言詩亦然。」〔註74〕認定詩體賦除句式整齊之
外，尚須具備不分章及鋪陳這兩項條件。曹明綱《賦學概論》認爲詩
賦是指「以詩的整齊的基本句式」寫成的賦〔註75〕，所以詩賦的特點
即在於句式的整齊固定。四言詩賦，如揚雄〈逐貧賦〉：

> 人皆文繡，余褐不完；人皆稻粱，我獨藜飱。貧無寶玩，
> 何以接歡？宗室之燕，爲樂不槃。徒行負笈，出處易衣。
> 身服百役，手足胼胝。或耘或耔，露體霑肌。朋友道絕，
> 達官淩遲。厥咎安在？職汝爲之！〔註76〕

不僅整齊之句式如同《詩經》，字句上「人皆……不……人皆……我
獨……」亦相當近似〈蓼莪〉。五、七言詩賦則有蕭慤〈春賦〉、駱賓
王〈蕩子從軍賦〉等。馬積高提到形成賦的三種途徑，其中之一是由
《詩經》三百篇而來，他稱此類詩賦爲「詩體賦」。郭建勛、曾偉偉
認爲「賦體文學對《詩經》形式的接受，除了在賦作中普遍地使用四
言句外，便最集中地體現在以四言爲基本句式的詩體賦上。」〔註77〕
詩賦不論是四言句式，或是由此四言句式所延伸之五、七言句式，其
固定整齊之形式，確實可以視爲對《詩經》之接受與運用。

　　詩賦之最大特色既然爲句式整齊固定，如此則與句式較爲參差
不齊之辭賦形成區隔，且日漸明顯。句式由長短不一到整齊，代表
著詩賦作家於文體創新上之嘗試，有意識的往《詩經》齊言句式之
路線回歸。如此一來，賦在經過騷賦、辭賦、詩賦之遞相演變後，
可以看出賦此一文體不間斷的於詩、文之間擺盪，亦爲後來「賦的
詩化」以及「賦的詞化」，提供可資參考的模式，使兩種文體間之相
互融通，成爲一種嶄新的可能。

〔註74〕楊遺旗、唐文：〈推動唐代律賦形成的兩股內生力量──「詩化」與
　　　　「文化」〉，《社會科學家》2009 年第 10 期，頁 23。
〔註75〕曹明綱：《賦學概論》，頁 61。
〔註76〕〔漢〕揚雄：〈逐貧賦〉，〔清〕陳元龍等編：《御定歷代賦彙》，外集，
　　　　卷 19，頁 2092。
〔註77〕郭建勛、曾偉偉：〈詩體賦的界定與文體特徵〉，《求索》2005 年第 4
　　　　期，頁 139。

詩賦除鋪陳此要件與辭賦相同外，句式整齊及不分章，乃是形式上最明顯的兩項特徵。然而句式整齊或不分章，與詩體之區隔，實際上均極爲有限。且經筆者檢索，辛棄疾詞作亦無效法仿擬詩體賦之處，因此，雖然詩體賦本身之存在，對後來賦體流變之影響，確實有其必要及貢獻，然而本文僅針對詩體賦略作介紹，原因即在於詩體賦並無絕對可區分彼此之特徵，且未獲得辛棄疾取資。

（四）俳　賦

俳字爲遊戲之意，廣義而言，一般均將俳賦等同於駢賦。此或爲俳賦作家專注於修辭上之研練，接近於文字遊戲，以此取得讀者之青睞，故有此名稱。修辭其中一部份即表現於對偶上，並形成此類賦體最大特色。因此，以一般情況而言，並不特別強調俳賦、駢賦二者之區別。雖然一般均將俳賦等同於駢賦，然而二者實際上仍有些微差異存在。俳賦是指凡重視修辭技巧、字句鍛鍊者，均可稱爲俳賦；駢賦則專指以對仗工整爲特色之作品。俳賦包含較廣泛，駢賦定義較明確。本文欲探討以賦爲詞之現象，因此從寬討論所有俳賦所具備之特點，約而言之，有下列諸端：

1、對偶精切

辭賦自始雖已出現對句，然而以單句對爲多數，必須等到俳賦出現，始有較多隔句對及複句對。李調元針對辭賦至駢賦，使用對偶情形作比較：

> 揚、馬之賦，語皆單行，班、張則間有儷句，如「周以龍興，秦以虎視」、「聲與風遊，澤從雲翔」等語是也。下逮魏、晉，不失厥初，鮑照、江淹，權輿已肇。永明、天監之際，吳均、沈約諸人，音節諧和，屬對密切，而古意漸遠。〔註78〕

俳賦不僅要「音節諧和」，亦需「屬對密切」，揚雄、司馬相如賦作雖已有對偶，然卻是偶一爲之，且對偶並不嚴格。魏、晉以降，俳賦作

〔註78〕〔清〕李調元：《賦話》（臺北：世界書局，1974 年），卷 1，頁 1。

家使用對偶頻率，有日漸提高之趨勢，作家意識亦由無心之偶然使用，變成有意識的刻意經營，講究修辭、屬對工切。這主要是由於時代文潮對唯美文學之追求，亦是文辭藻麗的後出轉精。

何沛雄將對句種類依句數分為單句對、隔句對、複句對等三類〔註79〕，單句對如謝莊「清蘭路，肅桂苑。」、「厭晨歡，樂宵宴。」〔註80〕；張融「磊若驚山竭嶺以竦石，鬱若飛煙奔雲以振霞。」〔註81〕等。隔句對如張融「蕩洲磯岸，而千里若崩；衝崖沃島，其萬國如戰。」〔註82〕；庾信「孫策以天下為三分，眾纔一旅；項籍用江東之子弟，人唯八千。」〔註83〕等。複句對如何晏「其華表，則鎬鎬鑠鑠，赫奕章灼，若日月之麗天也；其奧秘，則翳蔽曖昧，髣髴退懸，若幽星之纏連也。」〔註84〕俳賦作家致力於對仗工整，由上述舉例，亦可見一斑。

《文心雕龍·麗辭》則從其他角度，將對句依對偶方式分為言對、事對、反對、正對四類，其云：

> 言對者，雙比空辭者也；事對者，並舉人驗者也；反對者，理殊趣合者也；正對者，事異義同者也。〔註85〕

劉勰以實際賦作為例，說明言對、事對、反對、正對四類對偶之差異。而從劉勰仔細對賦作進行劃分之作法，顯示當時文人對對句之

〔註79〕何沛雄：〈六朝駢賦對句形式初探〉，《漢魏六朝賦論集》（臺北：聯經出版事業公司，1990年），頁181。

〔註80〕〔南朝宋〕謝莊：〈月賦〉，〔清〕陳元龍等編：《御定歷代賦彙》，上集，卷4，頁118。

〔註81〕〔齊〕張融：〈海賦〉，同前註，卷24，頁393。

〔註82〕同前註。

〔註83〕〔周〕庾信：〈哀江南賦〉，同前註，外集，卷4，頁1910。

〔註84〕〔魏〕何晏：〈景福殿賦〉，同前註，中集，卷73，頁1040。

〔註85〕劉勰並實際舉例：「長卿〈上林賦〉云：『修容乎禮園，翱翔乎書圃。』此言對之類也；宋玉〈神女賦〉云：『毛嬙鄣袂，不足程式；西施掩面，比之無色。』此事對之類也；仲宣〈登樓賦〉云：『鐘儀幽而楚奏，莊舄顯而越吟。』此反對之類也；孟陽〈七哀〉云：『漢祖想枌榆，光武思白水。』此正對之類也。」〔梁〕劉勰：〈麗辭〉，見王更生注譯：《文心雕龍讀本》，下篇，頁133。

認識已逐漸從偶然使用,演進成作者創作時一項絕佳利器;亦可瞭解賦體文學越來越趨向精緻化、細膩化,顯示出六朝推崇華美文風之時代風氣。

2、音調和諧

六朝聲律之學勃興,賦家創作講求音節和諧,注意平仄聲調,如沈約即提出:

> 夫五色相宣,八音協暢,由乎玄黃律呂,各適物宜。欲使宮羽相變,低昂互節,若前有浮聲,則後須切響,一簡之內,音韻盡殊;兩句之中,輕重悉異。〔註86〕

可以想見此時期之俳賦,部分詞句已經相當接近詩句,如庾信〈春賦〉首段八句云:

> 宜春苑中春已歸,披香殿裏作春衣。新年鳥聲千種囀,二月楊花滿路飛。河陽一縣併是花,金谷從來滿園樹。一叢香草足礙人,數尺遊絲即橫路。〔註87〕

其中第二、四兩句,平仄已符合唐詩標準;六、八兩句,亦趨近唐詩標準〔註88〕;第一句亦僅有第二字不合唐詩平仄。前八句如同兩首七言絕句,後四句之節奏點更是完全達到平開仄合、仄起平收之規範。當然俳賦並非唐詩,自無須遵守詩之規範,然由此賦前八句偶數句式之合律,以及後四句平仄之兩兩相對,可以發現俳賦作者對聲韻協調的確耗費一番心血。

3、字句工麗

俳賦於形式上另一明顯特色,即在於字句之整鍊妍麗,孫梅論

〔註86〕 〔梁〕沈約:〈謝靈運傳〉,《宋書》(臺北:鼎文書局,1979 年),卷 67,頁 1779。

〔註87〕 〔周〕庾信:〈春賦〉,〔清〕陳元龍等編:《御定歷代賦彙》,上集,卷 10,頁 203。

〔註88〕 此四句平仄依序爲:平平仄仄仄平平,仄仄平平仄仄平,平仄平仄平平仄,仄仄平平仄仄平平仄。如以唐詩標準而論:第六句首字不論,第六及第八句之第六字原應爲仄,此處爲平,所以第五字亦改爲仄以相救。

述古賦與駢賦之區別云：

> 左陸以下，漸趨整鍊，齊梁而降，益事研華。古賦一變而
> 為駢賦。江鮑虎步於前，金聲玉潤，徐庾鴻騫於後，繡錯
> 綺交，固非古音之洋洋，亦未如律體之靡靡也。〔註89〕

持相同意見者如李調元云：「鄴中小賦，古意尚存。齊梁人効之，琢
句愈秀，結字愈新，而去古亦愈遠。」〔註90〕二家同樣認為俳賦在形
式上，具有雕琢字句、追求藻繪之特徵。

　　由於唯美主義之影響，作家於創作時，雕琢字句務求辭采華美，
揀擇選字期使意象新穎，同時亦能不過份堆砌，所以造成俳賦文采動
人而篇幅縮小之情況，潘岳〈秋興賦〉描寫秋景：

> 野有歸燕，隰有翔隼。游氛朝興，槁葉夕殞。於時乃屏輕
> 箑，釋纖絺。藉莞蒻，御袷衣。庭樹槭以灑落兮，勁風戾
> 而吹帷。蟬嘒嘒以寒吟兮，鴈飄飄而南飛。天晃朗以彌高
> 兮，日悠陽而浸微。

寫夜景則云：

> 何微陽之短晷，覺涼夜之方永。月朦朧以含光兮，露淒清以
> 凝冷。熠燿粲於階闥兮，蟋蟀鳴乎軒屏。聽離鴻之晨吟兮，
> 望流火之餘景。宵耿介而不寐兮，獨展轉於華省。〔註91〕

賦家寫月色，專注於朦朧光暈所產生之柔和美感；寫露水，強調於夜
半所散發出的淒清之意。他如「游氛」寫氣體之流動，「槁葉」寫枯
葉之靜止，既有「朝興」，亦有「夕殞」，前後相互對比。螢火寫視覺，
蟋蟀寫聽覺。不僅對偶工整，更兼華美綺麗。可謂敘飛禽則生動靈活，
寫光影亦粲然閃爍。體物得神，不唯筆頭生花；含情能達，實又詞鋒
雕龍。

4、篇幅簡短

　　辭賦經過高峰期之蓬勃發展後，有文人意識到部分辭賦之內容，

〔註89〕〔清〕孫梅：《四六叢話》，卷4，頁61。
〔註90〕〔清〕李調元：《賦話》，卷1，頁3。
〔註91〕〔晉〕潘岳：〈秋興賦〉，〔清〕陳元龍等編：《御定歷代賦彙》，上集，
　　　　卷10，頁231。

流於無意義之堆砌，成爲文人炫才之手段。經過自覺之反省後，有志
之士企圖突破前人窠臼，創作嶄新、合乎自我情志之作品。最明顯之
現象，即是六朝時期宮殿、畋獵類賦作的減少，詠物、言志類賦作的
增加，透露出賦家之創作，由逞辭大賦轉變到俳賦之訊息。

　　由於鋪陳之降低，賦作不再累牘連篇，形成篇幅小巧精鍊之普遍
狀況。六朝時期雖有何晏〈景福殿賦〉、陸機〈文賦〉、潘岳〈西征賦〉、
左思〈三都賦〉、庾信〈哀江南賦〉等長篇作品，然與俳賦相比，終
究屬於少數。且此類作品具有辭賦鋪陳、排比之寫作手法，性質上較
爲接近辭賦，可以視爲辭賦與俳賦間，過渡時期作品。

　　篇幅精簡之俳賦，如潘尼、張協、張載、傅玄、夏侯湛等人有詠
安石榴賦，曹植、王粲、桓玄、傅咸有〈鸚鵡賦〉等。試舉二例以瞭
解實際概況，張載〈安石榴賦〉：

> 有石榴之奇樹，肇結根於西海。仰青春以啓萌，晞朱夏以
> 發采。揮光垂綠，擢榦曜鮮。燁若群翡俱棲，爛若百枝並
> 然。煥乎郁郁，焜乎煌煌。仰映清宵，俯燭蘭堂。似西極
> 之若木，譬東谷之扶桑。於是天迴節移，龍火西夕。流風
> 晨激，行露朝白。紫房既熟，頳膚自坼。剖之則珠散，含
> 之則冰釋。〔註92〕

王粲〈鸚鵡賦〉：

> 步籠阿以躑躅，叩眾目之希稠。登衡榦以上干，噭哀鳴而
> 舒憂。聲嚶嚶以高厲，又慺慺而不休。聽喬木之悲風，羨
> 鳴友之相求。日奄靄以西邁，忽逍遙而既冥。就隅角而斂
> 翼，倦獨宿而宛頸。〔註93〕

二賦均爲袖珍小品，張載〈安石榴賦〉僅一百餘字，王粲〈鸚鵡賦〉
更是在百字以內。大力排比鋪陳之內容已不復可見，篇幅遠較辭賦
之煌煌巨著來得精簡。而其詞句優美，駢偶相對，又充分具備俳賦
特色。

〔註92〕同前註，下集，卷127，頁1695。
〔註93〕同前註，下集，卷130，頁1730。

5、主觀抒情

　　俳賦除形式上具備之特色外，內容上足以和辭賦有所區別之處，即在於作者真實情性之增加。辭賦寫景狀物，多採客觀角度書寫，鮮少抒發作者個人情志；經過詩賦、俳賦作者逐漸以主觀抒情創作之後，俳賦脫離部分辭賦所具有之政治教化意義，並且充滿藝術自覺之精神。宗白華云：

> 漢末魏晉六朝是中國政治上最混亂，社會上最痛苦的時代，然而卻是精神史上極自由，極解放，最富於智慧，最濃於宗教熱情的一個時代。因此也就是最富有藝術精神的一個時代。〔註94〕

正是由於精神極為解放、自由，所以作者可以不用考慮傳統儒家「文學為政治服務」之觀點，也不用如同貴遊文人，以賦作為謀身晉用之工具，而是可以隨心所欲發抒己身之所思所感，因此賦中往往可見作者真實情感之流露。同以鸚鵡為題者，禰衡即依舊保有辭賦鋪采摘文、品物畢圖之特徵，多為客觀之描寫；而曹植則云：

> 美洲中之令鳥，越眾類之殊名。感陽和而振翼，遁太陰以存形。過旅人之嚴網，殘六翮而無遺。身絓滯於重繲，孤雌鳴而獨歸。豈予身之足惜，憐眾雛之未飛。分麋軀以潤鑊，何全濟之敢希。蒙含育之厚德，奉君子之光輝。怨身輕而施重，恐往惠之中虧。常戢心以懷懼，雖處安其若危。永哀鳴其報德，庶終來而不疲。〔註95〕

王曉衛認為此賦是曹植藉「鸚鵡以寓摯友罹禍而自己無法援手之悲」，並云：「〈鸚鵡賦〉……是作家以鸚鵡為共同載體，來寄託不同氛圍中的不同情思。」〔註96〕李華《魏晉動物賦研究》亦認為此類賦

〔註94〕宗白華：〈論世說新語和晉人的美〉，《美學的散步》（臺北：洪範書局，2001年），頁71。

〔註95〕〔魏〕曹植：〈鸚鵡賦〉，〔清〕陳元龍等編：《御定歷代賦彙》，下集，卷130，頁1730。

〔註96〕王曉衛：〈魏晉的鸚鵡賦與當時文士的英才情結〉，《貴州大學學報》（社會科學版）第22卷第2期（2003年3月），頁49。

作：「不是孤零零地寫異於己的動物，而是深深烙上了作者的心路歷程，是作者生命體驗的表現。」〔註97〕二人同樣認爲〈鸚鵡賦〉寓含作者主觀情感，並非僅爲詠物之作。從客觀、爲他人而寫，蛻變爲主觀、爲自己而作，帶動賦體文學更加接近實際人生，作者創作態度也由應酬、遊戲轉變爲體驗人生，於賦中寄託己身幽渺之情思。賦體不再是廟堂文學板重晦澀的代名詞，而是成爲有生命、有活力的流行文體。

總理上述各項特徵，可以發現賦體本身之文學性質，由騷賦趨近於詩，辭賦背離於詩，到詩賦、俳賦對詩之重新回歸，向詩靠攏，造成此時期具有詩賦合流之現象〔註98〕。

（五）律　賦

律賦於俳賦基礎上，更向形式主義靠近，追求形式美學之極致。李調元云：「鮑照、江淹，權輿已肇。永明、天監之際，吳均、沈約諸人，音節諧和，屬對密切，而古意漸遠。庾子山沿其習，開隋唐之先躅，古變爲律，子山實開其先。」〔註99〕即是著眼於律賦同樣具有俳賦「音節諧和，屬對密切」之特色，並且認爲庾信等人，是由俳賦到律賦這段過渡時期之作者，開啓後世文人創作律賦之可能。祝堯更是直接說明二者乃承繼關係，故云：「俳者律之根，律者俳之蔓。」又云：「四律之作，始自徐、庾。俳體卑矣，而加以律；律體弱矣，而加以四六，此唐以來進士賦體所由始也。」〔註100〕認爲律自俳出，

〔註97〕 李華：《魏晉動物賦研究》（濟南：山東師範大學中國古代文學研究所碩士論文，2008年），頁29。

〔註98〕 相關論述可以參看徐公持：〈詩的賦化與賦的詩化〉，《文學遺產》1992年第1期，頁19～22。江秀梅：〈魏晉南北朝詩賦合流現象初探〉，《輔大中研所學刊》第5期（1995年9月），頁199～222。高莉芬：〈六朝詩賦合流現象之一考察──賦語言功能之轉變〉，《語文學報》第4期（1997年6月），頁203～225。等期刊論文，以及祁立峰：《六朝詩賦合流現象之新探》（臺北：政治大學中國文學研究所碩士論文，2005年）。

〔註99〕 〔清〕李調元：《賦話》，卷1，頁1。

〔註100〕 〔元〕祝堯：《古賦辨體》，頁84。

強調俳賦對律賦之影響。

　　律賦之興盛，與唐代以科舉取士有相當關係。唐代科舉考試以試賦取士，有進士科、制舉、特考等〔註101〕。一般文人學子爲求仕進，自然而然對考試文體—賦，投注大量心力，於應試之前，必然反覆練習，以期能一舉成名。由於應試士子眾多，爲了能在廣大考生之間脫穎而出，作者無不費盡心思，希冀能因難見巧，以押險韻、調音律、鍊字句、工對偶、講章法等爲作賦要點。徐師曾即云：「律賦……始於沈約『四聲八病』之拘。中於徐、庾『隔句作對』之陋，終於隋、唐、宋『取士限韻』之制，但以音律諧協、對偶精切爲工，而情與辭皆置弗論。」〔註102〕其他文人即使並非爲科舉而創作律賦，然而或爲逞才，或因習慣，作家同樣重視「音律諧協、對偶精切」等創作技巧之運用，是以成就律賦之盛行。其特色如次：

1、限　韻

　　韻腳之限定使用，乃律賦與其他賦類最大之差異。限韻原用於試賦，主要之目的乃爲發揮作者之才華。而詩、賦雖然皆有用韻限制，而二者實有區別。曹明綱指出：

> 同爲限韻，於詩在表示所選用之韻部及此韻部中所取用的字數；於賦則在表示用哪些韻部，以及它們的類數，而對每類韻中的字數，卻無一定限制。〔註103〕

此即二者於限韻使用上相異之處。唐初律賦原本並無限韻之規定，賦家首先依自我意志限定韻腳者，以王勃〈寒梧棲鳳賦〉爲最早，其題下注云：「以孤清夜月爲韻」〔註104〕，是律賦限韻之祖。科舉考試最早限韻者，爲唐玄宗開元二年（714年）試賦以「旗」爲題，限定韻

〔註101〕　曹明綱：〈唐代律賦的形成、發展和程式特點〉，《學術研究》1994
　　　　　年第4期，頁115～116。
〔註102〕　〔明〕徐師曾著，羅根澤校點：《文體明辨序說》，頁101。
〔註103〕　曹明綱：《賦學概論》（上海：上海古籍出版社，2009年），頁186。
〔註104〕　〔唐〕王勃：〈寒梧棲鳳賦〉，〔清〕陳元龍等編：《御定歷代賦彙》，
　　　　　下集，卷128，頁1704。

腳爲「風日雲野，軍國清肅」〔註105〕，至此之後，限韻遂逐漸成爲
試賦必要條件之一。

限韻用於試賦，從正面而言，不僅能因難見巧，發揮作者才思，
更能輔助論述題意，提供考生思考、創作方向，有助於安排篇章結構；
即使從消極面而言，也能達到防止考生作弊之功效。所以王芑孫云：
「官韻之設，所以注題目之解，示程式之意，杜勦襲之門，非以困人
而束縛之也。」〔註106〕茲以王勃〈寒梧棲鳳賦〉爲例：

> 鳳兮鳳兮，來何所圖？出應明主，言棲高梧。梧則嶧陽之
> 珍木，鳳則丹穴之靈雛。理符有契，誰言則孤？遊必有方，
> 哂南飛之驚鵲；音能中呂，嗟入夜之啼烏。況其靈光蕭散，
> 節物凄清，疎葉半殞，高歌和鳴。之鳥也，將托其宿；之
> 人也，焉知此情？月照孤影，風傳暮聲。將振耀其五色，
> 似簫韶之九成。九成則那，率舞而下。懷彼眾會，罔知淳
> 化。雖碧沼可飲，更能適於醴泉；雖瓊林可棲，復憶巡於
> 竹樹。念是欲往，敢忘晝夜？苟安安而能遷，我則思其不
> 暇。故當披拂寒梧，翻然一發，自此西序，言投北闕。若
> 用之銜詔，冀宣命於軒階；若使之遊池，庶承恩於歲月。
> 可謂擇木而俟處，卜居而後歌。豈徒比跡於四靈，常棲棲
> 而沒沒？〔註107〕

限定以「孤清夜月」爲韻，所以作家所使用之韻腳，必須全爲孤、清、
夜、月，以及此四字所屬韻部之字，方可押韻。押孤字所屬「虞」部
之韻有：圖、梧、雛、孤、烏。押清字所屬「庚」部之韻有：清、鳴、
情、聲、成。押夜字所屬「禡」部之韻有：下、化、樹、夜、暇。押
月字所屬「月」部之韻有：發、闕、月、歇、沒。

律賦韻腳數目不拘，有押四、五、六、七、十字等多種情形，而
以八字韻腳爲通例。韻腳之押韻，有如同近體詩「次韻」者，亦有不

〔註105〕〔清〕李調元：《賦話》，頁1。

〔註106〕〔清〕王芑孫撰：《讀賦卮言》，何沛雄編著：《賦話六種》，頁19。

〔註107〕〔唐〕王勃：〈寒梧棲鳳賦〉，〔清〕陳元龍等編：《御定歷代賦彙》，
　　　　　下集，卷128，頁1704。

依限定韻腳次序，而任意押韻者。如李程〈日五色賦〉以「日麗九華，聖符土德」爲韻，然而李賦實際上卻是以「華、九、麗、日、符、土、聖、德」爲順序〔註108〕。可見限韻雖爲試賦固定形式之一，然在數目、次序上皆可以有自由調配之彈性作法。

2、章　法

唐代以詩、賦取士，作家如果希望賦作能別出心裁，高人一等，則篇章結構絕對是不容忽視之形式技巧。宋代講究文學，宋人不僅以才學爲詩，亦以才學爲賦，所以唐、宋律賦同樣重視賦作章法之安排，注重發端，致力於破題即要震懾全場，結局亦要能不落俗套，抖擻精神以警策收束全篇，以此顯露作者之識見才學。章法結構之安排可分爲：破題、佈局、結尾。

律賦相當重視破題，詩、文雖然亦有講究發端之論，然而卻未有似律賦如此重視者，《唐摭言》即記載李程因爲破題「德動天鑒，祥開日華」特別突出，以此榮登狀元之事〔註109〕，可見破題於律賦歷史中，所佔據之地位，重視程度超過詩、文等文體。王芑孫《讀賦卮言》云：

> 賦最重發端。漢、魏、晉三朝，意思樸略，頗同軌轍，齊、梁間始有標新立異者，至唐而百變具興，無體不備。其試賦則義當分晰，語多賅舉，或虛起，或實起。其虛起者，不勝枚數。其實起者，或用題字對舉……凡此類，皆宗士衡「體物瀏亮」之指。原是試帖，當行久之，遂成有司尺度，積而生厭，故晚生後進，爭出奇特。〔註110〕

王氏認爲賦體雖然重視發端，然魏晉以前較爲樸素簡略，所以容易使人有千篇一律之感。南北朝時期開始對賦之發端有所新變，到了唐代則達到「百變具興，無體不備」之情況。他接著指出律賦原爲科舉考

〔註108〕　同前註，上集，卷2，頁96～97。
〔註109〕　〔五代〕王定保：《唐摭言》（臺北：世界書局，1975年），卷8，頁90。
〔註110〕　〔清〕王芑孫撰：《讀賦卮言》，何沛雄編著：《賦話六種》，頁8～9。

試之工具，開端於是成爲主考官判斷優劣高下之標準，然而時間一久，如果作法大同小異，自然會使人厭倦，所以作家無不費盡苦心在開端下工夫。

　　破體可以直接申明題意，就考試而言，可以使主考官判斷考生對題意之瞭解程度；即使賦作並非爲考試而作，破題仍可開門見山對題意作簡要之敘述，使讀者迅速把握作品主旨，務必要達到「冠冕涵蓋，出落明白」〔註111〕，方爲成功之開端〔註112〕。張正體、張婷婷《賦學》將破題分爲明揭、暗揭、正揭、反揭等四種方法，明揭乃是「將題目很明白的於賦本部的起、次句寫出來」，正揭是「針對題目正面的意思，揭露出題目的正意出來」，反揭是「從題目的正意反面著筆，然後引出題目的正意來」，暗揭是「暗中把題目的正意揭露出來」〔註113〕。會有不同之破題方式，除了求新求變之心理因素外，尚有部分賦作是因爲不適合由正面論述，所以作者刻意由反面破題，如李調元即云：「題中正面無可刻劃者，勢不得不間見側出，以敷佐見奇。然須雋不傷雅，細不入纖，方爲妙緒繭抽，巧思綺合。否則刻鵠類鶩，無所取焉。」〔註114〕由三家之論述，即可瞭解歷代研究賦體學者，對破題之重視程度。

　　律賦之佈局，如同作文講究起承轉合，重視整篇結構之層次。律賦破題，如同作文之「起」，首先需申明、解釋題意，爲以下論述預作準備。李調元云：「賦貴與題相稱，如禹鑿龍門賦，則不得泛做龍門，須就禹功設想，莊重典切，方不令閱者目厭。」〔註115〕即是說明賦作須辨明主旨，切合題意。其次爲承接發端，扣緊題目，繼續作正面之闡述，充實賦作內容。再次則轉入議論，多用旁襯以對比，從

〔註111〕　〔清〕李調元：《賦話》，卷2，頁17。
〔註112〕　曹明綱引用李調元之說，認爲破題具有出落明白、冠冕涵蓋、引入不突等特點，可以參看。見曹明綱：《賦學概論》，頁194～195。
〔註113〕　張正體、張婷婷：《賦學》（臺北：臺灣學生書局，1982年），頁116～120。
〔註114〕　〔清〕李調元：《賦話》，卷1，頁5。
〔註115〕　同前註，卷2，頁17。

反向切入題意。最終或發抒一己情感，或評論所詠物事，以強而有力之姿，歸結賦作主旨。

　　律賦結尾雖然不若破題受唐、宋時人重視，然亦不能輕忽。王芑孫甚至認為：「賦重發端，尤慎結局矣。行百里者半九十里，言晚節末路之難也……末篇多躓，減賦半德；卒讀稱善，完賦全功。」〔註116〕可見結局能夠精彩出色者，就能振起全篇；一旦流於困頓敷衍，則使全篇大為失色。結局精彩過人者，如李調元即曾稱讚白居易〈黑龍飲渭水賦〉：「結聯云：『逼而察也，類天馬出水以遊；遠而望之，疑長虹截澗而飲。』風馳雨驟，到此用健句壓住，如駿馬之勒韁，是為名構。」〔註117〕此賦末聯確實精神抖擻，能以警策收束全篇，無怪乎成為律賦之佳構。

2、字句、音律及俳偶

　　律賦限制字數，調和音律，重視俳偶等現象，均是承繼俳賦之基礎，而繼續向前發展。就限制字數而言，俳賦多數篇幅短小，據黃水雲統計，六朝俳賦「篇幅較長之作品不及百分之六」〔註118〕，律賦承繼俳賦之後，篇幅同樣較為短小，而篇幅短小原因即在於字數之限制。李調元云：「唐時律賦，字有定限，鮮有過四百者。」〔註119〕馬寶蓮依統計結果，歸納得到唐代律賦字數約在 300 至 400 字之間〔註120〕。宋代律賦大致上仍舊維持唐代篇幅短小之傳統，所以在字數、篇幅上，從六朝俳賦到宋朝律賦，多數賦作呈現小品化之現象。

　　鄺健行認為律賦形式上之特點具有：（1）講究對偶；（2）重視聲音諧協，避免病犯；（3）限韻，以八韻為原則；（4）句式以四六為主。其中鄺氏特別重視聲音諧協，避免病犯，認為是律賦名稱之

〔註116〕〔清〕王芑孫撰：《讀賦巵言》，何沛雄編著：《賦話六種》，頁9。

〔註117〕〔清〕李調元：《賦話》，卷3，頁24～25。

〔註118〕黃水雲：《六朝駢賦研究》（臺北：文津出版社，1999年），頁302～305。

〔註119〕〔清〕李調元：《賦話》，卷4，頁31。

〔註120〕馬寶蓮：《唐律賦研究》（臺北：文化大學中文研究所博士論文，1992年），頁350～394。

所由來〔註121〕。鄺氏引《文鏡秘府論》提到賦頌必須避免平頭、上尾、蜂腰、鶴膝等四種聲律上之弊病，同時他也發現如李程名篇〈日五色賦〉，並未犯有上述四種聲病，因此總結指出：「唐人寫律賦，注重屬對，注重避免蜂腰鶴膝等病類。」〔註122〕律賦篇幅雖然普遍不長，然而與律詩相較而言，字數往往是律詩之八至十倍，在如此具有一定份量的篇幅之中，能夠有意識的避免平頭、上尾等聲律弊病，明顯並非偶然現象，而是作者刻意經營之結果〔註123〕。

　　律賦最後一個特色是俳偶，張正體、張婷婷《賦學》分析漢朝以降，對偶句之不同使用情形，他認爲漢賦中之對偶只求「修辭字義、字面互對」；六朝駢賦對句漸多，而作法仍是「屬對精密，注意字義、字性及音節」而已；而律賦卻進一步要求工整，且需連續作排偶〔註124〕。其中值得特別注意的，乃是律賦之隔句對。如能善用隔句對，即能產生節奏性之音律美，以及整齊中又帶有靈動之句式美，此亦賦體創作利器之一。

（六）文　賦

　　宋初賦作沿襲唐代律賦偶對、限韻等形式技巧，然而由於律賦規矩甚多，所以漸漸爲有志之士所不滿。自歐陽脩推動古文運動，以及宋代推崇理學，反對聲律排偶之聲浪下，宋代文潮受重視學問之影

〔註121〕鄺健行：〈律賦論體〉，《四川師範大學學報社會科學版》2005 年第 1 期，頁 68。

〔註122〕鄺健行：〈唐代律賦與律〉，《詩賦合論稿》（南京：江蘇古籍出版社，2002 年），頁 130。

〔註123〕王良友《中唐五大家律賦研究》以王起等五人爲研究對象，發現諸家雖然力避聲病，卻終究無法全面避免。然而由此也可瞭解律賦作家爲求聲律和諧所做的努力，以及作者重視聲律的程度。見王良友：《中唐五大家律賦研究》（臺北：文津出版社，2008 年），頁 231～246。

〔註124〕張氏接著説明：「所謂工整就是無論單對或隔對，其字面、字性、字義、平仄均必須互對，達到銖兩悉稱之妙。所謂排偶就是一對一對連續作排列，尤以晚唐之作，更具精妙。」見張正體、張婷婷：《賦學》，頁 215。

響，遂彌漫以學爲詩，以學爲文之濃烈氛圍，而律賦於宋代遂逐漸消弱，取而代之的是文賦之興起。

　　文賦與其他賦類最明顯相異之處，即在於文賦之散文化傾向，此亦顯示宋人破體爲文風尙之盛行。其次爲句法及用韻上之自由，律詩因受限於格式，不論句法或用韻，均無法自由驅使，不若律賦可隨意運用。張正體、張婷婷《賦學》認爲文賦是「凡用散文的風格筆調，以論述事物，語出自然而變化，詞必氣勢流動一貫的韻文。」即可稱爲文賦〔註125〕。曹明綱在比較辭賦與文賦之差別後，亦爲文賦作界定：

　　　　文賦是賦體在長期發展過程中，於唐宋時期才形成的一種
　　　　新類型。他在吸收以往辭賦、駢賦和律賦創作經驗和形體
　　　　特點的基礎上，更融入了當時古文創作講求實效、靈活多
　　　　變的特色，從而在形體方面形成了韻散配合、駢散兼施、
　　　　用韻寬泛和結構靈活的新格局。它的篇幅長短皆宜，句式
　　　　駢散多變，創作不拘一格，題材無往不適。〔註126〕

張、曹二氏皆提到韻文與散文之配合，文句多變不刻板，曹氏另外指出文賦受古文講求實效之影響，以及用韻寬泛、篇幅長短皆宜等特點。以下針對文賦與其他賦體作比較，所呈現之特色，分四點介紹：

1、散文化

　　散文化是指以散文單行之句子，自由流暢的書寫，不必受限於對偶之拘禁，如同以有韻之散文，進行隨意自主之創作。無論任何文體，一旦創作高峰期過後，必定走向衰落一途，所以有志之士莫不積極另闢蹊徑。因此當歐陽脩不滿於西崑體之靡靡，而提倡古文運動之後，賦體受古文運動之影響，亦隨之衝破律賦之矩式，文氣自然奔放，適合各種題材之創作。唐代雖然也有杜牧〈阿房宮賦〉，卻因唐代流行律賦，未受當代注意，無法引起風潮。尹占華〈唐宋

〔註125〕　同前註，頁285。
〔註126〕　曹明綱：《賦學概論》，頁216。

賦的詩化與散文化〉認爲宋賦之散文化表現在（1）韻的疏密以及押
韻與否很隨便；（2）將賦用於說理、議論、記敘；（3）不事雕琢，
變艱深華美的語言爲平易淺近，並將散文的氣勢注入其中〔註127〕。
第一點屬於押韻之問題，留待下文討論。關於將賦用於說理、議論、
記敘等，宋代文賦之寫作目的，確實運用得相當廣泛，說理議論者
如蘇軾之〈黠鼠賦〉，敘述「不一於汝，而二於物，故一鼠之齧而爲
之變也。」〔註128〕之道理，教人處事必須心神專一。記敘抒情者，
如蘇轍之〈卜居賦〉，抒發仕途浮沈、漂泊不定之憂愁。亦有兼有議
論說理以及記敘抒情者，如蘇軾〈前赤壁賦〉，既有「清風徐來，水
波不興。舉酒屬客，誦明月之詩，歌窈窕之章。少焉，月出於東山
之上，徘徊於斗牛之間。白露橫江，水光接天。縱一葦之所如，凌
萬頃之茫然。浩浩乎如馮虛御風，而不知其所止；飄飄乎如遺世獨
立，羽化而登仙」之寫景抒情，也有「逝者如斯，而未嘗往也；盈
虛者如彼，而卒莫消長也。蓋將自其變者而觀之，而天地曾不能以
一瞬；自其不變者而觀之，則物於我皆無盡也。」〔註129〕之議論說
理。散文化另一點爲尹氏所謂「不事雕琢，變艱深華美的語言爲平
易淺近，並將散文的氣勢注入其中」。晚唐五代頗重文采，其時賦作
往往刻意雕琢；宋代文賦則與晚唐雕琢之風大相逕庭，如楊萬里〈浯
溪賦〉，記錄經過浯溪所興起之歷史感慨，寫實而又平易。

2、句法、用韻自由

宋代文人講究才學，博學鴻儒所在多有，然而文學潮流在經歷過
唐代之高峰後，勢必有所調整，劉培〈文賦的形成〉云：「宋人憑藉
深厚的學識修養，爲了在唐人之後另闢蹊徑，形成自己的文學風尙，

〔註127〕 尹占華：〈唐宋賦的詩化與散文化〉，《西北師範大學學報社會科學
版》1999 年第 1 期，頁 14。
〔註128〕 〔宋〕蘇軾：〈黠鼠賦〉，〔清〕陳元龍等編：《御定歷代賦彙》，下
集，卷 136，頁 1800。
〔註129〕 同前註，上集，卷 20，頁 339。

往往突破各種文體之間的界限，使之互相融通。」又云：「破體爲文之風的一個重要表現就是散文與賦的互相混融。」〔註130〕說明宋代由於破體爲文，致使散文與賦互相混融，形成宋人以文爲賦之現象。以文爲賦除了散文化之特色外，還有句法以及用韻的自由。

　　文賦句法自由，自一字句至八字句，均可隨意使用；行文或駢或散，不同於律賦之刻板，字句長短及駢散之使用，完全取決於作者心志之自由。宋賦句式由律賦之整齊劃一，轉爲文賦之靈活多變，在以散體爲主之句式中，輔以駢偶句子之穿插使用，駢散交錯造成文賦具有高度表達能力，適合各種主題之書寫。

　　此外，押韻不設限制，或疏或密，甚至可以選擇不押韻，如此則解除作家最後一道枷鎖，更令文人能暢所欲言。元人祝堯云：「宋人作賦，其體有二：曰俳體，曰文體。後山謂：『歐公以文體爲四六』，夫四六者，屬對之文也，可以文體爲之；至於賦，若以文體爲之，則專尚於理，而遂略於辭，昧於情矣。非特此也，賦之本義，當直述其事，何嘗專以論理爲體邪？以論理爲體，則是一片之文，但押幾個韻耳，賦於何有？」〔註131〕指出宋代賦作特色之一乃是以文爲賦，與一般散文之差別，僅在於句末之押韻而已。而文賦之押韻既然不受限制，如此則形成兼具散文之活躍流動，以及韻文音節重複，具有聲律美之新賦體，故能風靡宋代。

3、好議論、多哲理

　　由於宋代開國君主趙匡胤採取崇文抑武之政策，促使儒學在經過五代十國之低落後，得以重新復興。宋代理學之興起，也間接影響了各類文體，詩、賦中大量出現議論、哲理之情形，超越以往任何一代。如劉培即認爲文賦議論化現象是由於（1）儒學復興；（2）科舉重策論；（3）律賦議論風氣的影響〔註132〕。宋代文賦名篇如歐

〔註130〕　劉培：〈文賦的形成〉，《齊魯學刊》2004 年第 1 期，頁 17。
〔註131〕　〔元〕祝堯：《古賦辨體》，頁 89。
〔註132〕　劉培：〈說理與感悟──論北宋文賦的兩種走向〉，《南京師範大學

陽脩〈秋聲賦〉、蘇軾〈赤壁賦〉無不包含議論與哲理，〈秋聲賦〉
末段云：

> 嗟乎，草木無情，有時飄零。人為動物，惟物之靈。百憂
> 感其心，萬事勞其形。有動於中，必搖其精。而況思其力
> 之所不及，憂其智之所不能；宜其渥然丹者為槁木，黟然
> 黑者為星星。奈何以非金石之質，欲與草木而爭榮？念誰
> 為之戕賊，亦何恨乎秋聲！〔註133〕

論述常人往往為各種煩愁逼迫，卻仍妄想自己能力所不及之事，致
使身形憔悴，容顏隨之枯槁。所以作者勸誡常人不該過份企求，並
申明秋聲之恨，實乃出於個人在不知不覺中自我傷害之理。前文所
引蘇軾〈赤壁賦〉，同樣具有議論說理之處，檢閱宋代文賦，其中含
有議論、哲理之作，可謂俯拾即是，是以形成文賦一大特色。

　　賦體文學不僅具備韻文駢儷偶對、聲律和諧之特色，同時也兼
具散文句式靈活、長短皆宜的優點，沈作喆引孫何語云：

> 惟詩賦之制，非學優才高，不能當也。破巨題期於百中，
> 押強韻示有餘地，驅駕典故，混然無跡，引用經籍，若己
> 有之。詠輕近之物，則託興雅重，命詞峻整；述樸素之事，
> 則立言遒麗，析理明白。其或氣燄飛動，而語無孟浪，藻
> 繪交錯，而體不卑弱。頌國政，則金石之奏間發；歌物瑞，
> 則雲日之華相照。觀其命句，可以見學植之深淺；即其搆
> 思，可以覘器業之大小。窮體物之妙，極緣情之旨，識春
> 秋之富豔，洞詩人之麗則，能從事於斯者，始可以言賦家
> 者流也。〔註134〕

首先完整指出賦家之寫作技巧，必須重視破題，要能押險韻以顯示
才學，運用典故必須使人渾然不覺有障礙，引用典籍要能言如己出。
其次敘述各類型賦作之作法，詠物要求主旨和雅，議論需有條理，

　　　　文學院學報》2005年第2期，頁126～127。

〔註133〕　〔宋〕歐陽脩：〈秋聲賦〉，〔清〕陳元龍等編：《御定歷代賦彙》，
　　　　　上集，卷12，頁232～233。

〔註134〕　〔宋〕沈作喆：《寓簡》，（北京：中華書局，1985年《叢書集成初
　　　　　編》），冊296，頁34。

文氣流動而文辭雅正。顯示賦體文學之宏麗精深，實在包含內容與技巧兩方面而言。

　　就作者個人內在因素而言，即使處於同一時代，由於各人才學有淺深之別，性情喜好亦不盡相同，各類賦體自然有風格、題材、表現手法上之差別；就外在時空因素而言，由於時代風氣不同，即使同一類型賦體，在結構句式、駢散聲律方面，往往也會有所差異。因此本章所列之數項特點，雖然乃是依據各類賦體所析出，然而為與詞體作區別，下文擬將這數項特色視為一個整體，統一稱為「賦體特色」，以便於下文論述詞、賦關係，以及闡明詞篇所出現之賦體特色。

第三節　賦體特徵

　　前文為南宋之前各式賦類與其他文體，於寫作技巧及風格上之差異。然而文學史歷程悠久，或由於詞體形式之限制，或由於已與其他文體相混，原專屬於賦體之特色，部分特色至今已無法清楚判定是否直接影響詞體。即以篇末亂辭而言，因受限於形式之故，詞體已無法隨意使用。而奇文僻字除非詞人刻意為之，否則辭賦流行之瑋字亦已逐漸走入歷史。整體而論，宋代賦體特徵影響詞體仍可辨識者，可從形式技巧、精神內容此二角度檢視。

　　首先，於形式技巧上，騷賦由於多語助詞如「兮」、「些」等，只要詞人有意使用，讀者極容易辨識出詞作之仿擬，以辛棄疾詞作為例，〈醉翁操〉（長松，頁 263）用兮字，〈水龍吟〉（聽兮清珮瓊瑤些，頁 355）用些字，即為詞體運用語助詞，使詞體滿溢賦體氣味之例。

　　其次，鋪陳乃賦體最為人所熟知之特徵，亦是以賦為詞最主要、運用最頻繁之技巧。鋪陳不僅指詞語上多為同義鋪排，同時亦兼指對偶上之連續排比，以及典故之大量堆砌。三項內容雖各自不同，然其中又可以鋪陳來串連三者，亦即對偶及典故都必須符合「針對

同一事物作連續且大量」之抒寫，方可視為以賦為詞，符合賦體鋪陳之要素；若為零散雜用，如同多頭馬車，則運用雖多，仍不列入考量。鋪敘如〈滿江紅〉（直節堂堂，頁 56）自「直節堂堂」至「浩歌莫遣魚龍泣」，一再針對冷泉亭，從視覺、聽覺、觸覺作反覆刻劃。對偶如〈沁園春〉（有酒忘杯，頁 377），「有酒忘杯」二句、「縱橫斗轉」四句、「嫋嫋東風」二句、「菖蒲攢港」二句、「只因魚鳥」四句、「芳草春深」二句等，密度不可謂不高，其中「縱橫斗轉」、「菖蒲攢港」、「只因魚鳥」等，乃是以領字引起之對偶，領字引起之對偶亦為賦體影響詞體之例證。用典如〈六幺令〉（酒群花隊，頁 122），詞人刻意揀擇陸機、陸龜蒙、陸績、陸抗、陸贄、陸羽等陸氏名人，相當明顯為賦體求全、求備精神之展現。

再次，假設問答如善於運用，可使詞人於處理敏感議題時，巧妙藉虛構之人物，將詞人置於旁觀者或疑問者之角色，作深度之批判而能遠災避禍。如〈沁園春〉（杯汝知乎，頁 387）藉與酒杯之對話，以「記醉眠陶令，終全至樂；獨醒屈子，未免沈菑。」抒發賢者失路之無奈心境。

就精神內容而言，賦體之諷諭精神，著意於篇末振起全篇，使辭賦不至流為純粹歌功頌德之宮廷文學，而能保有其政教、說理之功能性，更是文人藉以表現風骨之獨門絕技。唯賦體之諷諭，往往採用曲終奏雅之方式，此明顯標誌，乃賦體諷諭獨特之處。〈水龍吟〉：「可惜流年，憂愁風雨，樹猶如此。倩何人喚取，紅巾翠袖，搵英雄淚。」（頁 34）即為顯例。

其次為想像刻意誇張，或刻意選取常人避諱之題材，或於看似現實世界之描寫中，摻入不可思議之奇幻情節。要之乃以想像出奇為首要要務，期使吸引讀者目光。〈木蘭花慢〉（可憐今夕月，頁 408）對月歸何處之幻想竟與科學暗合，詞人並刻意虛構長鯨，搭配蝦蟆與玉兔等神話事物，營造浪漫之氣氛，亦透顯作者之奇思妙想。

最後，對賦體之模擬仿效，不論是詞人對賦家之醉心追摹，或

賦境之複製、賦作之仿擬，甚或是直接化用、檃括，均足以提供詞
體取資，辛棄疾採用、借鑒此法亦不在少數。仿擬騷賦如〈山鬼謠〉
（問何年此山來此？頁 176）、仿擬辭賦如〈水龍吟〉（昔時曾有佳
人，頁 360），一模仿騷賦，一仿擬〈神女〉、〈洛神〉等賦，詞體賦
化痕跡均昭昭在目。

第三章　北宋以賦爲詞之先導

　　一項嶄新形式技巧之產生，往往是由於各項機緣、準備工作已完備，後來作家遂趁勢開始使用，並且精益求精。蔣長棟《中國韻文文體演變史研究》分析諸文體間之相濟共存時指出：（1）諸體的相濟共存對韻文新文體之形成與完善具有奠基與借鑒作用，（2）諸體相濟共存律對舊文體之重構與復興具有更新與提高作用，（3）諸體相濟共存對韻文藝術的長期積澱與提升有積極的促進作用〔註1〕。蔣氏認爲各種文學體裁間之相互吸收容納，對新、舊文體皆具有奠基、借鑒與更新、提高之正面意義，職是之故，賦與詞雖爲不同文類，然經由相互之吸收容受，遂逐漸開始使用他類文體之寫作技巧，形成全新之文體特色。

　　本文旨在探討辛棄疾以賦爲詞之現象，而在辛棄疾之前，自柳永開賦化風氣之先，歷經北宋詞家之求索，至周邦彥終能創立賦化高峰。郭維森、許結《中國辭賦發展史》云：「至於近體詩之發展、宋代慢詞的出現，無不以賦法爲之，而拓開描寫空間，顯出於鋪陳細密中見生氣神韻。」〔註2〕正因賦筆有足以直接移植詞作之處，所以北

〔註1〕 蔣長棟：《中國韻文文體演變史研究》（長沙：岳麓書社，2008年），頁53～56。
〔註2〕 郭維森、許結：《中國辭賦發展史》（南京：江蘇教育出版社，1996年），頁40。

宋部分詞人爲增進詞作表現能力，乃嘗試以賦筆爲詞。爲區別、辨明辛棄疾以賦爲詞之特色，本章將討論柳永、蘇軾、秦觀、周邦彥等人對賦化之詞所做之努力，期使在經由比較後，能瞭解各家賦化手法之差異。

　　而在詞人開始嘗試長調創作之後，由於內在與外在因素之雙重關係，迫使詞人在以創作小令方式塡寫長調之餘，另闢賦化之路，以下將略述賦化手法產生之背景因素。

第一節　背景因素

（一）《花間》、應制，同爲障累

　　北宋初期，詞壇仍沿襲五代餘風，通行詞體多爲精簡之小令，如錢惟演、夏竦等宋初詞人，無論詞作風格或詞體篇幅，均較爲接近《花間集》之小巧綺靡，而與後來蘇軾、辛棄疾、周邦彥、吳文英等人詞作相距較遠。即使如曾於景德元年（1004 年）力勸宋眞宗御駕親征之宋初名臣寇準，素以剛直聞名朝野，然《全宋詞》現存詞作，卻以描寫花柳景致、春閨閒愁爲主，且多爲簡短之小令，其〈點絳脣〉云：

> 水陌輕寒，社公雨足東風慢。定巢新燕。溼雨穿花轉。
>
> 　象尺熏爐，拂曉停針線。愁蛾淺。飛紅零亂。側臥珠簾
> 捲。〔註3〕

此詞用語綺麗，風調柔婉，句句不離閨房景致，難以想像作者竟是一名剛正不阿之名宰。寇準其他詞作如〈甘草子〉：「春早。柳絲無力，低拂青門道。暖日籠啼鳥。初坼桃花小。」（頁 3）、〈踏莎行〉：「畫堂人靜雨濛濛，屏山半掩餘香裊。密約沈沈，離情杳杳。菱花塵滿慵將照。」（頁3）同樣皆爲小令，且同樣聚焦於春閨閒愁。

〔註 3〕〔宋〕寇準：〈點絳脣〉，見錄於《全宋詞》（臺北：世界書局，1984　　年），冊 1，頁 3。本文引用宋人詞作，除特別情形需加說明外，爲　　利讀者檢索，一律採用本書。另外，爲節省篇幅，爾後僅於詞作後　　方直接註明詞牌及頁碼，不再另註出處。

更有甚者，花間詞人如孫光憲〈浣溪沙〉：

> 試問於誰分最多？便隨人意轉橫波，縷金衣上小雙鵝。
>
> 　醉後愛稱嬌姐姐，夜來留得好哥哥，不知情事久長麼？

〔註4〕

遣詞用字直率低俗，此類詞作，可謂《花間》最下者。陳廷焯即批
評：「贈妓之詞，原不嫌豔冶，然擇言以雅為貴，亦須慎之。若孫光
憲之『醉後愛稱嬌姐姐，夜來留得好哥哥，不知情事久長麼？』真
令人欲嘔。」〔註5〕此外，毛熙震亦有〈浣溪沙〉：

> 一隻橫釵墜髻叢，靜眠珍簟起來慵，繡羅紅嫩抹酥胸。
>
> 　羞斂細蛾魂暗斷，困迷無語思猶濃，小屏香靄碧山重。

〔註6〕

雖然詞語不若孫詞低俗，然而詞作內容之香豔程度，則有過之而無不
及，同樣有過份冶艷之失。宋初詞壇既在《花間》範圍之下，當時詞
人或多或少都受到《花間》影響，詞作風格同以靡麗婉豔著稱於世。

宋初詞壇風格上沿襲《花間》綺靡之習，「應制」則為詞作產生
動機之一。應制詞作有歌功頌德之政治性，以及歌筵酒席間之娛樂性
等特色，《青箱雜記》記載：

> 景德中，夏公初授館職，時方早秋，上夕宴後庭，酒酣，
> 遽命中使詣公索新詞。公問：「上在甚處？」中使曰：「在
> 拱宸殿按舞。」公即抒思，立進〈喜遷鶯〉詞曰：「霞散綺，
> 月沉鈎，簾捲未央樓。夜涼河漢截天流，宮闕鏤新秋。瑤
> 階曙，金莖露，鳳髓香和雲霧。三千珠翠擁宸遊，水殿按
> 梁州。」中使入奏，上大悅。〔註7〕

此詞為夏竦應制之詞，詞中美景如畫，一片安和樂麗，不僅表面具有

〔註4〕　〔宋〕孫光憲著：〈浣溪沙〉，張璋、黃畬編：《全唐五代詞》（臺北：
　　　　文史哲出版社，1986年），頁798。

〔註5〕　〔清〕陳廷焯：《白雨齋詞話》（上海：上海古籍出版社，2009年），
　　　　卷6，頁150。

〔註6〕　〔宋〕毛熙震著：〈浣溪沙〉，張璋、黃畬編：《全唐五代詞》，頁741。

〔註7〕　〔宋〕吳處厚：《青箱雜記》，收入《唐宋史料筆記叢刊》（北京：中
　　　　華書局，1985年），頁48～49。

娛樂效果，也含蓄的暗藏因政治清明，所以君王能歡樂遊賞之寓意，既能完成使命，又不過份阿諛，無怪乎能博得宋眞宗大悅。

此兩類詞作，亦有部分佳構，然數量究竟不多，且題材過於狹隘。因此不論是取法《花間集》，或是受命應制之作，皆潛藏可能產生之弊病。就前者而言，《花間集》過份綺靡，如歐陽炯所云：

> 則有綺筵公子，繡幌佳人，遞葉葉之花箋，文抽麗錦；舉
> 纖纖之玉指，拍按香檀。不無清絕之辭，用助嬌妖之態。
> 自南朝之宮體，扇北里之倡風，何止言之不文，所謂秀而
> 不實。有唐以降，率土之濱，家家之香徑春風，寧尋越豔；
> 處處之紅樓夜月，自鎖嫦娥。……邇來作者，無愧前人。
>
> 〔註8〕

身爲《花間集》作家之一的歐陽炯都如此坦言，無所顧忌，可見當時部分作家並未將綺靡視爲缺點，甚至認爲此集可以使「西園英哲，用資羽蓋之歡。南國嬋娟，休唱蓮舟之引。」〔註9〕可以瞭解五代詞人審美意趣，與時代文學風氣緊密結合，仍是屬於五代唯美文風之呈現，充滿享樂意識。然而任何一種風格不論多麼受到歡迎，當內容千篇一律均圍繞於花月美人，詞作範圍不出洞房樓閣，甚至對情愛鏡頭之描寫越來越露骨，內容旨趣也日趨墮落之後，原本令人喜愛之詞風，亦將轉而令人生厭。

歷來批評《花間集》中較爲低俗之作品者，主要分爲兩種觀點：首先是從儒家政教觀念批評者，如晁謙之〈花間集跋〉就認爲《花間集》「雖文之靡無補於世，亦可謂工矣」〔註10〕，陸游亦云：「方斯時，天下岌岌，生民救死不暇，士大夫乃流宕如此，可嘆也哉！」〔註11〕前者批評文章靡俗，徒然工巧，卻無補於世；後者認爲世局動盪之際，士大夫應將全部心力投注於關心局勢安危，不該只是批

〔註8〕 〔宋〕歐陽炯：〈花間集序〉，收入金啓華等編：《唐宋詞集序跋匯編》
　　　 （臺北：臺灣商務印書館，1993 年），頁 339。
〔註9〕 同前註。
〔註10〕 〔宋〕晁謙之：〈花間集跋〉，同前註。
〔註11〕 〔宋〕陸游：〈花間集跋〉，同前註，頁 340。

風抹月，明顯屬於儒家濟世觀點。

　　另一方面，從詞境內容批評者，如孫光憲《北夢瑣言》記載：
「晉相和凝，少年時好爲曲子詞，布於汴洛。洎入相，專托人收拾
焚毀不暇。然相國厚重有德，終爲豔詞玷之。契丹入夷門，號爲
『曲子相公』。所謂好事不出門，惡事行千里，士君子得不戒之乎。」
〔註12〕不論是否眞有其事，由「專托人收拾焚毀不暇」及「終爲豔
詞玷之」觀之，可以發現當時已有不滿低級豔詞之聲浪。陳廷焯《白
雨齋詞話》亦對同爲花間健將之魏承班表示不滿，批評其〈菩薩蠻〉
云：「魏承班之『攜手入鴛衾，誰人知此心。』語褻而意呆。」〔註13〕
同樣指責其詞語之狎褻。

　　其次，就應制詞作而言，其創作動機可分爲兩點：一是臨時受命
創作，另外則是宮廷供奉詞人「按月律進詞」〔註14〕。然而不論是何
種原因，應制詞主要服務對象皆爲王公貴族。由於應制詞具有娛樂、
頌揚帝王貴族之功用，所以每逢國家盛事、佳節喜慶，甚至因應帝王
一時興起之要求，這些宮廷詞人就必需立刻創作及呈獻。因此應制詞
內容多有歌功頌德之現象，詞風無非喜慶吉祥，在經過長期積累之
後，內容幾乎可謂千篇一律，難有新意。宇文所安批評唐代宮廷應制
詩時指出：

> 各種角色和反應受到嚴格的限制，蘊藏其中的創造潛力被
> 極大地消耗了。詩歌不再起應有的創造和心理學的功用。

〔註15〕

〔註12〕〔宋〕孫光憲：《北夢瑣言》，收入《景印摛藻堂四庫全書薈要》（臺
　　　　北：世界書局，1988年），冊278，卷6，頁647～648。
〔註13〕〔清〕陳廷焯：《白雨齋詞話》，頁150。
〔註14〕〔清〕張德瀛：《詞徵》卷五記載：「万俟雅言、晁端禮在大晟府時，
　　　　按月律進詞。曾純甫、張材甫詞，亦多應制體。它如曹擇可有荼蘼
　　　　應制詞，宋退翁有梅花應制詞，康伯可有元夕應制詞，與唐初沈、
　　　　宋以詩誇耀者相頡頏焉。風氣之宗尚如此。」見唐圭璋編：《詞話叢
　　　　編》（北京：中華書局，2005年），冊5，頁4153。
〔註15〕宇文所安著，賈晉華譯：《初唐詩》（臺北：聯經出版事業股份有限

明白針砭應制詩受到限制後，失去創造力之事實，而應制詞同樣具有此種缺點。孟慶光《宋代應制詞研究》說明應制詞被侷限之主要情形乃在於：（1）單調的題材和主題，（2）模式化的結構〔註16〕。任何文體一旦被限制題材，甚至落入習套，便已無足觀矣！何況應制詞稍有不慎，便有流於阿諛之嫌，更遑論有心逢迎之不肖文人，迎合諂媚者比比皆是。是以有志之士，往往輕視應制詞人，亦不屑於創作，正是因爲應制詞人往往只有歌功頌德，缺乏暗中批評之勇氣。於此種情形下，作者即使再苦心思索，詞采即使再華美秀麗，仍舊無法跳脫應制頌揚之既定框架。題旨既已俗濫，作法又單調缺乏變化，篇秩既多，不免使人讀之如同嚼蠟。

（二）歌臺舞席，競賭新聲

唐、五代時期，詞壇以令詞爲主〔註17〕，北宋完成統一後，相當重視文化禮樂，《宋史》記載：「宋初循舊制，置教坊，凡四部。」又載：「太宗洞曉音律，前後親制大小曲及因舊曲創新聲者，總三百九十。」〔註18〕上有好者，下必有甚焉，雖然「教坊樂和太宗所製曲都未見轉爲詞調」〔註19〕，然而宋代音樂新興之情形亦可見一斑，爲後來詞壇大量創作「新聲」，奠定基礎。加以北宋初定，四海承平，娛樂之需求促使新音樂之興起，清‧宋翔鳳《樂府餘論》記載：

> 按詞自南唐以後，但有小令。其慢詞蓋起宋仁宗朝。中原息兵，汴京繁庶，歌臺舞席，競賭新聲。耆卿失意無俚，流連坊曲，遂盡收俚俗語言，編入詞中，以便伎人傳習，

公司，2007 年），頁 74。

〔註16〕孟慶光：《宋代應制詞研究》（上海：華東師範大學中國語言文學系碩士論文，2009 年），頁 50～53。

〔註17〕吳熊和指出，中、晚唐時雖已有長調慢詞，然而「包括敦煌曲中的〈內家嬌〉、〈傾杯樂〉等在內，唐、五代的長調約十首左右。」見吳熊和：《唐宋詞通論》（上海：上海古籍出版社，2010 年），頁 140。

〔註18〕〔元〕脫脫等著：〈樂志〉，《宋史》（北京：中華書局，1985 年），卷 142，頁 3347、3351。

〔註19〕吳熊和：《唐宋詞通論》，頁 141。

一時動聽，散播四方。其後東坡、少游、山谷輩，相繼有
作，慢詞遂盛。〔註20〕

說明由於都城繁華，歌臺舞席，競賭新聲，因此長於音律之文士，便
起而製作慢詞。施議對分析柳永對樂曲歌詞的新創作有（1）大量取
摘「新聲」，譜寫新詞。（2）大規模地創製長調慢詞，有意識地擴大
歌詞體製。（3）自製新腔，充實豐富新聲樂調。其中第二點更指出柳
永創製慢詞的辦法為：（1）將正在興起的市井「新聲」，加工提煉為
慢詞。（2）衍小令為慢調。（3）增衍引、近。接著指出：

柳永在創製慢詞的實踐中，並且成功地採用鋪敍的辦
法……對宋代慢詞製作起了奠基的作用。〔註21〕

由《樂府餘論》與施氏之討論可知，由於娛樂之需求，柳永等文士大
量運用當時之新興音樂，譜寫成為新詞，其中多數為長調慢詞，充實
豐富了詞牌種類，供詞人應廣大讀者之要求，能選擇新穎之流行音
樂，填寫新一代歌詞。而且，柳永相當具實驗精神的採取賦體之鋪敍
手法，有意識地開創以賦筆為詞，造成慢詞之興盛，柳永對詞牌之增
加及慢詞之推動，乃是前無古人，後來作者，即使熟諳音律之周邦彥
亦非其匹〔註22〕，柳永對詞體之擴大，可謂功不可沒。

清・蔡嵩雲《柯亭詞論》云：「慢詞與小令，不獨體製迥殊，即
文心內容，亦一繁一簡。……小令如布置庭園一角，無多結構，奇花
異石，些少點綴，便生佳致。慢詞則不同，如建大廈然，其中曲折層
次甚多，入手必先慘淡經營，方能從事土木。若枝枝節節為之，外觀
縱極堂皇，內容必破碎不成格局。小令只要些新意，便易得古人句。
作慢詞，全篇有全篇之意，前遍有前遍之意，後遍有後遍之意。故運

〔註20〕〔清〕宋翔鳳：《樂府餘論》，見唐圭璋編：《詞話叢編》，冊 3，頁
2499。

〔註21〕施議對：《詞與音樂關係研究》（北京：中華書局，2008 年），頁 75
～77。

〔註22〕據吳熊和統計，柳永《樂章集》等詞作中有一百多調，是首見於柳
詞；而周邦彥增衍的詞調約在五十調左右。見吳熊和：《唐宋詞通
論》，頁 142～145。

意時，須先分別主從，庶詞成後聯貫統一，脈絡井然。慢詞與小令之
文心既繁簡迥殊，構成之辭章即因之異色，而作法亦因之截然不同
矣。」〔註23〕慢詞由於體製較長，自然遠較小令適合使用鋪敘作法，
此原亦十分自然，特別是長於音律之詞人，如柳永、周邦彥等，均擅
長自製新詞，且均習用以賦爲詞。此即這些詞人深刻體認慢詞特別適
宜以賦爲詞之作法，且均習慣以思力爲詞，漸次鋪衍，注重結構之明
證，下文將分別介紹柳、周之具體表現。

（三）文人自覺，新變代雄

應制詞限制作者主題，扼殺詞人想像能力，原非詞體主要流行
之文學體式。所以此類詞作雖然篇幅較長，然一般詞人若無特殊因
由，往往不肯妄作，因此無法由此類詞作，發展出賦筆爲詞之創作
趨勢。《花間集》雖有部分詞作，於模山範水、抒情寫志之成就及效
果上，能動人心弦，異於集中淺俗浮靡之詞，然而此集多爲小令，
小令受限於體裁，由於篇幅短小，只能書寫一時一地之心境，亦只
能針對某一景色，作重點式之大概簡介，無法完整闡釋詞人澎湃激
昂之所有情感，更不能清楚交代事件之來龍去脈。

唐代以詩爲主要流行文體，詞體並非主要抒情達意體裁，故姑
且不論〔註24〕。自五代（特別是花間詞人）以迄北宋，當詞人內心
有許多情感希冀透過詞體表達時，愈發感到小令之無法負擔，於是
詞人不得不逐漸嘗試篇幅較長之慢詞〔註25〕創作，首先有意識大量

〔註23〕〔清〕蔡嵩雲：《柯亭詞論》，見唐圭璋編：《詞話叢編》，冊 5，頁
4904。

〔註24〕溫庭筠雖亦以詞聞名於世，然而其詞皆爲小令，並無運用長調寫作
情形，故姑置不論。

〔註25〕此處慢詞僅指字數較多之詞牌，本文僅爲方便論述，並無刻意區分
令、引、近、慢之意。一般言之，所謂慢詞、長調乃以清人毛先舒
所訂之九十一字以上爲主要論述對象，然如明顯有賦化現象之詞
作，即使不足此數，亦納入討論。〔清〕毛先舒著：《塡詞名解》，〔清〕
查培繼輯：《詞學全書》（臺北：廣文書局，1971 年），卷1，頁 29。
毛先舒之分法，乃是依據明人顧從敬《類編草堂詩餘》而定，顧從

使用慢詞創作之詞人乃爲張先及柳永。

柳永將於下文討論。張先曾使用之詞牌中，〈破陣樂〉爲 134 字，〈傾杯〉爲 107 字，〈沁園春〉爲 115 字，其他如〈謝池春慢〉、〈山亭宴慢〉等也在一百字左右，周玲《論張先詞的創新》統計張先慢詞共有 16 首，佔張先詞總數約十分之一〔註26〕。張先使用慢詞情況雖不若柳永、周邦彥等人明顯，然而使用頻率已經遠較五代及北宋初期爲高。

由於小令無法承載詞人大範圍、全面性之書寫，如此一來，使用慢詞以增加篇幅，擴充詞體可以承載之內容，突破花間小令體裁之籠罩，勢必成爲詞體發展之必要方向。劉熙載云：「齊、梁小賦，唐末小詩，五代小詞，雖小卻好，雖好卻小。」〔註27〕詞體如果始終僅停留在小令，由於篇幅之限制，詞體生命勢必無法久長，提前走向衰頹之路。如同詩體同樣具有絕句、律詩與排律，可以使詩人於不同寫作目的時，提供多種體式讓詩人自由選擇。劉若愚亦指出慢詞在篇幅以外之優點：

> 慢詞的主要意義並不只在於詞的篇幅較長，也在於慢詞中每行的字數相當大的差別，以及慢詞中相隔很遠的的韻腳。這些因素加上串連句的使用，促使節奏更靈活而且使得不板重的格調得以奠定。更進一步的說，這些在節奏方面有靈活變通性的長調，使作者可以從事相當長度的鋪敘，並開始寫些小令的詞調所不能容納的活動和轉折。不再像小令那樣只勾畫燦爛的人生小品和捕捉一瞬間的感悟，「慢詞」則允許詩人發展情緒的變化，記錄連續的印象。

敬將〈擣練子〉至〈小重山〉（58 字）劃爲小令，〈一剪梅〉（59 字）至〈夏雲峰〉（91 字）劃爲中調，〈東風齊著力〉（92 字）至〈戚氏〉（212 字）劃爲長調。見〔明〕顧從敬：《類編草堂詩餘》（明嘉靖刻本），收錄於《中國基本古籍庫》（合肥：黃山書社，2009 年），頁 1～77。

〔註26〕周玲：〈論張先詞的創新〉，《唐都學刊》2001 年第 4 期，頁 79。

〔註27〕〔清〕劉熙載：〈詞曲概〉，《藝概》（臺北：華正書局，1988 年），頁 123。

〔註28〕

可見慢詞具有節奏性、能鋪敘、可發展作者情志等數種小令所缺乏之長處。因詞人個體有意識之自覺，刻意選擇以慢詞創作，不再將眼光僅聚焦於小令，因此獲得良好成效，同時亦帶動慢詞之寫作風氣。

不論小令或慢詞，皆有體裁上之先天限制。小令由於篇幅較短，所以無法作多方面之描寫，變化較少；慢詞由於篇幅較長，呈現之詞意自然較爲豐富，然而也由於豐富之詞意，往往使詞作主旨容易顯得混亂不一致。因此張先在以慢詞擴充詞體之情感內容時，要如何保有小令之長處，同時又要避免慢詞之缺點，乃是最值得關注之處。

其慢詞之寫作手法，不同於柳永之平鋪直敘，使情感明白顯露，缺乏餘韻；張先是以其擅長使用之小令作法，塡寫慢詞。夏敬觀云：「子野詞凝重古拙，有唐五代之遺音。慢詞亦多用小令作法。後來澀體，煉詞煉句，師其法度，方能近古。」〔註29〕孫維城說明張先「慢詞亦多用小令作法」時，引用清人沈祥龍及顧璟芳之說，沈氏云：「小令須突然而來，悠然而去，數語曲折含蓄，有言外不盡之致。著一直語、粗語、鋪排語、說盡語，便索然矣。」〔註30〕顧氏云：「詞之小令，猶詩之絕句，字句雖少，音節雖短，而風情神韻，正自悠長。作者須有一唱三嘆之致，淡而豔，淺而深，近而遠，方是勝場。」〔註31〕孫氏並以〈謝池春慢〉爲例，歸納張先「慢詞亦多用小令作法」，指出此詞形式似兩首小令，小令相對慢詞而言，字句較少，音節亦較短。其次是不鋪排，不似柳永詞層層鋪敘，並且不使用領字。第三是詞中時空轉移不多，上、下片均寫一時一地，所以並無大起

〔註28〕劉若愚：《北宋六大詞家》（臺北：幼獅文化事業公司，1986 年），頁94。

〔註29〕夏敬觀：《映庵詞評》，收入《詞學》第五輯（上海：華東師範大學出版社，1986 年），頁 197。

〔註30〕〔清〕沈祥龍：《論詞隨筆》，見唐圭璋編：《詞話叢編》，冊 5，頁4050。

〔註31〕〔清〕田同之：《西圃詞說》，見唐圭璋編：《詞話叢編》，冊 2，1467。

落。最重要的是講究風情神韻，曲折含蓄，與柳永直抒離情之手法
明顯不同〔註32〕。如此一來，張先以小令作法塡慢詞之寫作策略，
不僅避免了慢詞主旨容易流於混亂不一，成爲多頭馬車之情況；也
能在保有小令的悠然神韻之餘，大幅增加詞作表現能力，此即張先
對慢詞作法之嘗試。

　　用小令作法雖爲塡寫慢詞一方便途徑，然而亦容易產生弊病，李
漁即云：「雙調雖分二股，前後意思，必須聯屬，若判然兩截，則是
兩首單調，非一首雙調矣。大約前段布景，後半說情者居多，即毛詩
之興比二體。若首尾皆述情事，則賦體也。即使判然兩事，亦必於頭
尾相續處，用一二語或一二字作過文，與作帖括中搭題文字，同是一
法。」〔註33〕強調慢詞雙調之間，詞意必須連貫，否則容易形成前後
分開，如同兩首單調。這也是張先雖然成功實驗慢詞作法，卻後繼無
人最主要之原因，蓋有識之士，已洞燭機先。所以宋代賦化之第一人，
不得不交由柳永發起。

第二節　北宋賦化表現

　　宋代於辛棄疾之前，已有部分詞人嘗試對不同文體進行混合融
通，較具代表性者如蘇軾以詩爲詞，周邦彥以賦爲詞等。詞體賦化
現象，也並非由周邦彥一人獨力完成，而是經過北宋詞人持續對文
體間「破體」之探索而得。錢鍾書引用許多例證，說明破體成功使
用之情形，並總結指出：「足見名家名篇，往往破體，而文體亦因以
恢弘焉。」〔註34〕相當肯定文人對擇取文體優點，進行融通之運用。
詞體賦化表現，即是詞人於創作中，使用具有賦體特色之表現方式。
在保留詞體婉轉悠長韻味之餘，又能借鑒賦體獨特手法以增進藝術

〔註32〕孫維城：〈論張先「以小令作法寫慢詞」〉，《安慶師範學院學報社會
　　　　科學版》1997 年第 2 期，頁 53。
〔註33〕〔清〕李漁：《窺詞管見》，見唐圭璋編：《詞話叢編》，冊 1，頁 557。
〔註34〕錢鍾書：《管錐篇》（臺北：書林出版有限公司，1990 年），冊 3，頁
　　　　890。

表現能力。於辛棄疾之前，以賦爲詞較顯著之作家有：

（一）柳　永

首先必須再次強調，本文所關注以賦爲詞之「賦」，乃是「鋪采摛文，體物寫志」之意，而並非賦之平鋪直敘意。部分詞家認爲柳詞具有平鋪直敘之特質，如：

> 柳詞總以平敘見長。〔註35〕

> 嚮來行文之法，最忌平鋪直敘，屯田卻以鋪敘擅場，求之兩宋詞人，正復不能有二。〔註36〕

> 耆卿詞多平鋪直敘。〔註37〕

三家均認爲柳詞是以平鋪直敘見長。誠然，柳詞多平鋪直敘，是其顯著特質之一；然而這僅能說明柳詞具有此種特質，不能就此論斷平鋪直敘乃是柳永以賦爲詞之手法。與比興相對之賦所代表的平鋪直敘意，並不完全等同辭賦所具有的鋪陳排比之意。徐復觀即云：

> 《毛傳》中的所謂賦，內容上幾乎可以說與漢賦是兩種性質；例如漢賦重鋪陳，於是訓賦爲鋪，但《毛傳》中之所謂賦，並非出之以特別地鋪陳。《毛傳》中的賦，乃對比興而言，指的是「直陳其事不譬喻者」。而漢賦則體兼比興。雖同名爲賦，而性質各殊。先弄清這一點，對於解決漢賦的起源問題，便可減少許多糾葛。〔註38〕

賦比興之賦與辭賦之賦，一爲寫作手法，一爲文學體裁，兩者並非處於同一平面，可惜仍有少數學者未能清楚認識，因此多生糾葛。以賦爲詞乃是指以辭賦之寫作手法及精神等填詞，其涵蓋之面向，遠較賦比興之平鋪直敘意廣泛，正因其特色眾多，無法以簡單一語涵蓋，方才有使用以賦爲詞此專有名詞之必要，以論述諸般創作手

〔註35〕〔清〕周濟：《宋四家詞選》，見唐圭璋編：《詞話叢編》，冊 2，頁 1651。

〔註36〕〔清〕況周頤：《歷代詞人考略》，見朱崇才編：《詞話叢編續編》（北京：人民文學出版社，2010 年），冊 3，頁 1591。

〔註37〕夏敬觀：《映庵詞評》，頁 199。

〔註38〕徐復觀：《中國文學論集》（臺北：臺灣學生書局，2001 年），頁 353。

法。以辭賦寫作手法解釋「賦」，能涵蓋所有以賦爲詞之內涵；然以
平鋪直敍訓「賦」，則以賦爲詞之豐富內涵，頓時驟減爲僅能作直敍
意之解釋，如此一來，只要不是直敍之作法，均不得稱爲以賦爲詞。
且詩六義之賦，畢竟僅具有直陳其事此單一特色，詞學家根本可逕
自稱「賦法」〔註39〕或平鋪直敍，何必大費周章別爲之命名爲「以
賦爲詞」，旁生枝節，徒增困擾。且若再從前人之眾多評價探索，更
可發現柳詞以賦爲詞眞諦：

> 至柳耆卿，始鋪敍展衍，備足無餘，形容盛明，千載如逢
> 當日。〔註40〕
>
> 形容曲盡，尤工於羈旅行役。〔註41〕
>
> 耆卿詞當分雅、俚二類。雅詞用六朝小品文賦作法，層層
> 鋪敍，情景兼融，一筆到底，始終不懈。〔註42〕
>
> 由小令到慢詞，體制的擴大，結構的變化，需要與之相適
> 應的表現手法，柳永又創造性地將賦法移植于詞，鋪敍展
> 衍。〔註43〕

講柳詞「鋪敍展衍，備足無餘」，講「形容曲盡」，或是直接說明乃是
「用六朝小品文賦作法，層層鋪敍」，均爲辭賦、文賦等賦體創作手法，
而非賦比興之平鋪直敍。因此，以賦爲詞之「賦」乃是辭賦之意甚明。

　　其次，再從鋪敍方式以及章法檢視柳詞。曾大興歸納柳永之鋪敍
法爲：橫向鋪敍、縱向鋪敍、逆向鋪敍、交叉鋪敍等四類〔註44〕。其

〔註39〕　《詩經》於中國文化影響深遠，且詩六義廣爲文人所熟知，一般情
　　　　　形下，若無特別指涉，賦法均指詩六義之直陳其事、平鋪直敍。
〔註40〕　〔宋〕李之儀：〈跋吳思道小詞〉，收入金啓華等編：《唐宋詞集序跋
　　　　　匯編》，頁 36。
〔註41〕　〔宋〕陳振孫：《直齋書錄解題》，見唐圭璋編：《詞話叢編》，冊 2，
　　　　　頁 1163。
〔註42〕　夏敬觀：《映庵詞評》，頁 199。
〔註43〕　王兆鵬：〈宋詞流變史論綱〉，《湖北大學學報》哲社版，1997 年第 5
　　　　　期，頁 1。
〔註44〕　曾大興：《柳永和他的詞》（廣州：中山大學出版社，1990 年），頁
　　　　　110～116。

中逆向鋪敘是倒敘式手法,交叉鋪敘更是將時空錯綜複雜的交織安排,皆非賦比興之平鋪直敘。蔡嵩雲亦曾稱讚柳永章法精嚴:「至其佳詞,則章法精嚴,極離合順逆貫串映帶之妙,下開清眞、夢窗詞法。」又云:「章法大開大闔,爲後起清眞、夢窗諸家所取法,信爲創調名家。」﹝註45﹞蔡氏所謂「章法精嚴,極離合順逆貫串映帶之妙」,明顯是賦體特色,與葉嘉瑩論以賦爲詞作家,乃是以「鋪陳勾勒的思力安排」取勝﹝註46﹞,其中亦實有可相通之處。因爲章法之架構、設計,同樣需要以思力安排爲詞。諸家之說,在在可顯示以賦爲詞乃是取法賦體,注重鋪陳勾勒之寫作技巧,並非平鋪直敘此單一意義。

　　因此,若欲討論宋詞具有賦比興之「賦」的直陳其事作法,應直接稱平敘、直敘,最爲清晰,且必須先與賦體之賦區別、界定清楚,以免讀者混淆;若欲討論宋詞所採行賦體之鋪陳展衍等手法,此類詞作可直接稱爲以賦爲詞。瞭解以賦爲詞眞正意涵之後,方可繼續探討宋人之賦化表現。

　　在柳永之前雖然已有篇幅較長之慢詞,然並不多見。柳永(約987~1053)《樂章集》現存212首詞作,其中慢詞就使用了87種詞調,計有125首﹝註47﹞,遠較張先、晏殊、歐陽脩等人爲多﹝註48﹞。其好寫慢詞,開拓詞體形式,於此可見一斑。孫康宜即云:

> 柳永是文人詞客中首位「有心」錘鍊慢詞的大家。在柳氏所處的宋季,善製慢詞者屈指可數,所填篇幅如此遼闊者更屬鳳毛麟角。我們稍後會論及張先;他和柳永同輩,但所製的慢詞也不能和耆卿比。晚唐和五代雖有詩人填下少

﹝註45﹞〔清〕蔡嵩雲:《柯亭詞論》,見唐圭璋編:《詞話叢編》,冊5,頁4911。

﹝註46﹞葉嘉瑩:〈從中國詞學之傳統看詞之特質〉,《中國詞學的現代觀》(臺北:大安出版社,1999年),頁9。

﹝註47﹞李智仁:〈論柳永的宋詞革命〉,《湖南工業職業技術學院學報》2006年第1期,頁65。

﹝註48﹞李智仁統計張先、晏殊、歐陽脩三人所填慢詞數量,分別約佔個人總數的10.3%、2.19%、5.4%,遠不如柳永。同前註。

> 數的慢詞，不過其中「實驗」的成分居多，只是「孤例」。
>
> 柳永則不然：他是大力推展慢詞。〔註49〕

指出柳永創作心態乃是刻意錘鍊慢詞，以及其他作家所塡慢詞以實驗性質爲主。

不同於張先以小令作法塡慢詞，柳永乃是以賦筆鋪敘作法爲之，孫康宜即認爲他所採用的乃是一種「攝影機拍出的連續鏡頭」（the progression of the camera-eye view）〔註50〕，亦即將一連串的視覺意象，堆疊於一首詞作之中。董豔梅《柳永慢詞居多現象解析及其慢詞作品研究》云：「正是柳永作詞偏愛賦體的藝術風格，導致了他在慢詞創作中頻繁使用賦體的表現形式，將詞的體制衍生長篇，造就《樂章集》中慢詞數量的可觀。」〔註51〕柳永身處彌漫小令創作之氛圍中，他卻甘心選擇一條與眾人不同之道路，此亦可視爲文人自覺表現之一。其鋪敘展衍之表現，可於其對都邑、羈旅行役、豔情等三方面之描寫，發現柳永與他人相異之處。

1、對漢代宮殿賦之繼承——都邑描寫

於柳永之前，詞人幾乎一面倒的傾向小令之創作。由於篇幅相當有限，因此僅能截取生命中最精華之片段作描述，難以使用鋪敘之手法。而柳詞最顯著之賦化表現，即在於《樂章集》已開始嘗試運用鋪敘展衍，此亦爲前文必須先交代背景因素之原因。柳詞之鋪敘，又以對都邑之描寫最爲突出。吳惠娟討論北宋詞之賦化現象時云：「柳永的羈旅行役之詞是受行旅賦和懷思賦的影響，並從這些賦脫化而來，而描寫都城繁華的詞作則是都邑賦的縮小和變異。」〔註52〕柳永詞如〈瑞鷓鴣〉上片云：「吳會風流。人煙好，高下水

〔註49〕孫康宜著，李奭學譯：《晚唐迄北宋詞體演進與詞人風格》（臺北：聯經出版事業公司，2001 年），頁 150。

〔註50〕同前註，頁 167。原討論請參閱 James. J. Y .Liu ,*Major Lyricists of the Northern Sung*（Princeton：Princeton Univ.Press,1974），p.73。

〔註51〕董豔梅：《柳永慢詞居多現象解析及其慢詞作品研究》（武漢：中南民族大學中國古代文學研究所碩士論文，2009 年），頁 31。

〔註52〕吳惠娟：〈試論北宋詞發展的重要途徑——賦化〉，《宋代文學研究叢

際山頭。瑤臺絳闕，依約蓬丘。萬井千閭富庶，雄壓十三州。觸處
青蛾畫舸，紅粉朱樓。」（頁 49）詳細帶領讀者一一檢視「吳會風
流」。又如其〈醉蓬萊〉（漸亭皋葉下），詞乃應制之作，柳永於歌
頌朝廷功德之餘，亦運用其鋪敘本領，對宮殿進行美化與修飾，期
使能憑藉妙筆俊才得以進用。

柳永對都邑描寫最著名者，乃爲〈望海潮〉：

東南形勝，江吳都會，錢塘自古繁華。煙柳畫橋，風簾翠
幕，參差十萬人家。雲樹繞堤沙。怒濤卷霜雪，天塹無涯。
市列珠璣，戶盈羅綺，競豪奢。　　重湖疊巘清嘉。有三
秋桂子，十里荷花。羌管弄晴，菱歌泛夜，嬉嬉釣叟蓮娃。
千騎擁高牙。乘醉聽簫鼓，吟賞煙霞。異日圖將好景，歸
去鳳池誇。（頁 39）

首先介紹杭州地理形勢，其次刻劃杭州實地風光，詞人並非輕描淡
寫，僅將注意力集中於一點；而是從各個角度，全面的從城市、郊
外、日景、夜景，完整的大力鋪陳，詞作呈現一派安和樂利之景況，
內容充滿富貴繁榮氣息。羅大經《鶴林玉露》即記載：「柳耆卿作〈望
海潮〉詞，……此詞流播，金主亮聞歌，欣然有慕於『三秋桂子，
十里荷花』，遂起投鞭渡江之志。」〔註 53〕雖然此事之眞實情況如何，
無法證明，然若僅從文學感動人心層面而論，〈兩都賦〉、〈兩京賦〉、
〈三都賦〉等辭賦，同樣爲書寫京都盛況，柳永吸收此類辭賦之鋪
采摛文手法，於詞作之中，極其所能的刻劃都邑風貌，如同漢代辭
賦家對宮殿賦進行四面八方之摹寫。此乃柳永與其他採用以賦爲詞
之詞人，最大不同之處。范鎭對此詞相當推崇，感嘆道：「仁宗四十
二年太平，鎭在翰苑十餘載，不能出一語詠歌，乃於耆卿詞見之。」
〔註 54〕肯定此詞能仔細描繪出城市風光，使百姓安居樂業之繁榮場

刊》第 6 期（2000 年 12 月），頁 249。

〔註 53〕〔宋〕羅大經：《鶴林玉露》（臺北：臺灣開明書局，1975 年）卷 1，
頁 3。

〔註 54〕〔宋〕祝穆：《方輿勝覽》（臺北：臺灣商務印書館，1986 年景印《文
淵閣四庫全書》本），冊 471，頁 660。

景，躍然紙上。吳自牧介紹杭州云：「杭城之外城，南西東北各樓十
里，人烟生聚，民物阜蕃，市井坊陌，鋪席駢盛，數日經行不盡，
莫可比外路一州郡，足見杭城繁盛耳。」〔註 55〕柳永以其擅長之鋪
敘手法歌詠城都風光，對杭州之南北東西逐一刻劃，務必要求面面
俱到，徹底勾勒出所詠主旨之景況，無怪乎歷來對其慢詞作法之評
價，多持肯定態度。若再從內容之主題觀之，杭州城不論晨昏、晴
雨，人物、景致，風貌各自不同，也唯有使用賦體鋪敘技巧，方能
眞正達到「備足無餘，形容盛明，千載如逢當日」〔註 56〕之高度表
現。

2、將懷思行旅賦作結合──羈旅行役

去國離鄉原本就容易引起文人愁苦憂煩之情緒，獨自行旅於異
鄉之地，難免會興起懷舊思歸之感。懷思類賦作如向秀有〈思舊賦〉，
懷念嵇康；江淹有〈別賦〉，哀傷離別。行旅賦則有班彪〈北征賦〉，
感嘆世局動盪；黃滔有〈送君南浦賦〉，極寫送別之情〔註 57〕。柳永
由於仕途不順遂，詞中亦多有羈旅行役之書寫，如〈八聲甘州〉寫
其遊宦失意，有久滯不歸之苦，題旨同爲行旅懷思。而此類詞作最
著名者，乃爲〈雨霖鈴〉：

> 寒蟬淒切。對長亭晚，驟雨初歇。都門帳飲無緒，留戀處、
> 蘭舟催發。執手相看淚眼，竟無語凝噎。念去去、千里煙波，
> 暮靄沈沈楚天闊。　　多情自古傷離別。更那堪、冷落清秋
> 節。今宵酒醒何處，楊柳岸、曉風殘月。此去經年，應是良
> 辰、好景虛設。便縱有、千種風情，更與何人說。（頁 21）

柳永爲鋪陳離別之情，不惜辭費，從寒蟬、長亭、驟雨，一路寫至
蘭舟，連續用數種同樣具有哀愁意象之物件，以帶出內心濃厚之情

〔註 55〕〔宋〕吳自牧：《夢粱錄》，收入《中國近代小說史料續編》（臺北：
　　　　廣文書局，1986 年）冊 35，卷 19，頁 7。
〔註 56〕〔宋〕李之儀：〈跋吳思道小詞〉，金啓華等：《唐宋詞集序跋匯編》，
　　　　頁 36。
〔註 57〕以上四賦收入於〔清〕陳元龍：《御定歷代賦彙》（京都：中文出版
　　　　社，1974 年），外集，頁 1948、1963～1964、1968、1989。

感。既寫難以割捨之離情，復以自憐身世之漂泊不定。此種環繞同
一主旨，而連續堆疊意象相近物件之手法，與江淹〈別賦〉、〈恨賦〉
同樣臚列人世間各種離別、憾恨，所構成賦作主軸之方式，可謂如
出一轍。下片同樣繼續抒發離情，原本有情之人已經感傷離別，更
何況時令正是冷落清秋時節。接著轉念設想未來將酒醒於楊柳岸
邊，舟外有曉風殘月，一片淒迷景致。以下繼續推想，即使良辰美
景亦爲虛設，千種風情也無可訴說。

　　孫維城《宋韻——宋詞人文精神與審美型態探論》云：「柳永在
後期薄宦飄零的生活中體認到宋玉的生命之悲，把秋士易感的悲涼與
女性撫慰的溫馨相結合，重新回到了士大夫生命情感的抒發，表現出
一種深遠內涵的意境，慢詞鋪敘手法找到了合適的富於韻味的表現方
式，避免了賦的平鋪直敘的單調。」〔註58〕〈雨霖鈴〉即表現出這種
生命之悲，而宣洩自身之生命情感。

　　此詞由原本已如何，進而更何況如何，已是加深一層敘寫。預
想未來景況，在原本愁緒中，又以背景旁襯，轉生出另一種幽怨，
是第一層轉折。最後又跳脫前兩種場景，轉到內心層面之闡發，盡
情傾吐，是第二層轉折。作者不斷加深、加倍渲染離情，步步推進，
而又層層疊疊，務必要將事件之本末終始，交代清楚，如同賦家對
所詠主題之精心詮釋，絲毫不肯放鬆。王灼稱柳詞「序事閒暇，有
首有尾」〔註59〕，陳振孫評論其詞亦云：「詞意妥貼，承平氣象，形
容曲盡，尤工於羈旅行役。」〔註60〕承平氣象適用〈望海潮〉之評，
而語意妥貼、形容曲盡，則是柳永採用以賦爲詞所造成之良好成效。
此種隨時間推移所採取之一筆到底手法，亦與文賦之敘事法相當接
近。

〔註58〕 孫維城：《宋韻——宋詞人文精神與審美型態探論》（合肥：安徽大
　　　　學出版社，2002年），頁104。
〔註59〕 〔宋〕王灼：《碧雞漫志》，見唐圭璋編：《詞話叢編》，冊1，頁84。
〔註60〕 〔宋〕陳振孫：《直齋書錄解題》，見唐圭璋編：《詞話叢編》，冊2，
　　　　頁1163。

3、以豔情宮體賦為藍本──絢麗豔情

自《花間集》奠定豔情一派詞風以來，詞體普遍存有「詩莊詞媚」、「詞爲豔科」等刻板印象，即使兩位以賦爲詞大家──柳永與周邦彥，其多數詞作亦不脫豔情範圍。此種豔情詞風之所以成爲系統，除了宗法六朝華美柔靡之風外，其實亦可從歷代賦作探尋蛛絲馬跡，宋‧王楙《野客叢書》云：

> 小宋狀元謂相如〈大人賦〉，全用屈原〈遠游〉中語。僕觀
> 相如〈美人賦〉，又出於宋玉〈好色賦〉。自宋玉〈好色賦〉，
> 相如儗之爲〈美人賦〉，蔡邕又儗之爲〈協和賦〉，曹植爲
> 〈靜思賦〉，陳琳爲〈止欲賦〉，王粲爲〈閒邪賦〉，應瑒爲
> 〈正情賦〉，張華爲〈永懷賦〉，江淹爲〈麗色賦〉，沈約爲
> 〈麗人賦〉，轉轉規倣，以至於今。〔註61〕

後人不斷的仿作，使以〈美人賦〉爲首之豔情賦，成爲一種創作之範式。後來由於詞人之破體試驗，一方面受《花間集》影響，一方面援引豔情賦之抒情方法，致使慢詞之鋪陳，亦有絢麗冶豔色彩。曹辛華即指出，以〈美人賦〉爲首「這樣一個龐大的『麗人』豔情賦系列，必然會影響後世絕情詞的創作。其最爲集中的表現爲對豔情賦麗辭豔語的移植。」〔註62〕「對豔情賦麗辭豔語的移植」最明顯之作家，即爲柳永與周邦彥。周邦彥將於下文論述，柳永詞如：

> 且恁相偎倚。未消得、憐我多才多藝。願嬭嬭、蘭心蕙性，
> 枕前言下，表余深意。爲盟誓。今生斷不孤鴛被。(〈玉女搖
> 仙佩〉，頁13)
>
> 慣憐惜。饒心性，鎮厭厭多病，柳腰花態嬌無力。(〈法曲獻
> 仙音〉，頁24)

〔註61〕〔宋〕王楙：《野客叢書》(北京：中華書局，1983年《叢書集成初編》)，冊305，頁156。

〔註62〕曹辛華：〈論唐宋詞與小賦之關聯〉，《宋代文學研究叢刊》第7期，(2001年12月)，頁252～253。按：文中「必然會影響後世絕情詞的刨作」，應爲「必然會影響後世豔情詞的創作」之誤植。

綢繆鳳枕鴛被。深深處、瓊枝玉樹相倚。困極歡餘，芙蓉
帳暖，別是惱人情味。風流事、難逢雙美。況已斷、香雲
為盟誓。且相將、共樂平生，未肯輕分連理。（〈尉遲杯〉，
頁21）

風格上近似司馬相如〈美人賦〉：「於是寢具既設，服玩珍奇；金鑪
薰香，黼帳低垂；茵褥重陳，角枕橫施。女弛其上服，表其褻衣。
皓體呈露，弱骨豐肌。時來親臣，柔滑如脂。」〔註63〕沈約〈麗人
賦〉：「出闈入光，含羞隱媚。垂羅曳錦，鳴瑤動翠。來脫薄妝，去
留餘膩。霑妝委露，理鬢清渠。落花入領，微風動裾。」〔註64〕等
對佳人情態及閨房情事之描寫。

　　原本六朝即為宮體詩特別興盛之時代，本文之所以不採取由詩
體觀點著手，而從賦體影響詞體角度切入觀察，主要原因，乃是由
於近體詩受限於詩句整齊畫一之形式，不如賦體長短句式變化之靈
活。劉永濟《詞論》云：

> 相間、相重之美，唐人近體已勝於漢魏五言，惟是近體，
> 章有定句，句有定字，長於整飭而短於錯綜，其弊也拘，
> 能常而不能變者也。故其道易窮，而詞體承之以興，參奇
> 偶之字以成句，合長短之句以成章，復重而為雙疊，演而
> 為長慢，字句之錯綜既已極矣，而五聲從之參伍其間，變
> 乃無窮。〔註65〕

正因近體詩章有定句，句有定字，形式上又有「短於錯綜」、「能常
而不能變」之拘束，因此相較於賦體句式之靈活多變，詞人選擇以
賦為詞，正是由於詞體與賦體於形式體裁上，有其親近、可以輾轉
相通之處。因此，與其由僅於風格上近似之詩體觀察，不如由風格
與體裁雙方面均相當接近之賦體進行探索。柳永此類詞作雖與《花
間集》風格相近，然《花間集》篇幅遠不如宮體賦，如為仿擬、探

〔註63〕〔漢〕司馬相如：〈美人賦〉，〔清〕陳元龍：《御定歷代賦彙》，外集，
　　　　頁2048。
〔註64〕〔梁〕沈約：〈麗人賦〉，同前註，頁2050。
〔註65〕劉永濟：《詞論》（臺北：源流出版社，1982年），頁34。

用《花間集》，恐將無法完整傾訴情意；因此在情感較充沛、情節較豐富之情形下，柳永以賦筆爲詞，取資宮體賦顯得較爲合適且貼切。

　　除引用豔情賦之風格塡詞外，《樂章集》中亦多有轉化賦作成句，同時又帶有對佳人情態之描繪者，如「飛瓊伴侶，偶別珠宮，未返神仙行綴。取次梳妝，尋常言語，有得幾多姝麗。擬把名花比。恐旁人笑我，談何容易。」（〈玉女搖仙佩〉，頁 13）詞人稱佳人爲神仙，欲以名花相比擬，皆是取法騷體賦慣用之伎倆。「免教人見妾，朝雲暮雨。」（〈迷仙引〉，頁 22）「若諧雨夕與雲朝，得似箇、有囂囂。」（〈燕歸梁〉，頁 53）這些對美人之描摹，同樣是取用〈高唐賦〉而轉化成句。

　　柳永以賦爲詞之嘗試當然不僅如此，如李嘉瑜〈論「以賦爲詞」的形成──以柳永、周邦彥詞爲例〉認爲柳詞有駢儷化之傾向〔註66〕，吳惠娟〈試論北宋詞發展的重要途徑──賦化〉認爲富涵敘事性，以及用虛字之領字句法等〔註67〕。不可否認，柳永確實首先嘗試運用，然而這些現象在柳永之後，已成爲詞人使用以賦爲詞時相當普遍之傾向，因此本文僅介紹柳永較爲突出之處，而不作全面性說明。即使如此，仍不可忽視柳永開創之功，畢竟若無柳永之成功試驗，除張先外，詞壇不僅仍鮮少使用慢詞，詞體運用賦化技巧之時代，亦勢必要再往後延宕。因此，曾大興即相當肯定柳永之貢獻，所謂：「沒有柳永，便沒有周邦彥；沒有以賦爲詞，便沒有慢詞的長足的發展。」〔註68〕

（二）蘇　軾

　　蘇軾（1037～1101）乃是中國文學史上精通詩、詞、文、賦之天才，他不僅於在詩、詞、文、賦，四個領域皆有傑出表現；此外，因其天資聰穎，才氣過人，爲展現作者之胸懷襟抱，往往不願受各

〔註66〕李嘉瑜：〈論「以賦爲詞」的形成──以柳永、周邦彥詞爲例〉，《國立編譯館館刊》第 29 卷，第 1 期（2000 年 6 月），頁 141～142。
〔註67〕吳惠娟：〈試論北宋詞發展的重要途徑──賦化〉，頁 247～249。
〔註68〕曾大興：《柳永和他的詞》，頁 120。

種常規之限制，因此蘇軾於塡詞之時，便容易使一文體滲透至另一文體中，如陳師道即認爲蘇軾有「以詩爲詞」﹝註69﹞之現象。蘇軾除以詩爲詞爲人所熟知外，其詞作亦含有賦體特色，此亦促進以賦爲詞技巧之更加成熟。蘇軾較爲明顯之賦化技巧，且具備開創意義之創作手法，乃爲詠物詞所具有之隱語性質。

陳匪石認爲：「論詠物之詞，實賦體之極軌。」﹝註70﹞說明詠物詞與賦體關係密切，二者實有可相通之處，因此詞體可借鑒運用。詠物詞於蘇軾之前，未受詞人所應有之重視，加上吟詠對象乃是外在事物，往往流於應酬式的遊戲之作。雖有能達到體物工巧之作品出現，然而詞中通常缺乏作者之情感意志，徒具肖似之外貌，並無法感動讀者。直至蘇軾以其天縱之才，突破任何限制，每每於詠物詞中加入自我眞摯情感，詠物詞才終於有長足之前進。蘇軾於熙寧七年（1074）之前，絕大多數以令詞爲主要創作取向，此後慢詞創作比例始較爲豐富。而蘇軾創作詠物詞之方式，即是採用圍繞主旨書寫，卻不點明主旨之隱語手法。其詞如〈水龍吟〉：

> 似花還似非花，也無人惜從教墜。拋家傍路，思量卻是，
> 無情有思。縈損柔腸，困酣嬌眼，欲開還閉。夢隨風萬里，
> 尋郎去處，又還被、鶯呼起。　　不恨此花飛盡，恨西園、
> 落紅難綴。曉來雨過，遺蹤何在？一池萍碎。春色三分，
> 二分塵土，一分流水。細看來不是楊花，點點是、離人淚。
> 〔註71〕

此詞乃蘇軾次韻章楶詠楊花之詞，由於作者才性使然，主旨雖不離楊花，然卻又不正面刻劃。首二韻從側面勾勒楊花型態，「也無人惜從教墜」使人對楊花分外感到憐惜，寄託作者主觀情感。「縈損柔腸」三句，表面雖爲寫人，實則亦含有對楊花情態之描述。「夢

﹝註69﹞〔宋〕陳師道著：《後山詩話》，吳文治編：《宋詩話全編》（南京：江蘇古籍出版社，1998年），冊2，頁1022。
﹝註70﹞陳匪石：《宋詞舉》（臺北：正中書局，1970年），頁47。
﹝註71﹞〔宋〕蘇軾著，鄒同慶、王宗堂校注：〈水龍吟〉，《蘇軾詞編年校注》，（北京：中華書局，2007年），頁314。

隨風萬里」更是將楊花隨風飄盪，無依無靠姿態，刻劃得生動靈活，詠物詠人，殆不可分。因此沈謙乃云：「幽怨纏綿，直是言情，非復賦物。」〔註72〕沈際飛《草堂詩餘正集》亦云：「『隨風萬里』、『尋郎』，悉楊花神魂。」〔註73〕然而不論描寫如何工巧精微，詞人總是旁敲側擊，彷彿謎語式的等待讀者自行領略，與荀賦所採用之隱語手法一致，進而造成「遯辭以隱意，譎譬以指事」〔註74〕之修辭效果。是以歷代詞學評論家皆相當肯定此詞，如王國維乃云：「詠物之詞，自以東坡〈水龍吟〉爲最工。」〔註75〕稱讚蘇軾此詞，壓倒所有詠物之詞。陳匪石亦推揚：「緊著題融化不澀，亦詠物之正法眼藏。」〔註76〕肯定蘇軾能扣緊題意，又不過於黏滯，而這種不即不離狀態，即是首句「似花還似非花」所呈顯之詞境。既說似花，又云非花，不寫楊花外貌，卻能徹底展現楊花精神，因此劉熙載認爲首句：「可作全詞評語，蓋不離不即也。」〔註77〕不即不離所產生之效果，即是此詞所具有之隱語特質。

　　蘇軾之詠物詞除具備隱語之特質外，與他人相異之處，尚有對人文之關懷。如〈水龍吟〉：

> 露寒煙冷蒹葭老，天外征鴻寥唳。銀河秋晚，長門燈悄，
> 一聲初至。應念瀟湘，岸遙人靜，水多菰米。乍望極平田，
> 徘徊欲下，依前被、風驚起。　　須信衡陽萬里。有誰家、
> 錦書遙寄。萬重雲外，斜行橫陣，纔疏又綴。仙掌月明，
> 石頭城下，影搖寒水。念征衣未擣，佳人拂杵，有盈盈淚。

〔註78〕

〔註72〕〔清〕沈謙：《塡詞雜說》，見唐圭璋編：《詞話叢編》，冊1，頁631。
〔註73〕吳熊和：《唐宋詞匯評》，兩宋卷（杭州：浙江教育出版社，2006年），冊1，頁408。
〔註74〕〔梁〕劉勰：〈諧讔〉，見王更生注譯：《文心雕龍讀本》（臺北：文史哲出版社，2004年），上篇，頁258。
〔註75〕王國維：《人間詞話》，見唐圭璋編：《詞話叢編》，冊5，頁4248。
〔註76〕陳匪石：《宋詞舉》，頁95。
〔註77〕〔清〕劉熙載：〈詞曲概〉，《藝概》，頁119。
〔註78〕〔宋〕蘇軾著，鄒同慶、王宗堂校注：〈水龍吟〉，《蘇軾詞編年校注》，

詞中鋪陳背景部分，均用以反襯雁之蕭索寂寞，他如「徘徊欲下，依前被、風驚起」、「須信衡陽萬里。有誰家、錦書遙寄」等，含有飄泊不定，去國千里之身世慨嘆。此詞不僅於詠物中反映主體意識，雖處處寫雁，而主體之我又時時浮現，詞末之「念征衣未擣，佳人拂杵，有盈盈淚」，更是透露對人情之重視，有別於周邦彥詠物以物爲主（包含將女性物化），描繪精工，入木三分，卻少人情之遺憾，因此被謝桃坊批評：「周邦彥在內心深處是賤視歌妓們的。」〔註79〕蘇軾詠物詞則是能反映以人爲主之普世價值，使詠物詞能不再停留於遣興式之賞玩，而有對人、物更深層之珍惜情感。

　　合上述諸家之說，以及筆者淺見，可以歸納蘇軾以賦爲詞之結論：首先，蘇軾將作者情志帶入詠物詞中，並非僅酷肖形容，蘇軾雖不同於詠物賦傳統作法，然詠物詞從此別開生面，具有開創性意義。更重要者，乃蘇軾詠物詞中對人之尊重，脫離以物爲主之歌詠。其次，〈水龍吟〉乃爲詠物詞壓卷之作，摩寫物態，維妙維肖，他人之詞不及此詞之工。第三，蘇軾乃是採用不點明題旨又帶有荀賦謎語式之筆法，形成不即不離之特色，明顯具有以賦爲詞之現象。職是之故，本文認爲詠物詞之隱語特色，乃爲蘇軾以賦爲詞最明顯之表現。雖然蘇軾乃是以餘力爲詞，並未特別關注此類詞作，故而數量不多，然卻爲後來詞家奠定良好典範，特別影響辛棄疾詠物詞之作法。

（三）秦　觀

　　秦觀（1049～1100）爲蘇門四學士之一，蘇、秦同樣均有文賦實際創作經驗，秦觀甚至有賦論。秦觀早年用力於賦作之實踐，此對後來創作詞體也產生一定之影響。然而就賦化現象觀察，其詞雖

　　　頁 518。

〔註79〕謝桃坊亦云：「其〈意難忘〉是流傳很廣的詞，……但如清眞詞中其他這類詞一樣，僅停留於外在形態的描述和表現文人的玩賞情趣，始終未表現出同情和尊重的情感。她們只是作爲士大夫文人消遣的對象。」見謝桃坊著：〈北宋文化低潮時期的周邦彥詞〉，《宋詞辨》（上海：上海古籍出版社，1999 年），頁 188。

明顯受到賦體創作經驗影響，但於創作意識上，此影響是被動而非
主動。意即秦觀乃是在不刻意運用賦化技巧之情形下，詞作受作者
潛意識影響，進而沾染賦體部分特色。

　　李廌《師友談記》記載秦觀對自己賦體創作之評論：

　　廌謂少游曰：「比見東坡，言少游文章如美玉無瑕，又琢磨
　　之功，殆未有出其右者。」少游曰：「某少時用意作賦，習
　　貫已成，誠如所諭，點檢不破，不畏磨難，然自以華弱爲
　　愧。」〔註80〕

秦觀由於年輕時認眞學習作賦，習慣已成，影響所及，詞風也同樣具
有華弱之特色。此亦爲秦觀受蘇軾詰問何以學柳永之眞正原因，並非
秦觀明知世人對柳永之評價，卻又願意忍受文人輕視而學柳詞，因此
秦觀受到譎問時乃是愕然否認，認爲自己並非刻意學習〔註81〕。

　　葉嘉瑩氏認爲賦化之詞乃是「一種重視以思力來安排勾勒的寫
作方式」〔註82〕，賦體創作經驗，除影響秦觀詞風外，也造成他以
思力爲詞之創作態度。除前文所引「琢磨之功」、「點檢不破，不畏
磨難」可以證明之外，吳梅也指出其「柳下桃蹊，亂分春色到人家。
西園夜飲鳴笳。有華燈礙月，飛蓋妨花。」（〈望海潮〉，頁 455）「兩
情若是久長時，又豈在朝朝暮暮。」（〈鵲橋仙〉，頁 459）「春去也，
飛紅萬點愁如海。」（〈千秋歲〉，頁 460）「自在飛花輕似夢，無邊
絲雨細如愁。」（〈浣溪沙〉，頁 461）等句，皆爲「思路沈著，極刻

〔註80〕〔宋〕李廌：《師友談記》，見周義敢、周雷編：《秦觀資料彙編》（北
　　　　京：中華書局，2001 年），頁 39。
〔註81〕《花庵詞選》記載：「秦少游自會稽入京，見東坡。坡云：『久別當
　　　　作文甚勝，都下盛唱公山抹微雲之詞。』秦遜謝。坡遽云：『不意別
　　　　後，公卻學柳七作詞。』秦答曰：『某雖無識，亦不至是，先生之言
　　　　無乃過乎？』坡云：『銷魂，當此際。非柳詞句法乎？』秦慚服。見
　　　　〔宋〕黃昇：《花庵詞選》，收入《景印文淵閣四庫全書》，冊 1489，
　　　　頁 326。又，《賭棋山莊詞話》記載：「坡公謂秦太虛乃學柳七作曲子，
　　　　秦愕然以爲不至是。」見〔清〕謝章鋌：《賭棋山莊詞話》，見唐圭
　　　　璋編：《詞話叢編》，冊 4，頁 3465。
〔註82〕葉嘉瑩：〈從中國詞學之傳統看詞之特質〉，《中國詞學的現代觀》，
　　　　頁 9。

劃之工，非如蘇詞之縱筆直書也。北宋詞家以縝密之思，得遒煉之致者，惟方回與少游耳。」〔註83〕徐培鈞認爲秦觀詞學習賦體技巧，分爲間接與直接〔註84〕。間接方面，他引證清人詞話，認爲秦觀是「通過晚唐五代詞學習《楚辭》的精神與表現手法」。筆者以爲，《楚辭》對秦觀之影響並不特別明顯，且牽扯太遠，無直接證據證明，此說應有商榷空間。直接方面，徐氏與張麗華〈秦觀賦論與詩詞創作〉均取秦觀賦論爲例，認爲可由煉字、煉句、用典、聲律等方面看出秦詞受賦體之影響〔註85〕。雖然二家均引秦觀賦論，極力證明賦論與詞作關係，然而這些技巧即使沒有賦論或賦體創作經驗之依據，依舊可以使用、創作。如用典，詩體亦十分講究，何以用典即爲受賦論影響，二家僅論述詞作用典與賦體關係，卻未仔細區分這些技巧在各種文體間之相異情形，殊屬可惜。

　　秦觀詞如〈望海潮〉（星分牛斗）〔註86〕，書寫揚州風光，鋪敘手法近似柳永〔註87〕，雖帶有濃厚以賦爲詞作法，然成就並未超越柳永。葉嘉瑩氏比較二人時云：「柳永全用白描，其盛氣表現得極爲自然，而秦觀則多用古典，遂不免有一種不甚自然的逞氣用力之感。」〔註88〕柳永確實並不好用典故，檢視柳詞如〈雨霖鈴〉、〈夜半樂〉等均可瞭解。而秦觀之所以多用典故，當與其以思力爲詞之創作態度有關。由於深思熟慮之賦體寫作方式，因此塡詞之時，連帶刻意經營詞

〔註83〕吳梅：《詞學通論》（南京：江蘇文藝出版社，2008 年），頁 65。

〔註84〕徐培鈞：〈試論秦觀的賦作賦論及其與詞的關係〉，《中國韻文學刊》1997 年第 2 期，頁 15～17。

〔註85〕張麗華：〈秦觀賦論與詩詞創作〉，《中國礦業大學學報》2004 年第 3 期，頁 91～94。

〔註86〕〔宋〕秦觀著，徐培鈞箋注：〈望海潮〉，《淮海居士長短句箋注》（上海：上海古籍出版社，2009 年），頁 1。

〔註87〕葉嘉瑩認爲：「兩首詠都市的〈望海潮〉詞，則我以爲那很可能是在秦觀早年，正當強志盛氣之時的作品，而且明顯地帶有模仿柳永詞之痕跡。」見葉嘉瑩：〈論秦觀詞〉，《唐宋詞名家論集》（臺北：桂冠圖書股份有限公司，2003 年），頁 232。筆者以爲不論是否曾經模仿柳永，秦觀對都市風光之描摹，均相當接近柳永。

〔註88〕葉嘉瑩：〈論秦觀詞〉，《唐宋詞名家論集》，頁 233。

之含蓄餘韻，而用典確實能使文學作品帶有一定程度之雅化及距離，讀者須先熟悉典故來由，方能體會詞句背後更深一層之意涵，此「以思力爲詞」之作法，亦是秦觀最顯著之賦化手法。

　　秦觀「以思力爲詞」之賦化作法，由於不偏主一端，故各舉一例爲說明。自鋪敘典故角度而言，秦觀與柳永同爲城市書寫之〈望海潮〉（秦峰蒼翠）〔註89〕，大量運用西施、吳越相爭、梅福、王羲之、賀知章、李白等典故，用典密度之高，遠勝柳永，此針對特定景物以連續典故摹寫者，即爲集中思力用典之例。自鋪排對偶角度而言，〈風流子〉（東風吹碧草）〔註90〕即採用「梅吐舊英」二句、「北隨雲黯黯」二句、「斜日半山」二句、「數聲橫笛」二句、「斷腸南陌」二句等對偶以刻劃征途景色。以賦境之仿擬而言，〈浣溪沙〉（腳上鞋兒四寸羅）〔註91〕描寫佳人體態，引用宋玉、襄王等，與〈高唐〉、〈神女〉等賦相近。而秦觀詞賦化之顯著出眾者，可以〈望海潮〉爲例，詞云：

> 梅英疎淡，冰澌溶洩，東風暗換年華。金谷俊遊，銅駝巷陌，新晴細履平沙。長記誤隨車。正絮翻蝶舞，芳思交加。柳下桃蹊，亂分春色到人家。　　西園夜飲鳴笳。有華燈礙月，飛蓋妨花。蘭苑未空，行人漸老，重來是事堪嗟。煙暝酒旗斜。但倚樓極目，時見棲鴉。無奈歸心，暗隨流水到天涯。〔註92〕

從梅、冰、沙、各角度寫春天景致，絮翻、蝶舞、桃蹊等仍同樣繼續鋪陳春色。下片回憶西園宴飲而引起歸心，全詞不僅用力於煉字琢句，文學之想像力亦相當驚人，陳廷焯即稱賞秦觀：「少游詞最深厚，最沈著。如『柳下桃蹊，亂分春色到人家。』思路幽絕，其妙

〔註89〕〔宋〕秦觀著，徐培鈞箋注：〈望海潮〉，《淮海居士長短句箋注》，頁5。

〔註90〕〔宋〕秦觀著，徐培鈞箋注：〈風流子〉，《淮海居士長短句箋注》，頁30。

〔註91〕同前註，頁116。

〔註92〕同前註，頁9。

令人不能思議。」﹝註93﹞此詞所發散之詞情,譚獻亦評爲:「陳、隋小賦縮本,塡詞家不以唐人爲止境也。」﹝註94﹞即是因爲此詞運用思力營造出無理而妙之新奇感,桃蹊原爲無情、無生命之物,如何可能亂分春色?詞人卻靈犀一點,巧妙構思詞境,使讀者反覆吟詠之後,方能領略其中奧妙。而以宴飲所引起之繁華與落寞對比,歸結至樂極生悲之感慨,又與六朝小賦洋溢悲慨之賦情相當。其餘如〈水龍吟〉(小樓連苑橫空)﹝註95﹞詞語精麗如俳賦,〈滿庭芳〉(山抹微雲)﹝註96﹞詞情宛如魏晉小賦者,前人已多有討論,茲不贅。殫精極思以尋求隱微含蓄之詞體餘韻,即爲秦詞賦化最顯著之作法,此運用思力爲詞之態度含括鋪敘、想像、仿擬各方面,與周邦彥之成熟運用相較,秦觀已可謂具體而微。

(四)周邦彥

在進入正文論述周邦彥之前,亦可從前人詞話再次呼應前文第三小節,辨識以賦爲詞之「賦」是爲賦體鋪敘展衍之義。宋・陳振孫《直齋書錄解題》評述周邦彥:「長調尤善鋪敘,富豔精工,詞人之甲乙也。」﹝註97﹞何以唯有「長調尤善鋪敘」?實因鋪采摛文乃爲構成慢詞最佳作法,否則小令亦可平鋪直敘,豈獨慢詞可專擅?其他論述第三小節已詳論,茲不贅。

由前文可知,宋初詞人如晏殊、歐陽脩詞作,雖然「風流蘊藉,一時莫及,而溫潤秀潔,亦無其比。」﹝註98﹞可惜慢詞並不多見;柳永、蘇軾雖然開啓慢詞寫作風氣,然而詞壇向來對柳永多有淫靡俚俗

﹝註93﹞ 〔清〕陳廷焯:《白雨齋詞話》,見唐圭璋編:《詞話叢編》,冊4,頁3785。

﹝註94﹞ 〔清〕譚獻:《譚評詞辨》(臺北:廣文書局,1962年),頁5。

﹝註95﹞ 〔宋〕秦觀著,徐培鈞箋注:〈水龍吟〉,《淮海居士長短句箋注》,頁18。

﹝註96﹞ 同前註,頁51。

﹝註97﹞ 〔宋〕陳振孫:《直齋書錄解題》,見鄧子勉編:《宋金元詞話全編》(南京:鳳凰出版社,2008年),冊中,頁1265~1266。

﹝註98﹞ 〔宋〕王灼:《碧雞漫志》,見唐圭璋編:《詞話叢編》,冊1,頁83。

之批評，部分詞家又認爲蘇軾有不協音律之缺點。周邦彥（1056～1121）擅長創作慢詞，且爲北宋詞學史上，將以賦爲詞手法運用最爲成功之作家，是開啓南宋詞體大量賦化最重要之推手。周邦彥於前人基礎上，吸取眾人優點，截長補短，集北宋詞之大成，所以陳廷焯稱讚其：「前收蘇、秦之終，復開姜、史之始。自有詞人以來，不得不推爲巨擘。後之爲詞者，亦難出其範圍。」〔註99〕周邦彥不僅吸取眾人常見之優點，他同樣斟酌柳永、蘇軾等人賦化之創作手法及態度，將以賦爲詞之表現能力昇華至最高境界。

　　現代學者自袁行霈發表〈以賦爲詞——試論清眞詞的藝術特色〉之後，對周邦彥以賦爲詞之研究論文，開始在詞學界展露成績。諸家所論各有其精到之處，然而亦有少數議題，超出以賦爲詞之界限。本文針對以賦爲詞之議題，廣採各家言之成理者，汰除臆測、牽合之說，歸納周邦彥以賦爲詞計有：環形結構、鋪敘展衍、駢偶對仗、堆砌典故、詠物出神等特點。

1、環形結構

　　鋪敘手法乃是賦化最明顯之表現，周邦彥於柳永基礎上，更加將鋪敘運用得淋漓盡致。周邦彥由於精通音律，兼擅令、引、近、慢各種詞體，因此於慢詞之創作，數量亦相當可觀。而鋪敘之法，即是創作慢詞相當良好之方式。徐柚子《詞範》云：

> 南宋以還，慢詞長調，昔人謂有類小賦，蓋即以其鋪敘而言。故不知有詩，難爲小令；不知有賦，難爲長調。長調之用鋪敘，有類作賦手法。〔註100〕

不僅指出小令作法近似近體詩，亦說明慢詞鋪敘之法，與賦體作法相當一致。周邦彥之運用鋪敘，情形又和柳永有異，最大之差別乃在於以鋪敘所形成之結構。

〔註99〕　〔清〕陳廷焯：《白雨齋詞話》，見唐圭璋編：《詞話叢編》，冊4，頁3787。
〔註100〕　徐柚子：《詞範》（上海：華東師範大學出版社，1993年），頁84。

　　於篇章結構上，不同於柳永大多按照時間先後，依序對時空之推移作描述；周邦彥乃善於將時間、空間作倒置、插敘。此點學者多有論述，夏敬觀云：「耆卿多平鋪直敘，清眞特變其法，一篇之中，回環往復，一唱三歎，故慢詞始盛於耆卿，大成於清眞。」〔註101〕袁行霈云：「柳詞雖然講究鋪陳，但『多平鋪直敘』，可以說是一種線形的結構。周詞則多回環往復，是環形的結構。」〔註102〕葉嘉瑩亦云：「周詞的展開，不似柳詞之多用直筆而好用曲筆，常將過去、現在、未來之時空做交錯之敘述。」〔註103〕由於清眞講究謀篇構句，如同賦體手法，刻意不使用順敘論述，而是經過精心設計，將許多回憶，依情節需要作適度之調動、調配，形成環形結構〔註104〕。如〈瑞龍吟〉：

> 章臺路。還見褪粉梅梢，試花桃樹。愔愔坊陌人家，定巢燕子，歸來舊處。　　黯凝竚。因念箇人癡小，乍窺門户。侵晨淺約宮黃，障風映袖，盈盈笑語。　　前度劉郎重到，訪鄰尋里，同時歌舞。唯有舊家秋娘，聲價如故。吟牋賦筆，猶記燕臺句。知誰伴、名園露飲，東城閒步。事與孤鴻去。探春盡是，傷離意緒。官柳低金縷。歸騎晚、纖纖池塘飛雨。斷腸院落，一簾風絮。（頁595）

上闋寫詞人行經舊地，面對眼前景物而有所感觸，表面上寫燕子回歸舊巢，實則隱寓有詞人舊地重遊之意，乃是由當下預備轉入過往。

〔註101〕　夏敬觀：《映庵詞評》，頁199。
〔註102〕　袁行霈：〈以賦爲詞——試論清眞詞的藝術特色〉，《北京大學學報哲學社會科學版》1985年第5期，頁69。
〔註103〕　葉嘉瑩：〈論周邦彥詞〉，《唐宋詞名家論集》，頁267。
〔註104〕　周邦彥此環形結構，學者因觀察重點各自相異，而有不同稱謂。趙仁珪稱爲曲線型結構，日人小林春代稱爲網狀框架，易勤華繼承袁行霈之說，認爲周詞結構具有環形美。參見趙仁珪：〈宋詞結構的發展〉，《北京師範大學學報社會科學版》1996年第3期，頁77～79。小林春代：〈清眞慢詞的網狀框架及其解讀〉，《天津師範大學學報社會科學版》2001年第6期，頁67～71。易勤華：〈線性美與環形美——柳永、周邦彥詞結構型態比較〉，《懷化師專學報》1994年第3期，頁39～42。

過片隨即開始追憶伊人，正式由今入昔。下闋脫離懷想，又寫當下訪鄰尋里之情形，由昔又轉入今。然而作者接著又插入「舊家」、「猶記」，再度從現在遙想過去所發生之情事。時空不間斷的在今、昔之間跳躍，使讀者在跟隨作者情志之遊覽中，也不斷的在現實與回憶之間遊走，此即夏敬觀所云之「一篇之中回環往復」，也是周詞與柳詞鋪敍手法相異之處。

2、鋪敍展衍

　　無論詞人運用手法如何多元，所產生之效果多麼豐富，其中仍以鋪敍展衍爲最明顯、運用最廣泛之第一要義。周邦彥與柳永使用鋪敍手法相異之處，除上述篇章結構之別外，尚可從修辭技巧探討。袁行霈云：

> 周詞的鋪陳增加了角度和層次，他善于把一絲感觸、一點契機，向四面八方展開，一層又一層地鋪陳開來，達到毫髮畢見、淋漓盡致的地步。〔註105〕

這種現象亦可從〈瑞龍吟〉發現，周濟批評此詞：

> 不過桃花人面，舊曲翻新耳。看其由無情入，結歸無情，
> 層層脫換，筆筆往復處。〔註106〕

此詞旨意與崔護〈題都城南莊〉詩意極爲相近，同樣是舊地重遊而興起物是人非之感。在崔護詩中，詩意很明朗，即僅爲人面桃花此單一意義；然於周邦彥詞中，卻將這一絲絲感觸、一點細微之契機，不斷透過時空之轉折，在現時與往昔之間不停跳動，並且往四面八方擴散開來，進而產生「層層脫換，筆筆往復」之效果。針對原本單一主旨，以之爲核心，層層加深鋪敍，逐漸漫衍成如同小說般，具有故事性之慢詞。葉嘉瑩於比較周、柳之差別時即云：「柳詞之筆法是詩歌與散文的結合，而周詞之筆法則似乎是詩歌與傳奇故事的結合。本來慢詞之篇幅既長，則在言情體物的鈎勒描摹之工細以外，再增加一點繁複

〔註105〕　袁行霈：〈以賦爲詞──試論清眞詞的藝術特色〉，頁68。
〔註106〕　〔清〕周濟：《宋四家詞選》（臺北：臺灣中華書局，1971年），頁10。

曲折的故事性，原也該是此種文學體式之發展的自然趨勢。」〔註107〕
即是針對周邦彥鋪陳手法而言。

其次，或許是因爲〈汴都賦〉實際創作經驗之影響，周詞常出現
詞義相近詞語鋪陳之情形，如〈解語花〉上闋：

> 風銷焰蠟，露浥紅蓮〔註108〕，花市光相射。桂華流瓦。纖
> 雲散，耿耿素娥欲下。衣裳淡雅。看楚女、纖腰一把。簫
> 鼓喧，人影參差，滿路飄香麝。（頁608）

孟光全云：「賦尤其是散體大賦喜歡將同一類的物象、詞彙並列在一
起，以致漢代有人視賦爲『字林』。這種技巧被周邦彥用在詞中，構
成爲詞的中心意象群。」〔註109〕從焰蠟、紅蓮到桂華，所指雖然有
別，但同樣均爲形容元宵節所見之各式光彩，桂華、素娥則同樣均指
月亮。這些詞義相近詞語之高度集中，構成以某事物爲主之中心意象
群，與賦體大量鋪陳同義詞語之手法十分一致，如此運用，容易加深
讀者對描寫主體之印象，進而達到品物畢圖之目的。

此外，周邦彥雖然慢調多有鋪陳，然而詞作卻仍能保有詞體所
該具備之餘韻。以〈瑞龍吟〉爲例，作者先書寫褪粉梅梢、試花桃
樹、坊陌人家、定巢燕子等場景，接著帶出對昔日戀人之刻劃，以
及舊地重遊之後，所發出的物是人非之感。因此，即使面對春天大
好時光，他也只有滿腔傷離意緒。景語如果運用成功，本就容易使
讀者對詞中美景有所感懷，如柳永詞最爲人稱道之「今宵酒醒何處，
楊柳岸、曉風殘月。」（〈雨霖鈴〉，頁 21）向來備受推崇，只可惜
並非以此景語作結，而是淺白直接的道出「便縱有、千種風情，更
與何人說。」雖然盡情傾吐，但卻也一覽無遺，略無餘韻。而周邦

〔註107〕 葉嘉瑩：〈論周邦彥詞〉，頁269。
〔註108〕 《全宋詞》作烘爐，《清眞集校注》作紅蓮，指蓮花燈，《清眞集校
　　　　 注》考校較爲精詳，且詞意較通順，故本文採納該書之校定。見〔宋〕
　　　　 周邦彥著，孫虹校注，薛瑞生訂補：《清眞集校注》（北京：中華書
　　　　 局，2007年），冊下，頁239。
〔註109〕 孟光全：〈論詩、賦、敘事文學在清眞詞中的滲透及其意義〉，《內
　　　　 江師範學院學報》2004年第3期，頁94。

彦則是採取以景作結手法，詞人本已落魄而歸，更何況等待他的，
是纖纖池塘飛雨，以及院落裡一簾風絮之景況。此兩種景致原本就
容易使人陷入莫名之憂傷，且纖纖飛雨及一簾風絮，同樣都具有無
邊無際之愁緒意象〔註110〕，獨自面對，怎能不爲之腸斷？景中見情
所產生之餘韻及感染力，使此詞能令人再三留戀，徘徊不已。所以
陳廷焯稱賞此詞：「筆筆回顧，情味雋永。」〔註111〕此亦須歸功周
邦彦之善於鋪陳，且能保有餘韻。

3、駢偶對仗

　　駢儷化乃是魏晉駢賦最明顯特色，對仗則是駢儷化表現之一。
周邦彦以賦爲詞之應用，也表現在好用對偶上。周邦彦工於對偶，
並且大量使用於詞作之中，村上哲見在比較周邦彦和柳永之區別
時，認爲二人之差異即在於「在慢詞中縱橫驅使對仗法和用典這兩
種修辭法」，而在周邦彦之詞中「時而有宛如駢體文似地重疊優美對
仗的地方」〔註112〕，指出周詞之對仗，具有駢體文學優美之特色。
他舉〈風流子〉爲例說明之後，更直言：

> 以上所舉示例，不是可以說他是把在駢賦中所發揮的表現
> 力應用於詞中的對仗了嗎？總之，這種手法在南宋文人詞
> 中常常可以看到，但是在北宋，除美成之外，幾乎找不到。
> 〔註113〕

　　村上哲見已經發現清眞詞之對仗，所具備之駢賦表現力，乃是兩
宋第一人，並且對南宋詞壇產生莫大影響，此爲周邦彦以賦爲詞表現
技法之一。

〔註110〕　如秦觀〈浣溪沙〉有「自在飛花輕似夢，無邊絲雨細如愁。」賀鑄
　　　　　〈青玉案〉有「試問閒愁都幾許？一川煙草，滿城風絮，梅子黃時
　　　　　雨。」詞作中之飛雨及風絮，同樣都具有愁悶之意象。

〔註111〕　〔清〕陳廷焯：《別調集》，收入《詞則》（上海：上海古籍出版社，
　　　　　1984年），頁601。

〔註112〕　村上哲見：《唐五代北宋詞研究》（陝西：陝西人民出版社，1987
　　　　　年），頁316。

〔註113〕　同前註，頁316～317。

　　詩體也有對仗，何以對仗可以視爲以賦爲詞手法之一呢？原因除了村上哲見所指出的風格雷同之外，也可以從字數長短觀察。羅忼烈云：「詩的偶句不外五七言，詞卻從三言到七言不等，四言的特別多。」〔註114〕律詩雖然也有對仗，但受限於格式，只有五、七言，詞與賦卻皆能不受格式拘束，自由使用三至七字之對偶句，此亦爲詞體之對偶近於賦，而遠於詩之證據。徐柚子亦云：「詞有三字至七字對偶句，亦從漢唐詩賦與六朝駢體承襲而來。」〔註115〕進一步將詞體對偶句式與詩賦及駢體作連結。

　　詞體對仗承襲賦體關係更明顯之處，還可進一步從領字引起之流水對及隔句對兩方面討論。流水對是指對仗兩句中，單句之意思並不完整，必須將兩句合觀才能構成一個意思。就領字引起之流水對而言，周邦彥詞如：

　　　正店舍無煙，禁城百五。（鎖窗寒，頁595）

　　　嗟情人斷絕，信音遼邈。……料舟依岸曲，人在天角。（解連環，頁597）

　　　歎事逐孤鴻盡去，身與塘蒲共晚。（西平樂，頁598）

　　　對宿煙收，春禽靜。……奈愁極頻驚，夢輕難記。（大酺，頁609）

　　　但蜂媒蝶使，時叩窗隔。……似牽衣待話，別情無極。（六醜，頁610）

均是由領字所引起之流水對，曹辛華指出：「這種對偶句式律賦中大量存在，遠多於律詩。」他在舉王棨〈江南春賦〉之「當使蘭澤先暖，蘋洲早晴」、「於時衡岳雁過，吳宮燕至」等流水對之例後，認爲「如此多的流水對。詞體的對偶方式不能不說是受有律賦的影響。」〔註116〕由此可見清眞詞在對仗上所使用之方法，所受賦體影響較詩

〔註114〕羅忼烈：〈清眞詞與少陵詩〉，《詞學》第4輯（上海：華東師範大學出版社，1986年），頁17。

〔註115〕徐柚子：《詞範》，頁8。

〔註116〕曹辛華：〈論唐宋詞體演進與律賦之關係〉，《宋代文學研究叢刊》

體明顯。

其次就隔句對而言，隔句對是指構成對仗句數爲四句，奇數句相對，偶數句相對之對仗句式。周邦彥詞如：

　　砧杵韻高，喚回殘夢，綺羅香減，牽起餘悲。（風流子，頁 604）

　　嗟顦頓，新寬帶結，羞豔冶，都銷鏡中。（塞翁吟，頁 603）

　　望海霞接日，紅翻水面，晴風吹草，青搖山腳。……念渚蒲汀柳，空歸閒夢，風輪雨檝，終辜前約。（一寸金，頁 614）

檢視清眞集中，周邦彥對偶數量相當可觀，羅忼烈甚至認爲「周詞用偶之多，幾乎到了『逢雙必對』的地步。」〔註 117〕律詩同樣限於格式，僅能上下相對偶，無法使用隔句對，詞體與賦體卻能不受限於制式化體裁，自由運用。不論是領字或是隔句對，均透露出詞體借鑑賦體表現能力之情形。由對偶所具備之駢賦表現力而言，周邦彥汲取駢賦對仗之優美精工，並且突破詩體侷限，將原本千篇一律之對偶形式多元化，使賦體對偶方式能施於詞作之中，同時具備有賦體情韻及賦體形式。由對仗句數、領字引起之流水對、隔句對等，可見其對偶之多樣，不僅爲以賦爲詞之表現方法，更開拓自唐、五代以來，前人所未到達之境界〔註 118〕。

4、堆砌典故

宋代古文運動勃興，宋人於唐宋古文八大家即佔有六席，宋代又特別推崇理學，整個時代均處於強調學問、追求眞理之風氣中。與此相應，宋人在文藝作品上之創作，不論詩、詞、文、賦，都同樣帶有以文藝作品顯露學問之企圖，因此宋人以才學爲詩、以才學爲賦之現象也就彌漫兩宋〔註 119〕。以才學發揚文采的手段之一，即

第 4 期，（1998 年 12 月），頁 188。

〔註 117〕　羅忼烈：〈清眞詞與少陵詩〉，頁 17。

〔註 118〕　村上哲見云：「在慢詞中隨處使用對仗並非特別罕見的事，但是，像上例那樣使人聯想起駢體文的文體，則始於美成而及於南宋。總之，可以說是由美成所開拓的文體。」見村上哲見：《唐五代北宋詞研究》，頁 317。

〔註 119〕　何玉蘭：〈試論宋人的「以賦爲學」〉，《中國文學研究》1994 年第 1

表現在典故之堆砌上。

　　周邦彥在其〈汴都賦〉中，即使用豐富之典故，此亦爲賦體之悠久傳統。宮殿賦寫作技巧之一，正是以排比事典來凸顯賦作主旨之形貌，及作者才華學問之淵博。駢賦亦有同樣情形，如江淹〈恨賦〉、〈別賦〉，同樣對同性質典故廣爲蒐羅，務必達到人不能加之地步。相較之下，詩體要求典故運用恰到好處，並不求多〔註120〕；賦家對典故之態度，則是多多益善，務求盡善盡美。

　　葉嘉瑩云：

　　　　本來「賦」之爲體，便是要以思力去搜求材料，然後再加
　　　　以安排來寫作的一種文體，何況周氏又多用古文奇字，則
　　　　其好以思力安排爲精心結撰之寫作習慣已可概見。……可
　　　　見周氏即便爲遊戲筆墨之小文，亦必精思竭力而爲之，且
　　　　善於承襲模擬前人之所長。因此，當他寫詞的時候，便也
　　　　同樣保持了這種習慣和作風。〔註121〕

由於周邦彥熟習賦體寫作技巧，其於填寫慢詞之時，發現詞體亦適用此絕佳手法，故將賦體此創作傳統，完整的帶進詞中。周邦彥好化用前人詩句，以之爲詞，能將絕美景致、極妙情意融入己作之中，已帶有逞才意圖；而詞中大量用事，更是露才揚己最顯著之手段，同時亦是賦體追求盡善盡美精神之具體表現。其〈瑞龍吟〉下闋：

期，頁 41～45。

〔註120〕　鐘嶸即云：「夫屬詞比事，乃爲通談。……吟咏情性，亦何貴於用
　　　　　　事。……觀古今勝語，多非補假，皆由直尋。」〔梁〕鐘嶸著，汪
　　　　　　中注：《詩品注》（臺北：正中書局，1990 年），頁 22。嚴羽亦云：
　　　　　　「近代諸公……其作多務使事，不問興致；用字必有來歷，押韻必
　　　　　　有出處，讀之反覆終篇，不知着到何在。」〔宋〕嚴羽著，郭紹虞
　　　　　　校釋：《滄浪詩話校釋》（臺北：東昇出版事業公司，1980 年），頁
　　　　　　24。王國維亦批評：「以〈長恨歌〉之壯采，而所隸之事，只「小
　　　　　　玉」「雙成」四字，才有餘也。梅村歌行，則非隸事不辦。白、吳
　　　　　　優劣，即於此見。」〔清〕王國維：《人間詞話》，見唐圭璋編：《詞
　　　　　　話叢編》，冊 5，頁 4253。

〔註121〕　葉嘉瑩：〈論周邦彥詞〉，頁 242。

前度劉郎重到，訪鄰尋里，同時歌舞。唯有舊家秋娘，聲

價如故。吟牋賦筆，猶記燕臺句。（頁 595）

其中劉郎用劉晨、阮肇入天臺山事，亦是套用劉禹錫〈再遊玄都觀〉

「種桃道士歸何處？前度劉郎今又來」詩句〔註 122〕。秋娘用唐代杜

秋娘故事〔註 123〕，燕臺句用李商隱與柳枝之事〔註 124〕。在短短三韻

之中，連續使用三個事典，用典密度不可謂不高。其他如〈六醜〉：「為

問花何在，夜來風雨，葬楚宮傾國。釵鈿墮處遺香澤。」（頁　610）

楚宮用《韓非子・二柄》載楚靈王好細腰事，傾國用《漢書・外戚傳》

李夫人事〔註 125〕，釵鈿用《新唐書・后妃傳》楊國忠事〔註 126〕。而

〈大酺〉：「怎奈向、蘭成顦顇，衛玠清羸，等閒時、易傷心目。未怪

平陽客，雙淚落、笛中哀曲。」（頁 609）亦是連續使用庾信〔註 127〕、

衛玠〔註 128〕、馬融等故事〔註 129〕。典故如此密集出現，不僅能雅化

詞句，更能於有限篇幅中，完整呈現詞人情意，豐富詞作意象，並且

蘊含詞體要眇宜修之餘韻。

5、詠物出神

　　周邦彥〈汴都賦〉曾對城門、樓房、橋樑、市集等場景作精心描

繪，熟習賦體創作方式，使周邦彥精於描摹刻劃，此種體物無遺之精

神，正適合用於詠物詞之寫作。葉嘉瑩肯定周邦彥在蘇軾基礎上，對

〔註 122〕　〔唐〕劉禹錫：〈再遊玄都觀〉，中華書局編輯部編：《全唐詩》（北京：中華書局，1996 年）卷 365，頁 4116。

〔註 123〕　〔唐〕杜牧：〈杜秋娘詩〉，同前註，卷 520，頁 5938〜5939。

〔註 124〕　〔唐〕李商隱：〈梓州罷吟寄同舍〉，同前註，卷 540，頁 6202。

〔註 125〕　〔漢〕班固著：〈外戚傳上〉，《漢書》（北京：中華書局，1987 年），卷 91 上，頁 3951。

〔註 126〕　〔宋〕歐陽脩等著：〈后妃傳上〉，《新唐書》（北京：中華書局，1987 年），卷 76，頁 3494。

〔註 127〕　〔唐〕李延壽著：〈文苑傳〉，《北史》（北京：中華書局，1987 年），卷 83，頁 2793〜2794。

〔註 128〕　〔唐〕房玄齡等著：〈衛瓘傳〉，《晉書》（北京：中華書局，1987 年），卷 36，頁 1068。

〔註 129〕　〔漢〕馬融著：〈長笛賦並序〉，〔梁〕蕭統編：《文選》（臺北：華正書局，1995 年），卷 18，頁 249。

詠物詞之貢獻：

> 篇幅既長，在寫作時自然便不能不用思索去安排，周邦彥
> 詞之以思力安排取勝，也就正是他也長於辭賦，所以把賦
> 筆也帶進了詞體中的緣故。如此說來，則周詞之重視思索
> 安排的賦筆，其足以開拓後來詠物詞之先路，自然也就無
> 怪其然了。……如果說蘇軾是由於詩化而把詩歌中詠物之
> 風氣帶進詞中的一位作者，那麼，周邦彥則應是使詠物詞
> 擺脫「詩化」而眞正達到「詞化」的一位作者。〔註130〕

慢詞不同於近體詩，由於篇幅容量上之增加，對敘寫事物自然亦從
集中一點，作提示性之寫法，轉而爲對大面積之描述，作更精微之
闡發。如此一來，詞人借鑒賦筆爲詞，自然是絕佳方便法門。

詠物詩與詠物賦之差異亦在於此，如同樣爲詠梅之作，蘇軾〈紅
梅〉詩：

> 怕愁貪睡獨開遲，自恐冰容不入時。故作小紅桃杏色，尚
> 餘孤瘦雪霜姿。寒心未肯隨春態，酒暈無端上玉肌。詩老
> 不知梅格在，更看綠葉與青枝。〔註131〕

眞正直接對梅花作描寫者僅在於頷、頸二聯，作者僅抽取梅花最突出
之處，略作提點。而周邦彥以賦筆爲詠物詞者如〈水龍吟〉：

> 素肌應怯餘寒，豔陽占立青蕪地。樊川照日，靈關遮路，
> 殘紅斂避。傳火樓臺，妬花風雨，長門深閉。亞簾櫳半溼，
> 一枝在手，偏勾引、黃昏淚。　　別有風前月底。布繁英、
> 滿園歌吹。朱鉛退盡，潘妃卻酒，昭君乍起。雪浪翻空，
> 粉裳縞夜，不成春意。恨玉容不見，瓊英謾好，與何人比。
>
> （頁610，）

素肌正面寫其花蕊潔白，占立青蕪、殘紅斂避形容其孤芳自賞之形
象，樊川、靈關用漢武帝樊川園、及謝朓〈謝隋王賜紫梨啓〉典故，

〔註130〕 葉嘉瑩：〈論詠物詞之發展及王沂孫之詠物詞〉，《唐宋詞名家論
集》，頁421。

〔註131〕 〔宋〕蘇軾著：〈紅梅〉，〔清〕王文誥輯注，孔凡禮點校：《蘇軾詩
集》（北京：中華書局，2009年）冊4，頁1107。

形容梨花眾多，在日光照耀下閃閃發亮。傳火一韻與劉方平〈春怨〉：
「寂寞黃昏春欲晚，梨花滿院不開門。」〔註132〕詩意相近，亞簾櫳
以下則是化用白居易〈長恨歌〉：「玉容寂寞淚欄杆，梨花一枝春帶
雨。」〔註133〕下闋繼續刻劃梨花神態，以梨園歌舞點明梨園適合作
爲宴賞之用。接著連續以齊廢帝妃潘玉兒、王昭君之天香國色形容
梨花。而盛開之梨花如同雪浪翻飛，粉白映照夜空。末以元載妓薛
瓊英之香肌稱讚梨花香氣。通篇對梨花之神情、外貌，極力描摹，
不肯輕易放過，不論是堆砌事典、化用前人詩句，乃至於以美人爲
喻，其鋪采摛文，無非力求窮極所詠主題之神態聲貌。吳衡照云：「用
深閉門及一枝春帶雨意，圓轉工切。」〔註134〕肯定周邦彥敘寫之工
巧，黃蘇亦稱讚：「寫梨花冷淡性情，曰『占盡青蕪』，曰『長門閉』，
曰『引黃昏淚』，曰『不成春意』，爲梨花寫神矣。卻移不到桃李梅
杏上。」〔註135〕詞人精心挑選許多適合梨花之意象，使梨花形象既
鮮明且深刻，而這些意象又十分貼切，僅適用於梨花，故能使所詠
之梨花形象深入人心。

第三節　北宋賦化概況

　　總而言之，宋初詞壇受應制詞及花間詞風影響，應制詞使詞作題
材被制約，詞人與邀稿人往往是處於下對上之關係〔註136〕，因此詞
人必須背負著相當程度之情理壓力。於此情形下，詞作不僅有阿諛之

〔註132〕　〔唐〕劉方平：〈春怨〉，中華書局編輯部編：《全唐詩》（北京：中
　　　　　華書局，2005 年），冊 4，頁 2832。
〔註133〕　〔唐〕白居易：〈長恨歌〉，同前註，冊 7，頁 4829。
〔註134〕　〔清〕吳衡照：《蓮子居詞話》，見唐圭璋編：《詞話叢編》，冊 3，
　　　　　頁 2421。
〔註135〕　〔清〕黃蘇：《蓼園詞評》，見唐圭璋編：《詞話叢編》，冊 4，頁 3081。
〔註136〕　本文僅探討應制詞，應社、應歌詞作，雖非下對上之關係，然並非
　　　　　本文討論範圍，故不在論述之列。關於應制、應社、應歌之區別可
　　　　　參看木齋《宋詞體演變史》。木齋：〈論宋初體〉，《宋詞體演變史》
　　　　　（北京：中華書局，2008 年），頁 29～36。

嫌，更是抹煞了作者自由發揮、創作之空間，無法暢所欲言。此外，宋初詞人受《花間集》詞風籠罩，整體趨勢顯現香軟婉豔之特色，使用詞牌亦以小令爲主，慢詞並不多見。如此一來，詞作題材同樣受到拘束，內容亦受到篇幅限制，無法盡情傾吐、宣洩。在這些不利因素之下，終於有詞人自覺的意識到必須突破既有之侷限，嘗試將心力投注於長調慢詞之中。而在經過張先之試驗後，柳永等人始乃發現以賦筆爲詞此一絕佳法門。

柳永賦化表現在於：對都邑描寫上，承襲漢代辭賦之大氣磅礡，能精心敘寫各處宮殿、樓閣，不厭其詳，達到前文所引「備足無餘，形容盛明，千載如逢當日」之優異程度，使范鎮甘心爲之低頭。羈旅行役之詞，則與江淹〈別賦〉、〈恨賦〉相當，敘事層層疊疊，而又有一中心主旨，能清楚交代事件本末。豔情詞繼承《花間集》之傳統，更取資豔情賦之抒情方式，對宮體賦麗辭豔語之移植，能將作者情意形容曲盡，沿襲宮體賦一貫文體風格。

蘇軾以賦筆爲詞，最明顯之表現乃在於詠物賦之隱語性質。於蘇軾之前，詠物詞較不受詞人重視，多爲應酬、遊戲之作，發展較不如他類詞體順利；蘇軾則於詞中加入己身情志，大幅提昇詠物詞地位。蘇軾之詠物詞，採用荀賦謎語式之隱語手法，雖然始終圍繞主題鋪陳，然僅略作提點；遺貌取神，緊扣題旨又不過份沾黏，能呈現荀賦不即不離之適當狀態。

秦觀因其詞受賦體影響，因此詞作於鋪敘、想像、仿擬各方面均可發現賦化痕跡。其曾坦言因少年作賦之習慣根深蒂固，因此將作賦之華弱風氣，帶入詞體之中，因而詞風亦顯華麗委婉。賦家創作總是精思熟慮，再三琢磨，期使「人不能加」，此種特別耗費思力寫作，反覆仔細推敲，以追尋作品如美玉無瑕之創作態度，明顯同樣受到賦體經驗影響。其殫精畢思之作法，使賦化程度較柳、蘇等人全面，唯秦觀並無意傾全力往慢詞發展，而令詞並非全面適用以賦爲詞，故若僅就賦化單一作法觀之，技巧不及周邦彥成熟，然亦

已具體而微。

　　周邦彥於前人既有成績之下，更將賦化技巧繼續向前推進。首先在篇章結構上，他不願平板的依時間先後陳述，而是刻意採用時空交錯之跳躍式書寫，營造新奇之感。其次，賦筆爲詞最重要之鋪陳，他運用得更爲徹底，由點而面，層層渲染，且異於柳永之單向直書，周邦彥鋪陳之角度較爲多元，由中心主旨往外多方輻射，增加曲折之故事性。其用詞亦如辭賦作法，詞彙意義多相近，且能保有詞體所蘊含之餘韻。由領字引起之流水對及隔句對，使對偶形式突破詩體用法之單調、固定，自由而靈活的運用，開拓修辭新境界。典故之使用，結合辭賦大量堆砌與宋人以才學爲賦之特色，詞人精心思索典故，並按照詞情之進行，作最適切之安排，雅化詞句，且典故所蘊藏之故事，使詞作帶有更多餘韻。由小而大之詠物技法，如同賦體寫物，乃是將描繪對象形容曲盡，窮盡人、物聲貌，使主旨形象鮮明，容易辨識，深具獨特性格。

　　四人相較而論，柳永乃首位大量運用賦化技巧之作者，開創之功不可抹滅，其特色主要在於對宮殿賦之繼承，引進賦體對特定景物鋪陳之手法，唯運用較爲單調。蘇軾則採取荀賦之隱語技巧，並能遺貌取神；然作法與詠物賦之詳細描摹，實有不同。秦觀受賦體寫作經驗影響相當深刻，因茲塡作慢詞，多以思力爲之。雖然宮殿、羈旅懷思類題材之作法，並無超越柳永之處，然柳永主要僅表現於鋪敍上，秦觀相較之下，詞句、想像、仿擬皆有所嘗試，賦化較爲全面。周邦彥後出轉精，鋪敍上超越柳永之單向陳述；對偶及典故亦不憚使用，頻率較柳、秦諸人爲高，且能切合詞作主旨；詠物詞一反蘇軾之不即不離，改以貼近所詠對象，進行精心刻劃。用詞遣句亦雅麗過人，不遜秦觀，無愧爲北宋賦化之大成者。四人賦化表現雖有高低之別，然均對賦化作法產生一定影響，未可因成就而有所偏廢，以上乃北宋詞人賦化特色之大要。

第四章　稼軒詞對賦體題材之
接受與轉化

　　文學史長河悠悠流轉，檢閱歷代文學，可發現文體始終於詩、文兩端之間擺盪，或隱或顯。前一期文體經過磨練、衝擊之後，終於能奠定某一類型之典範，並進而促成、影響下一波文體之興起或轉變，提供養分以資後世任意取用。賦體由於興起時代較早，且以多種姿態綿延於文學史之長河，故能於創作技巧、主旨精神、題材內容上，廣泛影響其他文體，此即文學之連續性。而相異文體間之吸納融通，亦適足以截長補短，使彼此技巧、內容等更為完備，創立該文體之另一高峰。

　　本章並非直接探索賦體題材對辛棄疾詞之影響，而是透過相同之主題，檢視、比較二者之異同，主要觀察焦點乃在於辛棄疾詞可能之接受與轉化。依題材直接對賦化之詞進行歸納，並論述賦化技巧，雖可明瞭相同題材間之不同賦化技巧，然僅以此方式論述賦化表現，恐未能完整闡釋賦化內涵。因此，本文計畫先於此章統整歷代賦體題材，反面探尋賦體眾多題材中，辛棄疾曾經採用之相同主題，並檢視其詞作是否有接受、轉化之可能；復由次章正面推論辛棄疾詞之賦化表現，由正、反二面探討詞、賦關係，期使能完整檢視辛棄疾以賦為詞之容受與開創。

　　辛棄疾創作力相當驚人，流傳至今日仍尚有六百二十九闋，乃是宋人翹楚。辛棄疾不僅詞作數量豐富，題材更是廣闊多變，不論言志、抒情、詠物等均多方嘗試，多姿多彩，可謂達到蘇軾「無意不可入，無事不可言」〔註1〕之境界。辛棄疾詞可能接受、轉化賦體題材者，以言志、抒情、詠物、紀遊、議論說理等五類較爲顯著。辛棄疾詞作豐富，自然不僅此五類可概括，本文僅列舉其卓犖大者。且此分類僅爲論述方便之用，辛棄疾詞作往往有同時具備兩類以上題材之情形，本文僅抽取詞中某一與該分類相關之部分討論。

第一節　言　志

　　言志類賦作數量亦相當可觀，人之志向往往因隱顯窮通而有不同。以儒家而言，傳統士大夫達則以兼善天下爲己任，有爲有守；窮則獨善其身，不忮不求，自在悠遊。因此不論處於何種情形下，當心中意志受外界引發觸動，各式各樣之心境便逐一呈現。

（一）英雄主題

　　《歷代賦彙》武功類賦作多描寫戰陣之壯烈，三軍之武勇，其中唐・崔損（？～803）〈凌煙閣圖功臣賦〉寫房玄齡、魏徵等二十四位唐代開國功臣，乃爲對前賢之頌美，且主角身份爲開國功勳，皆有平定天下之功績。而賦中反覆申明君臣知遇，順應時勢建立功勳之道：

> 稽其義，知聖君之膺時；覩其象，知忠臣以應期。叶雲龍之潛會，合魚水之相資。……知君策勳分旌於賢，臣在圖分參於前。……所以作其炯誡，激乎勸賞，有以讚丕績之奕休，有以念前勳而存想，徒觀乎岧亭天半，矗嵸雲中！容止有作，光芒有融，廓宇宙而翼聖，配丹青而紀功，藹城闕之佳氣，被君王之德風。仰之彌高，媲星辰正拱於紫極；望之不及，謂申甫將降於維嵩。豈不遇聖明之主，建

〔註1〕〔清〕劉熙載：〈詞曲概〉，《藝概》（臺北：華正書局，1988年），頁108。

> 公忠之節。石有時而泐，水有時而竭，茲閣也，不騫不崩，
> 表功臣之盛烈。〔註2〕

寫君臣相遇，如魚得水，既遇聖明之主，故能建公忠之節。相近題材
之賦作如唐‧王棨（生卒年不詳，咸通三年（862 年）進士）〈三箭
定天山賦〉，乃是敘述薛仁貴之戰功：

> 醜虜侵塞，將軍耀威。弓一彎而天山未定，箭三發而鐵勒
> 知歸。驍騎來時，疊利鏃以連中；宮人祭處，收黃塵而不
> 飛。始夫寇犯朔方，檄傳邊壤。高宗乃將鉞斯授，仁貴而
> 君恩是仗。初持漢節，鷹揚貔虎之威；爰臂燕弧，肉視豺
> 狼之黨。軍壓亭障，營臨塞垣。九姓猶憑其桀驁，六鈞亦
> 未於戎蕃。既而胡兵鳥集，賊騎雲屯。將軍於是勇氣潛發，
> 雄心自論。拈白羽以初抽，手中雪耀；攀雕鞍而乍逐，磧
> 裏星奔。由是控彼烏號，伸茲猿臂。軍前而弦鬭邊月，空
> 際而鳴朔吹。聲穿勁甲，俄駭膽於千夫；血染平沙，已僵
> 屍於一騎。斯一箭之中也，尚猖狂而背義。是用再調弓矢，
> 重出麾幢。曜英武於非類，昭雄稜於異邦。赤羽遠開，騁
> 神機而未巳；胡雛又斃，驚絕藝以無雙。斯二箭之中也，
> 猶憑陵而未降。且曰：志以安邊，誓將去害。苟犬羊之眾
> 斯舍，則衛霍之功不大。又流鏑以虻飛，復應弦而狼狽。
> 斯三箭之中也，遂定七戎之外。昔在秦漢，嚐開土疆。或
> 勞師於征伐，徒耀武於張皇。未若彎弧手妙於主皮，大降
> 虜眾；騁伎心同於偃月，遂靜沙場。故得元化罩幽，皇風
> 被遠。烏嶺之烽巳息，靈台之伯斯偃。然知魯連雖下於聊
> 城，豈定窮荒之絕巇。〔註3〕

極寫薛仁貴之武勇，多方刻劃揚威疆場之將軍形象，令眾人驚懼其絕
藝，進而平定邊患。〈三箭定天山賦〉雖為律賦，然仍保有部分辭賦
傳統特色，如賦中摹寫薛仁貴之功績，《新唐書‧本傳》原僅載：「詔
副鄭仁泰為鐵勒道行軍總管。將行，宴內殿，帝曰：『古善射有穿七

〔註2〕〔唐〕崔損：〈凌煙閣圖功臣賦〉，〔清〕陳元龍編：《御定歷代賦彙》
　　　（京都：中文出版社，1974 年），中集，頁 932。
〔註3〕〔唐〕王棨：〈三箭定天山賦〉，同前註，頁 932～933。

札者，卿試以五甲射焉。』仁貴一發洞貫，帝大驚，更取堅甲賜之。時九姓眾十餘萬，令驍騎數十來挑戰，仁貴發三矢，輒殺三人，於是虜氣懾，皆降。仁貴慮爲後患，悉坑之，轉討磧北餘眾，擒僞葉護兄弟三人以歸。軍中歌曰：『將軍三箭定天山，壯士長歌入漢關。』九姓遂衰。」〔註4〕主要故事僅爲薛仁貴「發三矢，輒殺三人，於是虜氣懾，皆降。」然而此賦卻據此敷衍成四百字之賦，由薛仁貴之內心、弓箭之樣式，仔細逐一書寫，並用「猿臂」、「邊月」之譬喻，「駭膽」、「僵屍」略帶誇張之形容，詳細刻劃薛仁貴之箭術無雙，不惜辭費。之後甚至以「期後箭之中也……」、「斯二箭之中也……」、「斯三箭之中也……」大肆鋪陳，結構式之依序排比，層層加深頌揚之意，完全展露出辭賦傳統之鋪陳精神。

　　辛棄疾早年亦曾親執干戈，有「壯歲旌旗擁萬夫。錦襜突騎渡江初」之眞實經歷。如紹興三十一年（1161）〔註5〕辛棄疾年甫二十二歲，即已斬殺賊僧義端，紹興三十二年（1162）於聽聞耿京遭叛將張安國所殺後，更「……徑趨金營，安國方與金將酣飲，即眾中縛之以歸，金將追之不及，獻俘行在。」〔註6〕敢爲人之所不敢爲，能於敵營中綁縛叛將，若無出眾之武勇與決心，恐難成事。辛棄疾有一股奮發激昂之鬥志，始終以建立功業、恢復國土爲首要職志，此股意志亦透顯於詞中。

　　辛棄疾曾於〈江神子〉（頁221，和陳仁和韻）中以「卻笑將軍三羽箭，何日去，定天山。」期勉友朋，即是用薛仁貴「三箭定天山」

〔註4〕〔宋〕歐陽脩等著：〈薛仁貴傳〉，《新唐書》（北京：中華書局，1987年），卷111，頁4141。

〔註5〕稼軒行事之編年，均依據鄧廣銘之《辛稼軒年譜》爲主，而以蔡義江、蔡國黃《辛稼軒年譜》爲輔，一般所引均爲鄧著，除特殊情形外，本文不再另註出處。請參閱鄧廣銘：《辛稼軒年譜》（上海：上海古籍出版社，1997年），及蔡義江、蔡國黃《辛稼軒年譜》（濟南：齊魯書社，1987年）。

〔註6〕〔元〕脫脫等著：〈辛棄疾傳〉，《宋史》（北京：中華書局，1985年）卷401，頁12161、12162。

典故，此爲對賦體主題之接受。王粲賦作記載一位疆場英雄之武藝與功績，乃是正面描寫；辛棄疾〈八聲甘州〉則是書寫一代名將之冷落景況：

故將軍飲罷夜歸來，長亭解雕鞍。恨灞陵醉尉，匆匆未識，桃李無言。射虎山橫一騎，裂石響驚弦。落魄封侯事，歲晚田園。　誰向桑麻杜曲，要短衣匹馬，移住南山。看風流慷慨，談笑過殘年。漢開邊功名萬里，甚當時健者也曾閑。紗窗外，斜風細雨，一陣輕寒。〔註7〕（〈八聲甘州〉，頁 205）

李廣與薛仁貴均爲武藝高強之良將，王粲與辛棄疾同樣著眼於二人之無雙箭術，然而薛仁貴曾受封平陽郡公，李廣卻始終不得封侯，此乃王粲與辛棄疾取材同中見異之處。辛棄疾相當同情李廣，往往於詞中反映其知己意識，並藉李廣之際遇，反面抒發自己與李廣同爲「健者也曾閑」之落魄心境。而辛棄疾由於詞作數量豐富，因此當某些詞作主旨、情感與此相近時，李廣爲人津津樂道之射虎形象，便一再出現於詞作之中〔註8〕，甚至已成爲一種英雄原型，可視爲辛棄疾英雄崇拜之反映。

　　辛棄疾詞中往往可見此類飛將形象，然細繹詞作，此類形象亦略有差異。一類爲衝鋒陷陣之英雄形象，如〈滿江紅〉（漢水東流），所向無敵，意氣風發。一類爲寂寞落魄，有如團扇之閑人形象，如〈八聲甘州〉（故將軍飲罷夜歸來），聚焦於投閑置散之冷落心境。一類爲慷慨激昂之鬥士形象，當中又有無限感慨，乃第一、二類之結合。如〈永遇樂〉（千古江山），辛棄疾雖歷經兩次黜退，依舊氣

〔註7〕　〔宋〕辛棄疾著，鄧廣銘箋注：《稼軒詞編年箋注》（臺北：華正書局，2007 年），頁 205。本文所引稼軒詞均採用此書，爲便利讀者閱讀，下文僅註明詞牌及頁碼，不再另行加註。

〔註8〕　稼軒詞除此處所引〈八聲甘州〉外，尚有〈水調歌頭〉（落日塞塵起，頁 58）、〈水調歌頭〉（文字覷天巧，頁 133）等處。以稼軒之博學多才，此意象一再出現，並非稼軒甘心抄襲自己，而是此意象已成爲一種英雄原型，因此稼軒不憚重複使用。

吞萬里如虎，如同老驥伏櫪，志在千里。三類形象彼此雖略有差異，
然均爲辛棄疾意志之眞實反映，構成辛棄疾完整之主體。第一類之
〈滿江紅〉：

> 漢水東流，都洗盡髭胡膏血。人盡說君家飛將，舊時英烈；
> 破敵金城雷過耳，談兵玉帳冰生頰。想王郎結髮賦從戎，
> 傳遺業。　　腰間劍，聊彈鋏。尊中酒，堪爲別。況故人
> 新擁，漢壇旌節。馬革裹屍當自誓，蛾眉伐性休重說。但
> 從今記取楚樓風，裴臺月。（頁 45）

詞作於淳熙四年（1177）〔註9〕，此詞乃送別李姓友人移官他地之
作，時辛棄疾兼任湖北安撫使，由於尚未有後來彈劾落職之際遇，
內心對國事仍有許多期待，故亦以此鼓勵友人，結合友人姓氏，以
飛將軍李廣期勉友人能繼承先祖榮光，詞風高亢奮發。其間雖有彈
鋏之牢騷，然而一閃即逝，主軸仍爲「漢壇旌節」、「馬革裹屍」等
正面壯語，用韓信拜將、馬援請纓典故，使整體詞意依舊表達一份
勇往直前，期待有所作爲之志意，如同親眼目睹一位意行直前，蓄
勢待發之戰場先鋒。

　　及至淳熙八年（1181），臺臣王藺彈劾辛棄疾「用錢如泥沙，殺
人如草芥」〔註10〕，辛棄疾因此落職家居。被迫落職之帶湖時期（1182
～1192），長達十年，此時期所作之〈八聲甘州〉（故將軍飲罷夜歸來），
亦相對反映辛棄疾之寂寞與無奈。辛棄疾不僅恨灞陵醉尉未識李將
軍，同時亦隱含有世無伯樂，無人識己之恨；而射虎裂石之事蹟，如
今恰是不得封侯最極端之反諷。辛棄疾一再搬用李廣，除同情李廣
外，無疑是借他人酒杯，澆胸中塊壘，以之暗喻自己，徒然蹉跎歲月
之落魄心境。辛棄疾志在立功萬里之外，十年投閒置散，無疑是一次
重大打擊，因此詞作自然反映「汗血鹽車無人顧」（〈賀新郎〉，頁238）
之失望情緒。

　　辛棄疾晚年並不因兩度遭彈劾，而徹底喪失恢復之望，其〈永遇

〔註9〕　稼軒詞作編年及分期均依鄧廣銘《稼軒詞編年箋注》爲據。
〔註10〕　〔元〕脫脫等著：〈辛棄疾傳〉，《宋史》卷401，頁12164。

樂〉：

> 千古江山，英雄無覓，孫仲謀處。舞榭歌臺，風流總被，雨打風吹去。斜陽草樹，尋常巷陌，人道寄奴曾住。想當年金戈鐵馬，氣吞萬里如虎。　元嘉草草，封狼居胥，贏得倉皇北顧。四十三年，望中猶記，烽火揚州路。可堪回首，佛貍祠下，一片神鴉社鼓。憑誰問廉頗老矣，尚能飯否。（頁553）

有別於第一類之樂觀積極，與第二類之失望寂寞，此類詞作洋溢一股慷慨激昂之鬥志。此詞作於開禧元年春（1205），辛棄疾時任鎮江知府，辛棄疾自嘉泰三年（1203）再度起用後，即以實際具體行動，對北伐預作準備，如過關入見時即言：「敵國（金）必亂必亡，願屬元老大臣預爲應變計。」〔註11〕鄧廣銘《辛稼軒年譜》亦云：「數年來，辛棄疾屢次遣諜至金，偵察其兵騎之數，屯戍之地，將帥之姓名，帑廩之位置等。並欲於沿邊招募土丁以應敵。至鎮江，先造紅衲萬領備用。」〔註12〕諸般作爲均顯示，辛棄疾不僅青壯年有與劉裕相同「金戈鐵馬，氣吞萬里如虎」之眞實經歷與豪情，即使年過六旬，壯志依舊，積極經營北伐。然南宋朝廷並未給予辛棄疾實際出擊機會，因此不得不發出「憑誰問廉頗老矣，尚能飯否」之喟嘆。俞陛雲云：「老去廉頗，猶思用趙，但知我其誰耶？英詞壯采，當以鐵綽板歌之。」〔註13〕以廉頗自喻，卻又感嘆未得重用，確實是辛棄疾心境，可惜仍舊報國無路，未能完成北伐壯志。

辛棄疾時存恢復之志，詞中多有積極進取之意；然亦曾三度被劾去職，因此亦有失望落寞語。而於自我之實踐與現實之打擊兩種情緒交纏中，即形成第三類悲壯之詞。第一類之英雄形象，與〈凌煙閣圖功臣賦〉、〈三箭定天山賦〉等相近，可視爲辛棄疾最純然之

〔註11〕〔元〕脫脫等著：〈姦臣傳四〉，《宋史》卷474，頁13774。

〔註12〕鄧廣銘：《辛稼軒年譜》，頁148。

〔註13〕俞陛雲：《唐五代兩宋詞選釋》（臺北：文史哲出版社，1988年），頁375。

英雄崇拜。第二類有如團扇之閒人形象，則接近董仲舒（前 179～前 104）、司馬遷（前 145 或前 135～前 86）、陶潛（365～427）等〈士不遇賦〉等系列賦作〔註14〕，雖有射虎裂石之描寫，然僅爲對往事之追憶，乃是詞人刻意與現況對比，形成矛盾反差之目的，實已脫離武功類賦作範圍。第三類具有悲劇色彩之鬥士形象，乃第一、二類之結合。與賦體題材相較，可視爲張友正（生卒年不詳，804年左右在世）〈請長纓賦〉、張隨（生卒年不詳，代宗、德宗時人（763～804 左右））〈上將辭第賦〉等賦作〔註15〕之變形，於主動請纓之豪情外，加倍書寫報國無路之無奈心境。

由於其人格與際遇之激盪，使三種風貌共同組成辛棄疾之完整形象，而辛棄疾之英雄崇拜，有與賦體題材相同之純然欽慕者，有脫離武功類而靠近言志類之趨勢者，亦有近似賦體題材而加以轉化者。

（二）憂國主題

辛棄疾無論在朝在野，詞中雖有退隱語句，然實未能眞正忘懷國事。關懷國事之賦作如班彪〈北征賦〉及蔡邕〈述行賦〉，班彪〈北征賦〉由作者之親身經歷，寫世局之動盪及百姓之疾苦。其中「越安定以容與兮，遵長城之漫漫。劇蒙公之疲民兮，爲彊秦乎築怨。舍高亥之切憂兮，事蠻狄之遼患。」〔註16〕乃是對秦帝國不恤民力之控訴。

蔡邕〈述行賦〉之作，自序乃是因「梁冀新誅，而徐璜、左悺等五侯擅貴於其處。又起顯明苑於城西，人徒凍餓不得其命者甚眾。白馬令李雲以直言死，鴻臚陳君以救雲抵罪。璜以余能鼓琴，自朝廷敕陳留太守，發遣余到偃師，病不前，得歸。心憤此事，遂託所過述而成賦。」〔註17〕眞實反映東漢末期外戚跋扈，宦官把持朝政之情形，

〔註14〕董仲舒有〈士不遇賦〉，司馬遷有〈悲士不遇賦〉，陶潛有〈感士不遇賦〉，見〔清〕陳元龍編：《御定歷代賦彙》，外集，頁 1891～1893。

〔註15〕同前註，中集，頁 928、929。

〔註16〕同前註，外集，頁 1968。

〔註17〕〔漢〕蔡邕：〈述行賦序〉，同前註，外集，頁 1984。

民眾「凍餓不得其命者甚眾」，忠臣「以直言死」，於此情形下，蔡邕不得不將上位者之侈靡，與百姓貧苦無告之強烈對比寫入賦中，其末段云：

> 皇家赫而天居兮，萬方徂而並集。
> 貴寵扇以彌熾兮，僉守利而不戢。
> 前車覆而未遠兮，後乘驅而競入。
> 窮變巧於臺榭兮，民露處而寢濕。
> 清嘉穀於禽獸兮，下糠粃而無粒。
> 弘寬裕於便辟兮，糾忠諫其愎急。
> 懷伊呂而黜逐兮，道無因而獲入。
> 唐虞眇其既遠兮，常俗生於積習。
> 周道鞠爲茂草兮，哀正路之日忽。
> 觀風化之得失兮，猶紛挐其多遧。
> 無亮采以匡世兮，亦何爲乎此畿。
> 甘衡門以寧神兮，詠都人而思歸。
> 爰結蹤而迴軌兮，復邦族以自綏。〔註18〕

勇敢批評貴寵氣焰囂張而貪利，不知前車之鑑。宮殿窮極變化，人民卻露天而居。權貴以精糧飼養寵物，百姓卻只以糠粃果腹。甚至指出「懷伊呂而黜逐兮，道無因而獲入」、「無亮采以匡世兮，亦何爲乎此畿」，既嘆息賢臣遭逐，復因官職卑微，對匡正世局感到無能爲力。

　　二賦同樣憂心世局，亦恐懼自我意志無法實踐。辛棄疾一心恢復，當現實與內心產生衝突時，辛棄疾同樣有上述憂患，其〈漢宮春〉云：

> 秦望山頭，看亂雲急雨，倒立江湖。不知雲者爲雨，雨者雲乎。長空萬里，被西風變滅須臾。回首聽月明天籟，人間萬竅號呼。　　誰向若耶溪上，倩美人西去，麋鹿姑蘇。至今故國人望，一舸歸歟。歲去暮矣，問何不、鼓瑟吹竽。君不見，王亭謝館，冷煙寒樹啼烏。（頁540）

〔註18〕同前註，頁 1984～1985。

上片以亂雲急雨暗喻世局之紛亂，用西風暗指小人，而原應和諧之天籟，如今卻成人間痛苦呼號，題材相當彷彿。此外，不同於〈漢宮春〉之曲折委婉，〈水龍吟〉乃直接申明其意，上片云：「渡江天馬南來，幾人眞是經綸手？長安父老，新亭風景，可憐依舊。夷甫諸人，神州沈陸，幾曾回首！算平戎萬里，功名本是，眞儒事，公知否。」（頁145）以古喻今，大力抨擊當朝執政者並無經綸之才，致使宋朝如同晉朝，僅餘半壁江山。

　　詞、賦相較而言，〈述行賦〉、〈北征賦〉等賦作，均直接刻劃百姓之貧困無依，具有傳統儒家悲天憫人之胸懷，然無具體改善建議。辛棄疾詞作雖亦關懷國事，現實施政亦能針對百姓需求，施行有利民生之諸項措施，如乾道八年（1172）爲百姓修築房舍，減免田賦，淳熙七年（1180）濬築陂塘，賑給貧民，嘉泰三年（1203）疏奏州縣害農六事，並消弭浙東鹽鷪之害〔註19〕；然較少正面描寫民眾情狀，而是大方向的針砭時政，提出具體改進之建議，期待能獲得當朝執政之正面回應，此亦足見辛棄疾實事求是之施政態度。整體而論，言志類賦作較具諷諭精神，與辛棄疾英雄、憂國此二類主題詞作，均含有一定程度之批判意味，其基本精神並無二致。

第二節　抒　情

　　《禮記》載：「喜、怒、哀、懼、愛、惡、欲，七者弗學而能。」〔註20〕人生而有喜怒哀樂等情緒，常人若無文采，僅能等閒視之；文人一旦內心有所波動，自是不肯輕易放過，以如椽巨筆排遣當時之心境。

　　相較於言志類題材之外在表現性格，抒情類詞作較關注自我情緒之抒發，言志類規模較宏大，抒情類描寫較細微。辛棄疾抒情類詞作以懷古感遇、友朋交遊較爲顯著。懷古感遇受「歷史意識」之

〔註19〕見鄧廣銘：《辛稼軒年譜》，頁42、74、142、143。

〔註20〕〔漢〕戴聖編，〔漢〕鄭玄注，〔唐〕孔穎達疏：《禮記》，《十三經注疏》（臺北：藝文印書館，1989年），冊5，頁431。

觸發，屬於登覽主題；友朋交遊爲「知己意識」之實現，是爲知己主題。

（一）登覽主題

　　古人往往於登高望遠時觸發內心種種情志，由懷鄉所興起之感懷，原是觸動文人心緒重要媒介之一，加以過往陳跡更增添蕭索滄桑之感，迫使詞人正視，進而生發出歷史意識，並與懷鄉情感結合，此意識遂逐漸瀰漫於詞作之中。覽古類賦作如王粲〈登樓賦〉：

> 登茲樓以四望兮，聊假日以銷憂。覽斯宇之所處兮，實顯敞而寡仇。挾清漳之通浦兮，倚曲沮之長洲。背墳衍之廣陸兮，臨皋隰之沃流。北彌陶牧，西接昭丘。華實蔽野，黍稷盈疇。雖信美而非吾土兮，曾何足以少留！遭紛濁而遷逝兮，漫踰紀以迄今。情眷眷而懷歸兮，孰憂思之可任？憑軒檻以遙望兮，向北風而開襟。平原遠而極目兮，蔽荊山之高岑。路逶迤而修迥兮，川既漾而濟深。悲舊鄉之壅隔兮，涕橫墜而弗禁。昔尼父之在陳兮，有歸歟之歎音。鍾儀幽而楚奏兮，莊舄顯而越吟。人情同於懷土兮，豈窮達而異心！惟日月之逾邁兮，俟河清其未極。冀王道之一平兮，假高衢而騁力。懼匏瓜之徒懸兮，畏井渫之莫食。步棲遲以徙倚兮，白日忽其將匿。風蕭瑟而並興兮，天慘慘而無色。獸狂顧以求群兮，鳥相鳴而舉翼，原野闃其無人兮，征夫行而未息。心悽愴以感發兮，意忉怛而憯惻。循階除而下降兮，氣交憤於胸臆。夜參半而不寐兮，悵盤桓以反側。〔註21〕

人生失志之時，確易有不如歸去之感，王粲登上當陽城樓四望，面對寬敞雄壯之山河，反思己身仕途之偃蹇，歷史意識遂不斷湧出。經過對四方景物之鋪敍後，王粲追念孔子在陳有歸歟之嘆〔註22〕，

〔註21〕〔魏〕王粲：〈登樓賦〉，〔清〕陳元龍編：《御定歷代賦彙》，下集，頁1508。

〔註22〕〔魏〕何晏集解：《論語集解》，收入王雲五主編：《四部叢刊正編》（臺北：臺灣商務印書館，1979年），冊2，頁21。

鍾儀〔註23〕、莊舄昔日亦曾懷歸故土〔註24〕，將失望離索之情緒推
到頂點。末段王粲方眞正說明其作賦因由，正因日月逾邁，俟河淸
未極，王粲亟欲有朝一日能獲得賞識，大展長才，然亦十分憂懼如
匏瓜之徒懸，擔心井渫之莫食。不論爲遠眺之蒼茫景致，抑或古人
相似之際遇，均帶獨特之歷史意涵，以地理環境而言，登高四望原
已易令人情思波動，何況面對北彌陶牧〔註25〕，西接昭丘等古人墳
墓〔註26〕，千古風流，俱已往矣，加倍令人心灰意冷。以歷史人物
而言，典故背後蘊藏之豐富意涵，亦足能使讀者經類比而將所有典
故形象，層層重疊於作者身上，同情王粲之際遇，深化賦作感人力
量。辛棄疾〈念奴嬌〉（登建康賞心亭呈史致道留守）同爲登高望遠
之作：

> 我來吊古，上危樓、贏得閒愁千斛。虎踞龍蟠何處是？只
> 有興亡滿目。柳外斜陽，水邊歸鳥，隴上吹喬木。片帆西
> 去，一聲誰噴霜竹？　　卻憶安石風流，東山歲晚，淚落
> 哀箏曲。兒輩功名都付與，長日惟消棋局。寶鏡難尋，碧
> 雲將暮，誰勸杯中綠？江頭風怒，朝來波浪翻屋。（頁11）

健康自古爲龍盤虎踞之地，曾爲六朝古都，諸葛亮曾評價：「鐘山龍
盤，石頭虎踞，帝王之宅。」〔註27〕辛棄疾登城吊古，面對悠久歷史
之古都，詞人內心唯有興亡之感，暗指地理形勢之不可依靠。方回云：
「懷古者，見古迹，思古人，其事無他，興亡賢愚而已。可以爲法而
不之法，可以爲戒而不之戒，則又以悲夫後之人也。」〔註28〕登高而

〔註23〕〔春秋〕左丘明傳，〔晉〕杜預注，〔唐〕孔穎達疏：《左傳》，《十三
　　　　經注疏》，冊6，頁448。

〔註24〕〔漢〕司馬遷：〈張儀列傳〉，《史記》（臺北：鼎文書局，1980年），
　　　　卷70，頁2301。

〔註25〕〔漢〕司馬遷：〈貨殖列傳〉，同前註，卷129，頁3257～3258。

〔註26〕〔梁〕蕭統編，〔唐〕李善注：《文選》（臺北：世界書局，1962年），
　　　　冊上，頁145。

〔註27〕〔宋〕李昉等編：《太平御覽》（臺北：臺灣商務印書館，1983年景
　　　　印《文淵閣四庫全書》本），冊894，卷156，頁534。

〔註28〕〔元〕方回：《瀛奎律髓》（臺北：藝文印書館，民國年間），卷3，

作，與〈水調歌頭〉之「寂寞賦〈登樓〉」（頁27），同為對王粲〈登樓賦〉之接受。下片轉變〈登樓賦〉一貫之哀傷氣氛，以「兒輩功名都付與，長日惟消棋局」暗寓賢能者惟消棋局，軍備只能交由並無實才之「兒輩」，「寶鏡難尋」更是申訴自己赤心可鑑，由懷古起情，處處透露辛棄疾關懷國事之感遇。詞與賦相較，二者皆具懷才不遇之感，然仍舊期使能有所作為，此亦可視為辛棄疾詞對賦作之接受。相異之處為〈登樓賦〉感時懷憂，此種情緒一氣到底，始終不懈，純然一片哀淒之情；辛棄疾詞則於下片轉為憤慨之氣，以波浪翻屋形容局勢洶洶。賦作為一己情感，一往情深；詞作關懷家國，勃然奮發，此為辛棄疾詞對賦體題材之轉化。

（二）知己主題

文人心思較常人細膩，其多愁善感一旦遭遇觸發媒介，便易轉化為詩詞等作品。故況周頤乃云：「吾聽風雨，吾覽江山，常覺風雨江山外有萬不得已者在。此萬不得已者，即詞心也。而能以吾言寫吾心，即吾詞也。此萬不得已者，由吾心醞釀而出，即吾詞之真也，非可彊為，亦無庸彊求。」〔註29〕辛棄疾南歸後，三度起用，亦三度落職〔註30〕，詞作亦曾自嘲「世間喜慍更何其。笑先生三仕三已」（〈哨遍〉，頁424）。當其與外界環境產生摩擦、矛盾之後，自然便渴望友朋之慰藉，期望獲得知音之認同。蔡玲婉認為「知己意識」是：「中國知識分子重要的文化心理……是一個人對於生命實存與行為價值的認知，是將個體的價值建立在別人對我的理解上，以及追尋這種價值的認知與想法。」〔註31〕文人於越窮困之困厄中，越期

頁1。
〔註29〕〔清〕況周頤：《蕙風詞話》，見唐圭璋編：《詞話叢編》（北京：中華書局，2005年），冊5，頁4411。
〔註30〕三度起用為1162、1192、1203年，1206年後任命均未前往就職。三度落職為1181、1194、1205年。見鄧廣銘：《辛稼軒年譜》，頁26、93、116、127、142、152。
〔註31〕蔡玲婉：〈李白詩的知己意識〉，《南師學報》人文與社會類，第38

待知己之精神交契，此乃「知己意識」之湧現。

李翱〈感知己賦〉即自序其創作因由：「梁君歿於茲五年，翱學聖人經籍教訓文句之旨，而爲文將數萬言，愈昔年見於梁君之文，弗啻數倍，雖不敢同德於古人，然亦常無怍於中。每歲試於禮部，連以文章罷黜，聲光晦昧於時俗，人皆謂之固宜矣。然後知先進者遇人特達，亦不皆有是心，方知知己之難得也……天之遽喪梁君也，是使翱之命久迍邅厄窮也。遂賦感知己以自傷。」〔註 32〕寫其遽喪良友之失落感，既感傷梁肅早歿，亦哀嘆命運困厄。除悼念之賦外，亦有將深厚友誼寄託於賦作者，如同爲竟陵八友之陸倕即曾作〈贈任昉感知己賦〉，任昉亦作〈答陸倕知己賦〉回贈，強調「心照情交，流言靡惑」〔註 33〕，顯示出二人之深厚交誼。

辛棄疾詞質、量俱臻上乘，之後更形成「辛派」，成爲此派宗師，前期〔註 34〕辛派詞人最重要者，首推陳亮與劉過。辛棄疾相當敬重劉過，曾招劉過至幕府，劉過則有詩、詞贈與辛棄疾。而陳亮更曾以詞與辛棄疾相互酬唱，淳熙十五年（1188），陳亮至上饒拜訪辛棄疾，別後辛棄疾流連不捨，作〈賀新郎〉相贈，其序云：「既別之明日，余意中殊戀戀，復欲追路。至鷺鷥林，則雪深泥滑，不得前矣。獨飲方村，悵然久之，頗恨挽留之不遂也。夜半投宿吳氏泉湖四望樓，聞鄰笛悲甚，爲賦〈乳燕飛〉以見意。又五日，同父書來索詞，心所同然者如此，可發千里一笑。」陳亮見詞後，隨即和詞〈寄辛幼安和見懷韻〉，辛棄疾再和：

> 老大那堪說。似而今元龍臭味，孟公瓜葛。我病君來高歌飲，驚散樓頭飛雪。笑富貴千鈞如髮。硬語盤空誰來聽？

卷第 1 期（2004 年 4 月），頁 217。
〔註 32〕〔唐〕李翱：〈感知己賦〉，〔清〕陳元龍編：《御定歷代賦彙》，外集，頁 1895～1896。
〔註 33〕〔梁〕任昉：〈答陸倕知己賦〉，同前註，頁 1895。
〔註 34〕單芳將辛派詞人依時間先後分爲前期（1163～1207）、中期（1208～1264）、後期（1265～1317）。單芳：《南宋辛派詞人研究》（成都：巴蜀書社，2009 年），頁 48～55。

記當時只有西窗月。重進酒，換鳴瑟。　　事無兩樣人心
別。問渠儂神州畢竟，幾番離合？汗血鹽車無人顧，千里
空收駿骨。正目斷關河路絕。我最憐君中宵舞，道「男兒
到死心如鐵」。看試手，補天裂。（頁238）

傾訴友誼之餘，亦摻入家國危難景況以及報國無門之感，此乃辛派
詞風最顯著之特色〔註35〕。辛棄疾交遊廣闊，詞作應酬對象相對多
元，上有時宰、貴冑，下至妻舅、妓妾，然而唯有遭逢同樣抱持恢
復意志之知己時，辛棄疾方能將其不受理解之孤獨與屢遭打擊之苦
悶，藉贈答之詞以表明心跡。這些詞作「從反面展示了詞人美好的
理想與獨立不群的人格，展示了他們身處在『寒夜』（即不合理環境）
之寂寞和黑暗中所閃發的思想光焰，所以具有積極的精神力量和感
情價值。」〔註36〕此知己意識，一則由於蘊藏之悲壯與憤激力道濃
烈，因此一旦噴騰而出，勢必盡情宣洩；再者交遊友朋雖眾，然並
非全為有志恢復之士，而實際上之南宋朝廷，確實亦可謂知音難尋，
因此平日壓抑之意念，此刻恰能毫無拘束開展。

　　友朋交遊乃文體常見主題之一，詞體對賦體之借鑒並不明顯，
唯部分敘事情節有相似之處，如前引辛棄疾之序：「既別之明日，余
意中殊戀戀，復欲追路……悵然久之，頗恨挽留之不遂也……賦〈乳
燕飛〉以見意。又五日，同父書來索詞。」此與任昉〈答陸倕知己
賦〉：「我未舍駕，子已迴輿。中飲相顧，悵然動色。邦壤雖殊，離
會難測。存異山陽之居，沒非要離之側。以膠投漆中，離婁豈能識？」
〔註37〕同樣寫其眷戀不已之情，任昉甚至表明生死相隨之意，直言

〔註35〕單芳認為辛派與蘇軾為首之蘇派相較而言，特徵有四，其中兩點為：
　　　　一、從題材上看，辛派所寫的憂慮國事、報國之情、偏安之恨、安
　　　　邦之志及英雄無用武之地的悲憤，都是蘇派中很少甚至不曾出現
　　　　的。二、語言上在蘇軾詞的豪邁、雄壯之外又增添了許多悲壯與憤
　　　　激的硬語，抒情的深度與強烈程度進一步加大。同前註，頁29。
〔註36〕楊海明：〈自古詞人多寂寞─談唐宋詞中的孤獨心態〉，《唐宋詞主題
　　　　探索》（高雄：麗文文化，1995年），頁31。
〔註37〕〔梁〕任昉：〈答陸倕知己賦〉，〔清〕陳元龍編：《御定歷代賦彙》，
　　　　外集，頁1895。

二人如膠似漆，情誼糾結。辛棄疾與陳亮亦確爲生死不渝之至交，陳亮去世後，辛棄疾有祭文〔註38〕，哀傷之情，溢於詞表；其「我最憐君中宵舞，道男兒到死心如鐵」語，不幸一語成讖，徒留「看試手，補天裂」此未能實現之悲壯意志。

第三節　詠　物

　　人生而有靈能感知一切，然文人之所以成爲文人，即在於其敏銳善感之過人感受力，以及出神入化之表現力。詠物類詞作唯有兼具此二種能力，方能成爲上乘之作。劉勰云：「是以詩人感物，聯類不窮。流連萬象之際，沉吟視聽之區；寫氣圖貌，既隨物以宛轉；屬采附聲，亦與心而徘徊……吟詠所發，志惟深遠；體物爲妙，功在密附。故巧言切狀，如印之印泥，不加雕削，而曲寫毫芥。」〔註39〕雖未明言詠物，卻已指出詠物詞最重要之體物及寫物兩項特徵。

　　詠物類詞作由於需窮物之情，盡物之態，務必將描寫對象刻劃得栩栩如生，因此創作精神上與賦體相當一致，可謂諸多題材中，賦化痕跡最顯著之一類。而詠物之創作動機，《佩文齋詠物詩選・序》云：

> 然則詩之道，其稱名也小，其取類也大。即一物之情，而
> 關乎忠孝之旨，繼自騷賦以來，未之有易也。此昔人詠物
> 之詩所由作也歟。〔註40〕

認爲詠物關乎忠孝，明顯繼承孔門詩教觀念，具有一定政教意圖。而《四庫全書總目提要・詠物詩提要》則云：

〔註38〕祭文非本文主要論述對象，姑引兩段以見交情。文載：「嗚呼！同父之才，落筆千言。俊麗雄偉，珠明玉堅。人方窘步，我則沛然。莊周、李白，庸敢先鞭。同父之志，平蓋萬夫。橫渠少日，慷慨是須。擬將十萬，登封狼胥。彼臧馬輂，殆其庸奴。」見〔宋〕辛棄疾著，辛更儒箋注：〈祭陳同父文〉，《辛稼軒詩文箋注》（上海：上海古籍出版社，1995年），頁122。

〔註39〕〔梁〕劉勰：〈物色〉，見王更生注譯：《文心雕龍讀本》（臺北：文史哲出版社，2004年），下篇，頁302。

〔註40〕〔清〕張玉書等編：《佩文齋詠物詩選》，收入景印《文淵閣四庫全書》，冊1432，頁1。

　　昔屈原頌橘、荀況賦蠶，詠物之作，萌芽于是，然特賦家
　　流耳。漢武之〈天馬〉，班固之〈白雉〉、〈寶鼎〉，亦皆因
　　事抒文，非主于刻劃一物。〔註41〕

在政教觀外，指出詠物與賦體關係密切，並且認爲詠物應專主刻劃
一物，因此四庫館臣認爲〈天馬〉等詩並非詠物詩。結合二則引文，
可以瞭解傳統文人定義詠物詩主要條件爲：關乎忠孝之旨以及注重
刻劃。此雖針對詠物詩立論，然亦適用詠物詞作。葉嘉瑩先生區別
賦體體物寫志與詩體感物言志差異時云：「感物言志是直接的感發，
就是從詩的比興，從外物引起你內心的情意；可是賦的體物寫志是
要透過對物的體察、觀察、描摹來表現你自己的志。」〔註42〕據此
亦可清楚判分詩、賦詠物題材作法相異之處，因此以下將檢視「透
過對物的體察、觀察、描摹」以寫志之作品。

　　漢賦作家堆疊品物，酷肖形容，繼荀賦之後，創立詠物技巧之
高峰。林天祥根據范仲淹、方回、祝堯三家之說，定義詠物賦：「是
『指物而詠』的賦，即以客觀物象之個體作爲描寫對象的賦。」〔註
43〕詠物題材之興盛，亦代表作家由感物轉而朝向觀物、體物邁進之
創作態度。辛棄疾詠花即曾云：「倚欄看碧成朱，等閒褪了香袍粉。
上林高選，匆匆又換，紫雲衣潤。幾許春風，朝薰暮染，爲花忙損。
笑舊家桃李，東塗西抹，有多少、淒涼恨。」（〈水龍吟〉上片，頁
296）漢武帝修上林苑，內植名果異卉三千餘種，司馬相如作〈上林
賦〉即大肆鋪陳各色花樹。辛棄疾於刻劃文官花之時，由於前人司
馬相如已有一題材範式，且形容貼切，辛棄疾自然而然易對〈上林
賦〉有所聯想，將賦作鋪陳形容之法，移植於詞作之中。

　　路成文認爲辛棄疾詠物詞特色有：（1）情志內涵的極大拓展（2）

〔註41〕〔清〕紀昀等編纂：《四庫全書總目提要》（石家莊：河北人民出版
　　　　社，2000 年），卷 168，頁 4333。
〔註42〕葉嘉瑩：《南宋名家詞講錄》（天津：天津古籍出版社，2005 年），頁
　　　　220。
〔註43〕林天祥：《北宋詠物賦研究》（臺北：萬卷樓出版社，2004 年），頁
　　　　11。

「俯瞰式」創作姿態與雄奇、宏闊的審美特徵（3）多樣化的表現手法。其中第一項又可分爲藉詠物傾吐胸中塊壘，以及將詠物與詠史打成一片，使作品具有深沈的歷史感〔註44〕。《詞苑叢談》引周在浚（號梨莊）云：

> 辛稼軒當弱宋末造，負管、樂之才，不能盡展其用，一腔忠憤，無處發洩，觀其與陳同甫抵掌談論，是何等人物。
> 故其悲歌慷慨、抑鬱無聊之氣，一寄之於詞。〔註45〕

由於辛棄疾詠物詞往往透露其「悲歌慷慨、抑鬱無聊之氣」，而路文第一項之「情志內涵的極大拓展」，亦確實指出辛棄疾此項特色，且與賦體題材有相關之處，因此以下將針對此點申論，其餘特色與賦體並無明顯關連，故略而不論。

（一）詠物寓志

藉詠物傾吐胸中塊壘之作，可上溯至戰國時代，屈原〈橘頌〉即藉由讚賞橘樹，以表達自身高潔專一之志向：

> 后皇嘉樹，橘徠服兮。受命不遷，生南國兮。深固難徙，更壹志兮。綠葉素榮，紛其可喜兮。曾枝剡棘，圓果摶兮。青黃雜糅，文章爛兮。精色內白，類可任兮。紛縕宜脩，姱而不醜兮。嗟爾幼志，有以異兮。獨立不遷，豈不可喜兮？深固難徙，廓其無求兮。蘇世獨立，橫而不流兮。閉心自愼，不終失過兮。秉德無私，參天地兮。願歲并謝，與長友兮。淑離不淫，梗其有理兮。年歲雖少，可師長兮。行比伯夷，置以爲像兮。〔註46〕

屈原運用大量正面詞語如「受命不遷」、「壹志」、「文章爛兮」、「紛縕宜脩」等稱揚橘樹，甚至達到「秉德無私，參天地兮」之崇高地位，

〔註44〕 路成文：《宋代詠物詞史論》（北京：商務印書館，2005 年），頁 150～163。

〔註45〕 〔清〕徐釚：《詞苑叢談》，見朱崇才編：《詞話叢編續編》（北京：人民文學出版社，2010 年），冊 1，頁 345。

〔註46〕 〔戰國〕屈原：〈橘頌〉，〔宋〕洪興祖注：《楚辭補注》（臺北：頂淵文化，2005 年），頁 153～155。

而此作實爲對自我之關照，爲詠物之作樹立一良好典範，使後人能藉由詠物以闡明心跡。

　　清代詞論家多贊同詠物宜有寄託，如沈祥龍云：「詠物之作，在借物以寓性情。凡身世之感，君國之憂，隱然蘊於其內，斯托寄遙深，非沾沾焉詠一物矣。」〔註47〕認爲詠物應寓有作者眞實性情，不應只沾黏於物。蔣敦復亦云：「詞原于詩，即小小詠物，亦貴得風人比興之旨。唐、五代、北宋人詞，不甚詠物，南渡諸公有之，皆有寄托。」〔註48〕辛棄疾雖非南渡詞人〔註49〕，然所作亦有其無限心事在，辛棄疾使用此法之作如〈賀新郎〉（賦水仙）：

> 雲臥衣裳冷。看蕭然風前月下，水邊幽影。羅襪生塵凌波去，湯沐煙波萬頃。愛一點嬌黃成暈。不記相逢曾解佩，甚多情爲我香成陣？待和淚，收殘粉。　　靈均千古〈懷沙〉恨。記當時匆匆忘把，此仙題品。煙雨淒迷僝僽損，翠袂搖搖誰整？謾寫入瑤琴〈幽憤〉。弦斷〈招魂〉無人賦，但金杯的皪銀臺潤。愁殢酒，又獨醒。（頁135）

此詞不僅比擬自己如嵇康志業未遂，幽憤自傷，亦感嘆世無知音，無人可賦〈招魂〉，明顯將身世之感打并入詞中，藉詠物以傾吐胸中塊壘。此外，詞中多處可見辛棄疾對歷代賦家之心慕手追，除上述〈招魂〉外，「羅襪生塵凌波去」乃曹植〈洛神賦〉名句，而由水仙聯想至屈原之絕命詞〈懷沙〉，同樣有以屈原忠而見謗自喻之企圖，連續且有意識的驅使賦家、賦作，確實爲辛棄疾詠物詞對賦體之直接接受。

　　辛棄疾曾多次遊歷雨巖，並寫下一系列詞作，如〈念奴嬌〉（近

〔註47〕〔清〕沈祥龍：《論詞隨筆》，見唐圭璋編：《詞話叢編》，冊5，頁4058。

〔註48〕〔清〕蔣敦復：《芬陀利室詞話》，同前註，冊4，頁3675。

〔註49〕黃文吉先生認爲南渡是以靖康二年（1127）爲準，當時必須已滿二十歲（弱冠）方能稱爲南渡詞人，稼軒生於南渡後十三年，因此不屬南渡詞人範圍。見黃文吉：《宋南渡詞人》（臺北：臺灣學生書局，1985年），頁6。

來何處,頁 174)、〈水龍吟〉(補陀大士虛空,頁 175)、〈生查子〉(溪邊照影行,頁 176)、〈蝶戀花〉(九畹芳菲蘭佩好,頁 177)等,辛棄疾不僅獨遊,亦曾邀友朋共遊雨巖,雨巖之奇景,令辛棄疾醉心不已。其〈山鬼謠〉自序:「雨巖有石,狀怪甚,取〈離騷〉〈九歌〉,名曰〈山鬼〉,因賦〈摸魚兒〉,改今名。」詞云:

> 問何年此山來此?西風落日無語。看君似是羲皇上,直作太初名汝。溪上路,算只有紅塵不到今猶古。一杯誰舉?笑我醉呼君,崔嵬未起,山鳥覆杯去。　　須記取:昨夜龍湫風雨。門前石浪掀舞。四更山鬼吹燈嘯,驚倒世間兒女。依約處,還問我清遊杖屨公良苦。神交心許。待萬里攜君,鞭笞鸞鳳,誦我〈遠遊〉賦。(頁 176)

「石浪」乃雨巖一三十餘丈之巨石,原爲不具生命之自然物質,然由於辛棄疾之敏銳善感,因此當詞人由此怪石「紅塵不到今猶古」之景況,聯想及至自身,遂主觀將其擬人化,覺此石浪竟與我有相似境遇,因此詞人與此石遂達神交心許之境。路成文認爲辛棄疾詠物詞不同於他人之處在於:

> 他並非單純地以審美之眼觀照吟詠對象,……而是將強烈的情感志意投射於外在對象,從而使物爲我所用,我藉詠物以抒瀉胸中的憤懣。〔註50〕

詞雖爲賦雨巖巨石而作,然其中多帶辛棄疾無可奈何之心境,如「紅塵不到今猶古」可聯想詞人之知音難遇,「山鳥覆杯去」或許是山石精靈之役使,隱寓巨石相知之意。更深一層聯想,唯世無知音,故僅能尋求山石之慰藉。「驚倒世間兒女」充滿詞人不遇之情,以及渴望有所作爲。末以屈原精神之苦悶,與理想之追求終結全篇,張炎云:「詩難於詠物,詞爲尤難。體認稍眞,則拘而不暢;模寫差遠,則晦而不明。要須收縱聯密,用事合題。一段意思,全在結句,斯爲絕妙。」〔註51〕此詞不即不離,末韻能綰合全篇,誠爲辛棄疾詠

〔註50〕路成文:《宋代詠物詞史論》,頁 151。
〔註51〕〔宋〕張炎:《詞源》,見唐圭璋編:《詞話叢編》,冊 1,頁 261。

物獨到之處。辛棄疾於仔細刻劃物態之餘，毫無保留將被迫賦閒之不滿與寂寞心境，盡情傾吐，且此藉物以明志之程式，正與以屈原〈橘頌〉為首之賦作，採用相同創作手法。

（二）詠史入題

辛棄疾與蘇軾相仿，由於熟讀經史，且善於運用，因此詞中往往有歷史興亡之感，能屬詠史入題，巧妙渾融。文學史之悠久傳統，使歷史題材所具備之歷史感與歷史意識，如同一座取之不竭之寶庫，能提供詞人自由吸納，得以與身世之感、家國之思作結合。劉熙載云：「昔人詞詠古詠物，隱然只是詠懷，蓋其中有我在也。」〔註52〕說明詠物、詠史詞往往寓含詞人心志。李若鶯認為懷古詠史詞之要點有（1）託史所以言志，懷古的深層意識總在傷今；（2）要結合詞家個性、時代背景與歷史，作總體觀照〔註53〕。同樣均強調詠史以能結合詞人意志、世局情勢為高。

賦體藉詠物而抒發懷古、詠史之感者如杜牧〈阿房宮賦〉，阿房宮乃秦始皇所建，杜牧首段寫阿房宮之雄偉壯麗，其次由宮女、玉石之眾多，帶出貴族生活之華貴。鋪陳至此，始轉入正題：

> 嗟乎！一人之心，千萬人之心也。秦愛紛奢，人亦念其家。奈何取之盡錙銖，用之如泥沙！使負棟之柱，多於南畝之農夫；架梁之椽，多於機上之工女；釘頭磷磷，多於在庾之粟粒；瓦縫參差，多於周身之帛縷；直欄橫檻，多於九土之城郭；管絃嘔啞，多於市人之言語。使天下之人，不敢言而敢怒。獨夫之心，日益驕固。戍卒叫，函谷舉。楚人一炬，可憐焦土。
>
> 嗚呼！滅六國者，六國也，非秦也；族秦者，秦也，非天

〔註52〕〔清〕劉熙載：〈詞曲概〉，《藝概》（臺北：華正書局，1988年），頁118。

〔註53〕李若鶯：《唐宋詞鑑賞通論》（高雄：復文圖書出版社，1996年），頁212～215。

下也。嗟乎！使六國各愛其人，則足以拒秦；使秦復愛六
國之人，則遞三世可至萬世而爲君，誰得而族滅也。秦人
不暇自哀，而後人哀之；後人哀之，而不鑑之，亦使後人
而復哀後人也。〔註54〕

先申明秦始皇之不恤民力，直言建阿房宮「取之盡錙銖，用之如泥
沙」，而使普天下之黎民敢怒而不敢言，之後更一針見血指出「楚人
一炬，可憐焦土」，曾鞏即評：「至楚人一炬，可憐焦土，其論盛衰之
變，判於此矣。」〔註55〕最後復以「秦人不暇自哀，而後人哀之；後
人哀之，而不鑑之，亦使後人而復哀後人也」，表明其借古諷今之用
意。杜牧亦曾自言創作動機：「寶曆（唐敬宗年號）大起宮室，廣聲
色，故作〈阿房宮賦〉。」〔註56〕可見此賦雖爲詠史，而實亦結合時
局，表現出作者之諷喻精神。

　　詠物而結合詠史，可謂辛棄疾看家本領，如其詠物名作〈賀新
郎〉：

鳳尾龍香撥。自開元霓裳曲罷，幾番風月？最苦潯陽江頭
客，畫舸亭亭待發。記出塞黃雲堆雪。馬上離愁三萬里，
望昭陽宮殿孤鴻沒。弦解語，恨難說。　　遼陽驛使音塵
絕，瑣窗寒輕攏慢撚，淚珠盈睫。推手含情還却手，一抹
梁州哀徹。千古事雲飛煙滅。賀老定場無消息，想沈香亭
北繁華歇。彈到此，爲嗚咽。（頁137）

辛棄疾自序：「賦琵琶。」因此通篇鋪陳與琵琶相關之史事，上片自
〈霓裳曲〉始，用白居易〈長恨歌〉：「漁陽鞞鼓動地來，驚破霓裳
羽衣曲。」〔註57〕詩意，已含有因貪圖晏樂而致敗亡之歷史感。「潯

〔註54〕〔唐〕杜牧：〈阿房宮賦〉，〔清〕陳元龍編：《御定歷代賦彙》，下集，
　　　　頁1502～1503。
〔註55〕〔宋〕胡仔：《苕溪漁隱叢話》（臺北：木鐸出版社，1982年），前集，
　　　　卷23，頁152。
〔註56〕〔唐〕杜牧：〈上知己文章啓〉，吳在慶：《杜牧集繫年校注》（北京：
　　　　中華書局，2008年），卷16，頁998。
〔註57〕〔唐〕白居易：〈長恨歌〉，中華書局編輯部編：《全唐詩》（北京：
　　　　中華書局，1996年）卷435，頁4818。

陽江頭客」〔註58〕同樣用白居易〈琵琶行〉不得志之遷謫意。「出塞」用昭君和番之典，「昭陽」爲長安未央宮之宮殿名，寫昭君鄉關之思，而實亦反映志意不遂之感。下片以賀懷智之典，感慨人事全非。自首至尾，無非詠史，而字裡行間，卻又無處不可見詞人對世局之憂心。劉永濟云：

> 此詞雖題爲「賦琵琶」，言外仍是借琵琶以寫其所懷也。觀其起結皆用開元琵琶事，以見盛衰之感，而結以時無賀老，暗指朝中無人，國勢衰微，故有「彈到此，爲鳴咽」之句。……又借時無琵琶能手如賀懷智者，一彈可以「定場」，以托其憂國無人之情，雖題曰「賦琵琶」，實非但描寫琵琶也。〔註59〕

「言外仍是借琵琶以寫其所懷」，所言極是，詞既詠史實，亦復結合詞人之殷憂國事，巧妙渾融二者。王兆鵬認爲詠史詞：「表面上寫的是歷史事件或歷史人物，而實際上是要表達對現實的某一種態度，作者不過是用一種曲折的方式來表達自己的人生態度、人生思考而已。」〔註60〕辛棄疾之詠史詞確爲如此，由於宋室南遷之眞實際遇，致使南渡後之詠物詞不同於北宋；北宋之詠物詞，雖亦有詠史之意在，然至多僅微微透露感時憂世之意，並無南渡後詠史詞結合時勢之濃烈時代感慨。其間神州陸沈之悲怨，忠臣志士之憤慨，僅能寄之於詞，而最適宜表達之題材，即爲懷古與詠史詞作。且詞人面對苟安之南宋朝廷，辛棄疾不得不委曲其詞，故於詠物詞中寓其一腔忠憤，即其最深思熟慮之寫作策略。王師偉勇即云：

> 南宋一則由於社風、文風之影響，詠物態度乃由五代、北宋之即景抒情，轉而設景造境以寓情。一則由於時勢政局之影響，其詠物詞乃頗寓志寄託，此所以有別於前人同類作品也。〔註61〕

〔註58〕〔唐〕白居易：〈琵琶行〉，同前註，頁4821。
〔註59〕劉永濟：《唐五代兩宋詞簡析》（北京：中華書局，2007年），頁83。
〔註60〕王兆鵬：〈懷古詠史詞〉，《古典文學知識》2006年第5期，頁10。
〔註61〕王偉勇：《南宋詞研究》（臺北：文史哲出版社，1987年），頁170。

詠物之詞，由於必須對描寫對象觀察入微，體物瀏亮，必須極聲貌以窮文，因此詠物詞相當適宜以賦體鋪陳務盡之精神爲之。而精神上之共通，亦使詠物詞對賦體之借鑒，數量遠較其他題材豐富。且詞人藉詠物詞以表達內心不可明言之幽微情志，實爲重視思力以安排勾勒之寫作方式，異於中國詩歌傳統重視自然直接之感發力量，此重視思力以安排勾勒之方式，即爲賦體之創作技巧，此即詠物詞對賦體之接受而異於詩歌之處〔註62〕。

第四節　紀　遊

記遊類作品原爲各項文體均廣泛採用之題材，辛棄疾詞自然不能缺席，其自南歸之後，「嘗領監州，持繡斧，駕使軺，分帥閫，輾轉經歷，幾遍東南山川。紀遊寫景，輒有吟什。又中改閒退，凡二十餘載，既卜築上饒之帶湖，復徙居鉛山之瓢泉。或檢校山園，或流連停雲，或探梅江村，或覓醉山寺，入耳水聲，舉木山色，尤多吟詠。」〔註63〕辛棄疾極富創作力，加以其「幾遍東南山川」、屢仕屢黜之眞實經歷，因此紀遊寫景之詞，亦不乏其例。

紀行、遊覽類賦作，分別以劉歆〈遂初賦〉與班彪〈游居賦〉最早。此後兩類賦作，代有繼者，紀行如班彪〈北征賦〉、蔡邕〈述行賦〉、王粲〈初征賦〉；遊覽如曹植〈節遊賦〉、孫綽〈遊天台山賦〉等，同樣形成一系列同主題賦作。張秋麗《漢魏六朝紀行賦研究》云：

> 紀行賦的寫作模式是建立在旅行結構的基礎上，旅行結構乃紀行賦之構成的必要條件，作者以第一人稱現身於文本的敘述中，藉由個體所歷經的時空轉換，帶動整個旅行事件的進程，帶有濃烈的主觀成份。

〔註62〕相關論述請參見葉嘉瑩先生討論詞之特質，葉嘉瑩：〈從中國詞學之傳統看詞之特質〉，《中國詞學的現代觀》（臺北：大安出版社，1999年），頁5～19。

〔註63〕陳滿銘：《稼軒詞研究》（臺北：文津出版社，1980年），頁196。

張秋麗更以劉歆〈遂初賦〉為例，說明此賦之創作動機及歷程等，並云：

> 這些內容乃統攝於旅行結構之中。換言之，這是一個由準備之到達的過程，在過程中作者的心靈處於變化的狀態。〔註64〕

紀遊寫景原為各式文體均常見之主題，不論紀行或遊覽，原無需特別獨立討論，然而賦體憑其長短自如之篇幅，可自由書寫旅行途中之風景與心靈之變化，因此遂於賦作之中既可見不同時空之轉換，亦有作者主觀意志於其內，此間之豐富過程，乃其他韻文遠遠不及之處。時空之不斷轉換，實亦賦體鋪陳技巧之延伸；於描寫風景中寓有作者主觀意志，使此類題材不至流於一幅空洞之風景圖。因此賦體紀遊類題材，確實亦有可供詞體取資之處。

　　淳熙八年，辛棄疾因遭臺臣王藺彈劾，因而落職賦閒，其間除曾一度短暫出仕外，自此展開長達二十年之家居生活。由於去職後有較多空閒光陰，因此辛棄疾亦將行蹤所歷經之處，寫入詞中。其中雨巖即辛棄疾多次遊歷之地，除前文所引之〈山鬼謠〉（問何年此山來此）外，尚有〈念奴嬌〉（近來何處）、〈蝶戀花〉（九畹芳菲蘭佩好）、〈生查子〉（溪邊照影行）、〈定風波〉（山路風來草木香）等作，〈蝶戀花〉詞：「九畹芳菲蘭佩好。空谷無人，自怨蛾眉巧。寶瑟泠泠千古調。朱絲弦斷知音少。　　冉冉年華吾自老。水滿汀洲，何處尋芳草。喚起湘纍歌未了。石龍舞罷松風曉。」（頁177）其中九畹、蘭佩及自怨、冉冉句均化用《離騷》，湘纍則用揚雄〈反離騷〉，通篇已充滿騷賦之情調與況味，然此詞著重於主觀心境之闡發，較缺乏景物之描寫，因此對雨巖之刻劃，不得不以〈水龍吟〉為第一：

> 補陀大士虛空，翠巖誰記飛來處。蜂房萬點，似穿如礙，玲瓏窗戶。石髓千年，已垂未落，嶙峋冰柱。有怒濤聲遠，落花香在，人疑是，桃源路。　　又說春雷鼻息，是臥龍

〔註64〕張秋麗：《漢魏六朝紀行賦研究》（臺北：政治大學中國文學研究所碩士論文，1996年），頁24。

> 彎環如許。不然應是：洞庭張樂，湘靈來去。我意長松，
> 倒生陰壑，細吟風雨。竟茫茫未曉，只應白髮，是開山祖。
>
> （頁 175）

辛棄疾自序：「巖類今所畫觀音補陀。巖中有泉飛出，如風雨聲。」首先以觀世音菩薩形容雨巖石像，以下則對所見逐一描述，如以蜂房、玲瓏窗戶比喻巖洞通道，以嶙峋冰柱形容鐘乳石。於視覺外，辛棄疾亦由其他感官展開描寫，聽覺與嗅覺之良好經驗，使詞人有身處桃花源之感。由於雨巖飛泉之特殊環境，因此辛棄疾下片執意繼續敘寫聲覺。寫泉聲如春雷，如臥龍之鳴，或如洞庭仙樂、如湘靈鼓瑟，甚至爲倒生陰壑長松，乃於風雨中細吟。下片一氣至底，極盡形容之能事，對同一事物進行多層次之描摹，反反覆覆，始終不懈，實即賦體之鋪張揚屬手法。

直至末韻，辛棄疾方才表明心跡：大自然之幽渺難明，自己或許爲領悟雨巖美景之第一人。而細味詞意，雨巖至此終有辛棄疾此一千古知己，然辛棄疾一腔忠奮卻投閒置散，已然「白髮」，卻仍無知交以推薦自己，只能空自蹉跎，任憑英雄老去，實爲辛棄疾無可奈何之寫實心境。

綰合豐富之景物描寫與詞人之隱微心志，固然爲此詞成功之處，其形容之曲盡，亦令讀者有如身經目擊。而此表現手法，尚可分爲小大之別。以豐富多元之景物，結合小我之情感者，所表現多爲一時之情緒，關懷之範圍較小，議題並不具時代感；反之，結合大我之意志者，往往表現出內心積蘊已久之志向，注重各面向、各階層之意見，時時流露作者不願苟合之使命感。

辛棄疾詞結合小我之情感者，如〈沁園春〉：

> 一水西來，千丈晴虹，十里翠屏。喜草堂經歲，重來杜老；
> 斜川好景，不負淵明。老鶴高飛，一枝投宿，長笑蝸牛戴
> 屋行。平章了，待十分佳處，着箇茅亭。　　青山意氣崢
> 嶸，似爲我歸來嫵媚生。解頻教花鳥，前歌後舞，更催雲
> 水，暮送朝迎。酒聖詩豪，可能無勢，我乃而今駕馭卿。

　　　　清溪上，被山靈卻笑：白髮歸耕。(頁353)

由於期思景色宜人，使辛棄疾有意在此構築新居，以千丈晴虹形容巨大飛瀑，以十里翠屏摹狀連綿青山，均以誇飾法爲之，與賦家爭奇鬥豔之創作心態相同。之後說明期思風光秀美，適合居住，以杜甫與陶潛比擬相似之心境，表明隨遇而安之人生態度。

　　由於詞人主觀情緒之喜悅，連帶使外物亦分外有精神，明顯爲移情作用，朱光潛云：

　　　　在聚精會神的觀照中，我的情趣和物的情趣往復迴流。有時物的情趣隨我的情趣而定，……有時我的情趣也隨物的姿態而定，……物、我交感，人的生命和宇宙的生命互相迴還震盪，全賴移情作用。〔註65〕

正因辛棄疾暫時覺得一心靈安頓處，致使眼裡看待外物，亦呈現一片欣欣向榮之景況，青山、花鳥、雲水均被詞人賦予生命，且和詞人情意交感。詞作處處透顯辛棄疾安適欣喜之情，直至末韻，方才以自嘲微微敘述無可奈何之悲涼。

　　詞作全爲主觀心境，因山水之美景，而有卜居之意；復以自嘲，聊表無奈之意，景物之哀樂，隨心志而變換情緒。描寫範圍僅爲期思景物與我心靈之交流，詞人並無多餘企圖，雖有豐富之景物陳列，然僅聚焦於個體一時之心境，未作全面性之書寫，此即寫景與小我之結合。

　　辛棄疾拳拳亟欲有所作爲，然而機會不來，僅能將其胸中塊壘，一寄之於詞。其詞結合大我之意志者，如〈滿江紅〉：

　　　　直節堂堂，看夾道冠纓拱立。漸翠谷群仙東下，珮環聲急。誰信天峰飛墮地，傍湖千丈開青壁。是當年玉斧削方壺，無人識。　　山木潤，琅玕溼。秋露下，瓊珠滴。向危亭橫跨，玉淵澄碧。醉舞且搖鸞鳳影，浩歌莫遣魚龍泣。恨此中風物本吾家，今爲客。(頁56)

直節二句寫杉樹挺拔，漸翠谷二句寫泉聲琤琮，以下自飛來峰、千丈

〔註65〕朱光潛：《文藝心理學》(臺北：頂淵文化，2007年)，頁46。

青壁寫至冷泉亭，一路敘寫冷泉亭周圍景物，寫作手法與前〈沁園春〉詞均與賦體求全求備之「上下四方」作法〔註66〕相近。二詞唯末韻所欲表達之企圖有異，此詞末韻因冷泉亭之風物，與辛棄疾故鄉濟南相似，而濟南當時乃爲金人領土，故鄉之淪落，使辛棄疾有家歸不得之感異常濃烈。此非前詞僅聚焦於個體一時之心境，此詞更將關懷範圍，擴大至家國之感，結合時代板蕩之記述。

　　此〈滿江紅〉，乃第一期「江、淮、兩湖之什」，辛棄疾正當青年力壯，故詞中多奮發之意；及至第四期「瓢泉之什」，再次被劾去職，部分詞作已由發憤變而爲悲憤！如〈千年調〉：

　　　　左手把青霓，右手挾明月。吾使豐隆前導，叫開閶闔。周
　　　　遊上下，徑入寥天一。覽玄圃，萬斛泉，千丈石。　　　鈞
　　　　天廣樂，燕我瑤之席。帝飲予觴甚樂，賜汝蒼壁。嶙峋突
　　　　兀，正在一丘壑。余馬懷，僕夫悲，下恍惚。（頁513～514）

辛棄疾曾於淳熙八年、紹熙五年（1194）兩度遭彈劾落職，此詞即二度去職後，賦開瓢泉時所作。辛棄疾因「開山徑得石壁，因名之曰蒼壁，事出望外，意天之所賜邪，喜而賦」，於是開始神遊天界之旅。詞人不僅把持青霓、明月，更驅使豐隆，叫開閶闔，周遊上下，觀覽玄圃及浩大之湧泉、崖石，天界之奇珍幻景，辛棄疾一一遍歷。下片甚至幻想天帝奏樂設宴招待，賜與蒼壁，寫歡樂至極。末韻卻忽然翻轉跌落，由寫景轉回寫人，以屈原自比，深刻表達無法忘懷故國之意。辛棄疾既欲擺脫，卻又無法割捨家國，衝突之矛盾愈加

〔註66〕《涑水記聞》載：「夏竦字子喬，父故錢氏臣，歸朝爲侍禁。竦幼學於姚鉉，使爲〈水賦〉，限以萬字。竦作三千字以示鉉，鉉怒不視，曰：『汝何不於水之前後左右廣言之，則多矣。』竦又益之，凡得六千字，以示鉉，鉉喜曰：『可教矣。』」見〔宋〕司馬光：《涑水記聞》（北京：中華書局，1989年）卷3，頁55。張岱：《夜航船》亦載類似賦體作法：「木華作〈海賦〉，思路偶澀，或告之曰：『何不於海之上下四旁四言之？』華因其言，〈海賦〉遂成。」見〔清〕張岱：《夜航船》，收入續編四庫全書編纂委員會編：《續編四庫全書》（上海：上海古籍出版社，2002年上海圖書館藏影印清抄本），冊1135，卷8，頁636。

強烈，辛棄疾掛念國事之心跡愈爲顯著，情感亦較〈滿江紅〉悲憤。

　　辛棄疾紀遊對賦體之接受，不僅大量鋪敘數種空間、景物，同時能抒發自我意志，前〈沁園春〉詞，景物雖佳，詞人亦自知爲虛構之慰藉，故情感不如〈滿江紅〉、〈千年調〉等詞作直接、奔放，此乃大我小我之別。要之小我注重個人情緒之抒發，大我關懷全體生活之發展，不僅描寫對象有別，詞作所能引起之共鳴效果亦大不相同。

第五節　議論說理

　　詞原產生於歌筵酒席間，可配合樂曲而吟唱，初期並不重視敘事功能。然詞體自蘇軾、辛棄疾出，憑其學識與天才，終使詞體進至「無意不可入，無事不可言」〔註67〕之境。敘事之文異於詩體者，胡亞敏認爲乃在於「它們都有某種意義上的講述人，但敘事文有一系列的事件，而抒情詩雖有詩人或歌手吟唱卻沒有完整的故事情節。」〔註68〕此爲相較而言，自然並非全然如此。中國文學傳統向以抒情言志爲正宗，敘事文學相對較不發達，然而敘事文學亦有部分特色如議論說理、以寓言諷刺等，能獨樹一幟，不容抹滅。

　　以詞議論說理，可謂辛棄疾拿手本領，劉辰翁序辛棄疾詞即云：

> 詞至東坡，傾蕩磊落，如詩如文，如天地奇觀，豈與群兒雌聲學語較工拙；然猶未至用經用史，率雅頌入鄭衛也。自辛稼軒前，用一語如此者必且掩口。及稼軒橫豎爛熳，乃如禪宗棒喝，頭頭皆是；又如悲笳萬鼓，平生不平事並巵酒，但覺賓主酣暢，談不暇顧。詞至此亦足矣。〔註69〕

辛棄疾勇於嘗試，不論何種資料來源，均能妥善處理，其中當然包含賦體。劉湘蘭認爲賦的敘事性「有兩種表現方式，一是有意識地虛構情節、假設人物，以對話形式敘事，二是信而有徵地創作。」〔註70〕

〔註67〕原爲劉熙載評蘇軾語，見〔清〕劉熙載：〈詞曲概〉，《藝概》，頁108。
〔註68〕胡亞敏：《敘事學》（武漢：華中師範大學出版社，2008年），頁11。
〔註69〕〔宋〕劉辰翁：〈辛稼軒詞序〉，收入金啓華等編：《唐宋詞集序跋匯編》（臺北：臺灣商務印書館，1993年），頁173～174。
〔註70〕劉湘蘭：〈論賦的敘事性〉，《學術研究》2007年第6期，頁133。

賦體敘事之特徵，有議論說理者，有寓言諷刺者。議論說理者如荀子
〈禮賦〉：「爰有大物，非絲非帛，文理成章。非日非月，爲天下明。
生者以壽，死者以葬。城郭以固，三軍以強。粹而王，駮而伯，無一
焉而亡。臣愚不識，敢請之王。」大力宣揚禮之重要性，並直言：「性
不得則若禽獸，性得之則甚雅似者與！匹夫隆之則爲聖人，諸侯隆之
則一四海者與！」〔註71〕強調禮之大用，乃在於區別人與禽獸，隆之
可爲聖人，可統一天下。此類屬於信而有徵之賦。寓言諷刺者如宋玉
〈風賦〉：「楚襄王遊於蘭臺之宮，宋玉、景差侍。有風颯然而至，王
乃披襟而當之，曰：『快哉此風！寡人所與庶人共者邪？』宋玉對曰：
『此獨大王之風耳，庶人安得而共之！』」，之後漸次鋪陳，敘述雄風
所來，乃是幽雅潔淨之地，因此「清清冷冷，愈病析酲，發明耳目，
寧體便人。」而雌風卻發於混濁污垢之處，因此雌風使人「中心慘怛，
生病造熱。中脣爲胗，得目爲蔑，啗齰嗽獲，死生不卒。」〔註72〕藉
由描寫風所經環境之不同，諷刺貴族與貧民生活條件之差距，希冀感
悟君王。此類屬於有意識地虛構情節、假設人物，而二賦均以對話形
式敘事。

　　辛棄疾以詞議論說理者，如〈哨遍〉：

蝸角鬭爭，左觸右蠻，一戰連千里。君試思，方寸此心微。
總虛空並包無際。喻此理，何言泰山毫末，從來天地一稊
米。嗟小大相形，鳩鵬自樂，之二蟲又何知？記跖行仁義
孔丘非；更殤樂長年老彭悲。火鼠論寒，冰蠶語熱，定誰
同異。　　噫。貴賤隨時，連城變換一羊皮。誰與齊萬物？
莊周吾夢見之。正商略遺篇，翩然顧笑，空堂夢覺題秋水。
有客問洪河，百川灌雨，涇流不辨涯涘。於是焉河伯欣然
喜。以天下之美盡在己。渺滄溟望洋東視，逡巡向若驚歎，
謂我非逢子，大方達觀之家未免，長見悠然笑耳。此堂之

<hr>

〔註71〕〔戰國〕荀子：〈禮賦〉，〔清〕陳元龍等編：《御定歷代賦彙》，中集，
　　　　卷60，頁877。
〔註72〕〔戰國〕宋玉：〈風賦〉，同前註，上集，卷7，頁162～163。

水幾何其？但清溪一曲而已。（頁 422～423）

楊慎《詞品》曾載：「近日作詞者，惟說周美成、姜堯章，而以東坡為詞詩，稼軒為詞論。」〔註73〕檢視辛棄疾集中，確實有部分詞作，有深刻議論傾向。此詞自詞牌始，即已透露詞人預備大做文章之企圖，辛棄疾選用〈哨遍〉此一長調，正適合大肆鋪張揚厲，符合賦體求全、求備之精神。選題以莊子故事，反覆論證小大、是非、夭壽、冷熱等事物之相對差異，皆由心造，論述人不應過份執著之理。辛棄疾運用數種對比，最終復落實至秋水觀上，此類由小與大所推衍而出之類比手法，實即賦體類推心態，由秋水觀聯想至莊子，復由莊子一點中心思想向外擴散，最終又能收束主旨，不至離題。

以詞議論說理者，〈哨遍〉乃辛棄疾使用賦體求全求備之「上下四方」作法，而前文所引之〈禮賦〉、〈風賦〉，特色為採用問答方式，辛棄疾詞如〈六州歌頭〉（晨來問疾，頁 429），即屬此類。藉虛構與鶴之對話，以闡發「因其不能如周顒取悅於世，故稱之為『北山愚』」〔註74〕之理，以自我慰藉。

藉賦體形式敘事說理者，尚有親子一類值得注意。蘇軾有〈洗兒〉詩為人所熟知，然於漢代，班昭隨子曹成赴任時即有〈東征賦〉，賦中時時勉勵其子曹成，多引用《詩經》、《論語》等儒家經典，期盼曹成能為懷德君子，並針對途中所見所聞抒發議論，有所褒貶，末章亂云：「君子之思必成文兮，盍各言志慕古人兮。先君行止則有作兮。雖其不敏敢不法兮。貴賤貧富不可求兮，正身履道以俟時兮。修短之運愚智同兮，靖恭委命唯吉凶兮。敬慎無怠思謙約兮，清靜少欲師公綽兮。」〔註75〕除具體指出奉行法則外，慈母之愛，嚴母之教，充分流露於字裡行間。辛棄疾以詞議論之親情類題材如〈最

〔註73〕〔明〕楊慎：《詞品》，見唐圭璋編：《詞話叢編》，冊 1，頁 503。

〔註74〕鄧廣銘於此詞「北山愚」之注，見鄧廣銘箋注：《稼軒詞編年箋注》，頁 429。

〔註75〕〔漢〕班昭：〈東征賦〉，〔清〕陳元龍等編：《御定歷代賦彙》，外集，卷 9，頁 1969。

高樓〉：

> 吾衰矣，須富貴何時。富貴是危機。暫忘設醴抽身去，未
> 曾得米棄官歸。穆先生，陶縣令，是吾師。　待葺箇園
> 兒名佚老。更作箇亭兒名亦好，閒飲酒，醉吟詩。千年田
> 換八百主，一人口插幾張匙。便休休，更說甚，是和非。
>
> （頁 331）

此詞與蘇軾〈洗兒〉詩，實爲親情類之詩詞雙璧。辛棄疾自序：「擬
乞歸，犬子以田產未置止我，賦此罵之。」異於班昭母性之愛，辛棄
疾先議論富貴之不可追求，過度沈迷反而將使自己陷入危機，因此有
不如歸去之感。下片承襲此意，繼續申論，以「千年田換八百主，一
人口插幾張匙」自喻喻人，於抒發失意幽憤之餘，詞中透露世事無常
之哲理，亦可作爲辛氏傳家箴言，此乃辛棄疾眞實深沈之領悟與教誨。

　　寓言指托辭以寓意之文學體裁，中國文學向有以寓言說理之傳
統，先秦莊子、孟子等早已大量運用。寓言諷刺之賦，必要條件爲
以寓言形式論述主旨，作者或因物起情，或藉物說理，總之必有一
物事爲寓言主軸。寓言說理之賦如宋・李清照（1084～約 1151）〈打
馬賦〉：

> 歲令云徂，盧或可呼，千金一擲，百萬十都。樽俎具陳，
> 已行揖讓之禮；主賓既醉，不有博弈者乎？打馬爰興，摴
> 蒱遂廢。實博弈之上流，乃閨房之雅戲。齊驅驥騄，疑穆
> 王萬里之行；間列玄黃，類楊氏五家之隊，珊珊珮響，方
> 驚玉登之敲；落落星羅，忽見連錢之碎。若乃吳江楓落，
> 胡山葉飛；玉門關閉，沙苑草肥；臨波不渡，似惜障泥。
> 或出入用奇，有類昆陽之戰；或優游仗義，正如涿鹿之師；
> 或問望久高，脫復庚郎之失，或聲名素昧，便同癡叔之奇。
> 亦有緩緩而歸，昂昂而立，鳥道驚馳，蟻封安步。敲嶇峻
> 坂，未遇王良；偪促鹽車，難逢造父。且夫丘陵云遠，白
> 雲在天，心無戀豆，志在著鞭。止蹄黃葉，何異金錢？用
> 五十六采之間，行九十一路之內。明以賞罰，核其殿最。
> 運指揮於方寸之中，決勝負於幾微之外。且好勝者人之常

情，游藝者士之末技。說梅止渴，稍蘇奔競之心，畫餅充
飢，少謝騰驤之志。將圖實效，故臨難而不迴；欲報厚恩，
故知幾而先退。或銜枚緩進，已逾關塞之艱；或奮勇爭先，
莫悟阱塹之墜。皆因不知止足自貽尤悔。況爲之不已，事
實見於正經；用之以經，義必合於天德。故繞牀大叫，五
木皆盧；瀝酒一呼，六子盡赤。平生不負，遂成劍閣之師；
別墅未輸，已破淮淝之賊。今日豈無元子，明時不乏安石。
又何必陶長沙博局之投，正當師袁彥道布帽之擲也。辭曰：
佛狸定見卯年死，貴賤紛紛尚流徙。滿眼驊騮及騄駬，時
危安得眞致此。木蘭橫戈好女子，老矣不復志千里。但願
相將過淮水。〔註76〕

打馬乃一種古代博戲，李清照〈打馬圖序〉載：「打馬世有二種：一
種一將十馬者，謂之關西馬；一種無將二十馬，謂之依經馬。流行
既久，各有圖經凡例可考，行移賞罰，互有同異。又宣和間，人取
兩種馬參雜加減，大約交加僥幸，古意盡矣。所謂宣和馬者是也。」
〔註77〕〈打馬圖序〉著重於介紹打馬之遊戲規則，〈打馬賦〉則表達
李清照積極愛國意志〔註78〕。李清照先介紹打馬之進行情形，如「齊
驅驥騄」以下八句乃軍隊之長驅直入，「若乃吳江楓冷」以下六句爲
局勢膠著，軍隊受阻之狀。其次以著名戰役「昆陽之戰」、「涿鹿之
師」形容打馬戰況得利，以庾翼、王湛形容狀況出人意表，此賦運
用大量典故，要之多爲形容打馬之戰況。直至篇末，方以「平生不
負，遂成劍閣之師；別墅未輸，已破淮淝之賊。今日豈無元子，明
時不乏安石」敘述期勉宋師抗金之眞正主旨。末段以漢代辭賦「曲
終奏雅」形式，再次肯定宣示金人必敗，明白透露「但願相將過淮

〔註76〕〔宋〕李清照：〈打馬賦〉，黃墨谷校：《重輯李清照集》（北京：中
　　　　華書局，2009 年），頁 106～107。

〔註77〕同前註，頁 104。

〔註78〕龔克昌云：「〈打馬圖經序〉是打馬遊戲的經驗總結，而〈打馬賦〉
　　　　則是打馬遊戲經驗的具體實踐，兩者講的實際上是同一問題。」參
　　　　見龔克昌：〈李清照打馬賦簡論〉，《中國辭賦研究》（濟南：山東大
　　　　學出版社，2010 年），頁 541。

水」之願望。以打馬爲寓言，結合棋戲賽況與眞實軍隊之戰況，以賦表達力主抗敵、收復中原之殷切期盼。

辛棄疾亦有以博弈爲寓言者，如〈念奴嬌〉：

> 少年橫槊，氣憑陵，酒聖詩豪餘事。袖手旁觀初未識，兩兩三三而已。變化須臾，鷗翻石鏡，鵲抵星橋外。搗殘秋練，玉砧猶想纖指。　　堪笑千古爭心，等閒一勝，拚了光陰費。老子忘機渾謾與，鴻鵠飛來天際。武媚宮中，韋娘局上，休把興亡記。布衣百萬，看君一笑沈醉。（頁216）

此詞爲辛棄疾詠雙陸之作，雙陸又稱「握槊」，唐人邢宇（生卒年不詳，肅宗、代宗時人（756～779））即有〈握槊賦〉〔註79〕，乃古代博戲。首韻辛棄疾一語雙關，既破題，又暗寓少年起義南歸之事。以下敘述雙陸遊戲進行之情形，初始棋子僅三三兩兩，無甚可觀，然隨即風雲變色，勝負立判。辛棄疾除描寫棋賽進行景況外，亦以詼諧之筆，將因思考而停滯之棋子擬人化，寫其等待棋手如同「玉砧猶想纖指」。下片開始申論，同樣採取寓言手法，正面寫雙陸浪費光陰，棋手枉自耗費機心，不如詞人「忘機渾謾與」，千古興亡，不若一笑沈醉；反面則批判南宋朝廷，迫使詞人投閒置散，不得不故作解脫之語，實則並未眞正忘懷國事。以寓言爲詞，能於難言處道其心志，既能保有辭賦「曲終奏雅」之言志傳統，又能針對現實作有力之諷刺，具有廣泛博愛之大我精神〔註80〕。

〔註79〕〔唐〕邢宇：〈握槊賦〉，〔清〕陳元龍等編：《御定歷代賦彙》，下集，卷103，頁1441～1442。

〔註80〕劉子芳以唐代寓言賦與之前歷代寓言賦比較，認爲唐代以前寓言賦「或勸百諷一或自喻而隱晦。通過寫物的遭遇比擬自身遭遇，以此來達到抒發情志，批判社會的目的。賦家寫作動機恐怕均從自己出發，抒發情志才是第一性的，批判社會是第二性的。所以此類賦作均從自我角度出發，關注個人世界」；唐代寓言賦則「不再局限於個人世界，諷刺的物件涉及到社會的方方面面，表現出高度關心國家、社會和人民生活的精神」，稼軒此詞實亦具有此項特色。參見劉子芳：《唐代寓言賦的藝術特色及地位研究》（桂林：廣西師範大學中國古代文學研究所碩士論文，2008年），頁37。

第六節　接受與轉化

　　於相同題材中，檢視辛棄疾詞所可能接受、轉化賦體之處，可經由比較，觀察出不同文體間，創作精神、取材角度、語彙承襲、原型取資、題材擴展等面向之影響。且以相同主題作對照，詞體對賦體之承繼容受，更能判分出與其他文類相異之處。如同為詠物題材，賦體之體物寫志與詩體之感物言志，即有明顯差異。如此連結，能更為全面的探索詞、賦關係，不僅便於第五章以賦為詞表現之論述，且亦提供詞體接受、轉化賦體題材，一種可能之反思。

　　擇要比較對賦體題材之承繼關係，英雄主題如唐人王棨有〈三箭定天山賦〉，辛棄疾〈江神子〉：「卻笑將軍三羽箭，何日去，定天山。」同樣使用薛仁貴「三箭定天山」典故，乃是直接承襲，屬於正面描寫；〈八聲甘州〉（故將軍飲罷夜歸來）則寫一代名將李廣之冷落淒清，雖同樣具有「射虎山橫一騎，裂石響驚弦」之高超箭術，卻僅能「談笑過殘年」。以類似之景況，反面抒發機會不來之落魄心境。辛棄疾憂國主題詞作具有一定之諷諭用意，如〈漢宮春〉（秦望山頭）以亂雲急雨暗喻世局之紛亂，「人間萬竅號呼」更是直接對執政者進行指控。此與言志類賦作往往為百姓發聲之精神一致，亦為辛棄疾真實性情之流露。

　　王粲〈登樓賦〉乃因登樓而興懷，思鄉、遺賢、感時之情瀰漫其間。辛棄疾對登覽主題之接受如〈水調歌頭〉（落日古城角），同樣用〈登樓賦〉典故，抒發「何處依劉客，寂寞賦〈登樓〉」之情感。具有知己意識之賦作，側重生命價值之理解。辛派詞人中，辛棄疾曾以詞與陳亮相互酬唱，特別值得注意者為〈賀新郎〉（老大那堪說），詞以「硬語盤空誰來聽」顯現二人志同道合，交情非比尋常。「汗血鹽車無人顧」以下，因讀者（陳亮）為交心知己，故暢所欲言，顯露出二人共同之價值信仰，故以「看試手，補天裂」勉勵彼此，完成此次心靈交契。

　　辛棄疾由於「負管、樂之才，不能盡展其用」故詞中多有「悲歌

慷慨、抑鬱無聊」之氣〔註81〕，以詠物角度視之，辛之詠物詞明顯效
法蘇軾，而與周邦彥有別。本文第三章曾認爲蘇軾賦化之詞，乃是具
荀賦隱語性質之不即不離特色；周邦彥之詠物盡態極妍，追求酷肖形
容，寫物傳神。辛棄疾明顯作出取法前者之抉擇，藉詠物以傾吐胸中
塊壘，如〈賀新郎〉（賦水仙）不僅徵引〈洛神〉、〈懷沙〉、〈招魂〉
諸賦，詞情對屈原〈橘頌〉之心慕手追，即是詠物寓志手法。賦體詠
史，能於懷古之餘，藉史事暗寓諷刺，辛棄疾詠史則全面接受此作法。
如〈賀新郎〉（鳳尾龍香撥）用白居易〈長恨歌〉、〈琵琶行〉及李白
等詩意、王昭君、賀懷智等典故，仿效賦體藉史實以諷諭方式，表達
有所堅持之態度。

　　辛棄疾紀遊寫景詞作頗豐，此類題材取法賦體最成功者，如〈千
年調〉（左手把青霓），詞中驅使豐隆，叫開閶闔，周遊上下，觀覽天
界之奇景，甚至直接引用「余馬懷，僕夫悲」之賦句入詞等等，全祖
〈離騷〉，成爲紀遊類詞作承繼騷賦之最佳證據，此亦辛棄疾醉心步
武屈原又一顯例。

　　議論說理者之賦，古來不乏名篇，如李清照〈打馬賦〉藉古代博
戲，論述其愛國意志；邢宇〈握槊賦〉同樣以博戲爲主題。辛棄疾〈念
奴嬌〉（少年橫槊）乃詠雙陸之作，雙陸又稱「握槊」，表面虛寫雙陸，
實則與李清照〈打馬賦〉同樣抱持「曲終奏雅」之諷諭企圖。二家區
別，唯李賦仍積極懷抱希望，期盼能收復江山；辛詞則透露失望不滿
情緒，反面控訴賢能失路之悲慨。

〔註81〕〔清〕徐釚：《詞苑叢談》，見朱崇才編：《詞話叢編續編》，冊 1，頁
　　　 345。

第五章　稼軒以賦爲詞之表現

　　本文首章曾引廖國棟〈試論辛棄疾「以賦爲詞」的藝術表現技巧〉及李嘉瑜〈論「以賦爲詞」的形成——以柳永、周邦彥詞爲例〉之言，認爲以賦爲詞乃是於詞體創作中，借用某些賦體的寫作技巧，以超越詞體本身的表現能力。不同文體之借鑒，經過擷長補短，可使文體新生，表現能力更加出色，張高評〈破體與宋詩特色之形成〉歸納「名家名篇，往往破體」時指出：「所謂名篇、名家、或一代特色，都是在前人或前代既有的成就與基礎上，作有條件的選擇、琢磨、添加、改換；除批判性地繼承外，又作建設性之滲透、交融、借鏡、整合……遂一舉而完成傳統承繼和特色開創，所謂名篇名家者往往如此。」〔註1〕因此，張氏定義以賦爲詩：

> 其筆法橫向生發刻劃，縱深開掘剖析，或同義複沓，反義對舉，或往復類比，極言伸説；於是鋪采摛文，必使之悠揚舒展，淋漓酣暢而後快；類聚群積，必期於面面俱到，窮形盡相而後已。〔註2〕

清楚介紹以賦爲詩之現象及成果，同時注意到空間與時間之開闊表現，指出賦體不論正面、反面均具由點而面之特性，精神上必定務求

〔註1〕張高評：〈破體與宋詩特色之形成〉，《成大中文學報》第 2 期（1994 年 2 月），頁 78。
〔註2〕同前註，頁 90。

徹底通達，針對各個層面均能推廣至極致。此論雖爲以賦爲詩而發，
然其中亦多有與以賦爲詞相通之處，下文將逐次介紹。

　　詞體經五代、北宋之流變，透過無數詞人之努力，及至辛棄疾之
時，前有以《花間集》詞人爲代表之「歌辭之詞」，此類寫作方式乃「爲
歌酒筵席間即興而爲的遊戲筆墨，因此遂更有了一種不須經意而爲的
自然之致；而也就正因其不須經意的緣故，於是遂於無意中反而表露
了作者心靈中一種最眞誠之本質，而且充滿了直接的感發的力量」。北
宋時，蘇軾以其天縱之才，橫放傑出，以詩爲詞，此類詞之寫作「既
已落入了士大夫的手中，因此他們在以遊戲筆墨塡寫歌詞時，當其遣
辭用字之際，遂於無意中也流露了自己的性情學養所融聚的一種心靈
之本質」，因而使「歌辭之詞」轉入「詩化之詞」〔註3〕。北宋末期，
周邦彥「前收蘇、秦之終，復開姜，史之始」〔註4〕，對其他文體取資
之角度上，周邦彥吸收前人既有遺產之餘，更大力將詞體向前推進。
周邦彥「以賦筆爲詞」，突破詩化之詞「這種直接感發的傳統，而開拓
出了另一種重視以思力來安排勾勒的寫作方式」〔註5〕。本章即欲討論

〔註 3〕 以上引文均爲葉嘉瑩先生對詞體三階段之討論，見葉嘉瑩：〈從中國
　　　　詞學之傳統看詞之特質〉，《中國詞學的現代觀》（臺北：大安出版社，
　　　　1999 年），頁 7。

〔註 4〕 〔清〕陳廷焯：《白雨齋詞話》，見唐圭璋編：《詞話叢編》（北京：
　　　　中華書局，2005 年），冊 4，頁 3789。

〔註 5〕 「歌辭之詞」、「詩化之詞」、「賦化之詞」之論述，請參見葉嘉瑩：〈從
　　　　中國詞學之傳統看詞之特質〉，《中國詞學的現代觀》，頁 6～12。該文
　　　　並比較三者之區別，葉氏云：「第一類歌辭之詞，其下者固在不免有淺
　　　　俗柔靡之病，而其佳者則往往能在寫閨閣兒女之詞中具含一種深情遠
　　　　韻，且時能引起讀者豐富之感發與聯想；第二類詩化之詞，其下者
　　　　固在不免有浮率叫囂之病，而其佳者則往往能在天風海濤之曲中，蘊
　　　　含有幽咽怨斷之音，且能於豪邁中見沉鬱，是以雖屬豪放之詞，而仍
　　　　能具有曲折含蘊之美；至於第三類賦化之詞，則其下者固在不免有堆
　　　　砌晦澀而内容空乏之病，而其佳者則往往能於勾勒中見渾厚，隱曲中
　　　　見深思，別有幽微耐人尋味之意致。以上三類不同之詞風，其得失利
　　　　弊雖彼此迥然相異，然而若綜合觀之，則我們卻不難發現它們原有一
　　　　個共同的特點，那就是三類詞之佳者莫不以具含一種深遠曲折耐人尋
　　　　繹之意蘊爲美。」分別指出三類優劣之處，及其佳作之共同特色。

辛棄疾以賦爲詞之各項表現。

《文心雕龍‧神思》記載司馬相如等人思慮遲緩之情形：「相如含筆而腐毫，揚雄輟翰而驚夢，桓譚疾感於苦思，王充氣竭於思慮，張衡研〈京〉以十年，左思練〈都〉以一紀，雖有巨文，亦思之緩也。」〔註6〕之所以如此，乃是因爲賦家創作心態「必推類而言，極麗靡之辭，閎侈鉅衍，競於使人不能加」〔註7〕，因此創作速度必定無法相當迅速。桓譚《新論‧袪蔽》自敘作賦時之疾苦情狀：

> 余少時見揚子雲之麗文高論，不自量年少新進，而猥欲逮及。嘗激一事而作小賦，用精思太劇，而立感動發病，彌日瘳。子雲亦言：成帝時，趙昭儀方大幸，每上甘泉詔令作賦，爲之卒，暴思精苦，賦成，遂因倦小臥。夢其五藏出在地，以手收而內之，及覺，病喘悸大少氣，病一歲。由此言之，盡思慮，傷精神也。〔註8〕

由此可知，賦家殫精極思，爲賦勞心苦形，此「競於使人不能加」之因素，其實即來自文人不願輕言服輸之競爭意識。於賦家精益求精之情形下，後代賦作必定逾越前代，後出轉精。而賦體憑其特殊體制，加以歷代賦家之辛苦耕耘，自然有文體體裁、表現手法、創作精神等獨特之處，可爲他類文體取用，此乃文體之演進，原無足怪也。文體間之融合，必定成於天才、名家之手，柳永、周邦彥等人，正因明白賦體寫作技巧等特色，足供詞體取資借鑒，因茲取爲己用，確實成功增進詞體表現能力，此乃以賦爲詞之成功嘗試。

《詞苑叢談》引周在浚（號梨莊）評論辛棄疾云：「辛稼軒當弱宋末造，負管、樂之才，不能盡展其用，一腔忠憤，無處發洩，觀其與陳同甫抵掌談論，是何等人物。故其悲歌慷慨、抑鬱無聊之氣，

〔註6〕〔梁〕劉勰：〈神思〉，見王更生注譯：《文心雕龍讀本》（臺北：文史哲出版社，2004年），下篇，頁4。

〔註7〕〔漢〕班固著：〈揚雄傳〉，《漢書》，楊家駱主編：《二十五史》（臺北：藝文印書館，1979年），冊4，卷87下，頁3575。

〔註8〕〔漢〕桓譚著：《新論》，楊家駱主編：《全上古三代秦漢三國六朝文》（臺北：世界書局，1969年），卷14，頁6。

一寄之於詞。」﹝註9﹞由於辛棄疾表現心志時，所選擇之文學載體，不似蘇軾將詞置於諸文體之後﹝註10﹞，而是以詞爲第一表現手段。辛棄疾既有「管、樂之才，不能盡展其用」，乃將其「悲歌慷慨、抑鬱無聊之氣，一寄之於詞」，因此自然投注全副心力於詞作中。辛棄疾廣泛吸收前人優點，如其詞序往往自言「效李易安體」、「效花間集」、「效白樂天體」等「效某某體」，當其觀覽前人之作時，自然不能忽略柳永、周邦彥等人以賦爲詞之表現，當時雖無「以賦爲詞」之名稱，然經由實際詞作之檢視，實可發現辛棄疾慢詞，亦多有以賦爲詞之處，以下將依鋪陳堆疊、想像出奇、假設問對、模擬仿效、諷諭精神等次序討論。

第一節　鋪陳堆疊

鋪陳實乃賦體文學最基本且最重要之特色，晉・皇甫謐〈三都賦序〉云：「然則賦也者，所以因物造端，敷弘體理，欲人不能加也。引而申之，故文必極美；觸類而長之，故辭必盡麗。然則美麗之文，賦之作也。昔之爲文者，非苟尙辭而已，將以紐之王教，本乎勸戒也。」﹝註11﹞所謂「本乎勸戒」，即強調賦之諷諭功能，本文將於第五節討論；而「因物造端，敷弘體理，欲人不能加」，即著重觸類旁通之鋪陳表現。鋪陳之應用又可分爲以下三點：

（一）鋪敍展衍

賦家爲求體物寫志之目的，用鋪陳之手法，進行多層面、大面積

﹝註9﹞　〔清〕徐釚：《詞苑叢談》，見朱崇才編：《詞話叢編續編》（北京：人民文學出版社，2010 年），冊 1，頁 345。

﹝註10﹞　王灼《碧雞漫志》云：「東坡先生以文章餘事作詩，溢而作詞曲，高處出神入天，平處尙臨鏡笑春，不顧儕輩。」又云：「東坡先生非心醉於音律者，偶爾作歌，指出向上一路，新天下之耳目，弄筆者始知自振。」明顯指出蘇軾並非以詞爲第一表現手段。見〔宋〕王灼：《碧雞漫志》，唐圭璋編：《詞話叢編》，冊 1，卷 2，頁 83、85。

﹝註11﹞　〔晉〕皇甫謐著：〈三都賦序〉，〔梁〕蕭統編：《文選》（臺北：華正書局，1995 年），卷 45，頁 641。

之書寫，詞語多同義鋪陳，是爲賦體之鋪敘展衍。漢·司馬相如〈答盛擘問作賦〉自云寫作要領爲：

　　合綦組以成文，列錦繡而爲質。一經一緯，一宮一商，此
　　賦之迹也。賦家之心，苞括宇宙，總擘人物。〔註12〕

除說明用詞要求詞采華麗、取材廣闊外，更強調賦家重視求全、求備之心理，務必要能「苞括宇宙，總擘人物」。清·劉熙載《藝概》分析鋪陳有二：「賦兼敘列二法：列者，一左一右，橫義也；敘者，一先一後，豎義也。」〔註13〕簡而言之，即空間與時間二類。曹淑娟《漢賦之寫物言志傳統》據劉說將苞括宇宙分爲史事興感及空間透視〔註14〕，而時間之鋪陳除史事興感外，筆者以爲尚可分出「時間流動」一類。

1、時間流動

　　秋娘忽驚老大，游宦時感飄零。琵琶絃聲未斷，白傅青衫已濕。常人亦能寫作，然唯具備敏銳易感之心靈者，方能成爲優秀文人。古人面對大自然壓倒性之威力，總是戒愼恐懼，尤其時光之流逝。孔子在川上已有「逝者如斯夫！不舍晝夜」〔註15〕之嘆；唐·陳子昂〈登幽州台歌〉亦有「前不見古人，後不見來者。念天地之悠悠，獨愴然而涕下」〔註16〕之憂傷。感時傷逝，乃人類亙古無法釋懷之母題，觀察細微之文人，運用全部精神，仔細注意時序之變換、光陰之流逝，因茲發詠，故作品每有「時間流動」之場景出現。如辛棄疾〈水調歌頭〉：

〔註12〕〔漢〕司馬相如著：〈答盛擘問作賦〉，金國永校注：《司馬相如集校注》（上海：上海古籍出版社，1993 年），頁 223。

〔註13〕〔清〕劉熙載：〈賦概〉，《藝概》（臺北：漢京文化，1985 年），頁98。

〔註14〕曹淑娟：《漢賦之寫物言志傳統》（臺北：文津出版社，1987 年），頁144～168。

〔註15〕〔魏〕何晏集解：《論語集解》，收入王雲五主編：《四部叢刊正編》（臺北：臺灣商務印書館，1979 年），冊2，頁 39。

〔註16〕〔唐〕陳子昂著：〈登幽州台歌〉，中華書局編：《全唐詩》（北京：中華書局，1992 年），冊3，卷 83，頁 902。

> 四座且勿語，聽我醉中吟。池塘春草未歇，高樹變鳴禽。
> 鴻雁初飛江上，蟋蟀還來床下，時序百年心。誰要卿料理，
> 山水有清音。　　歡多少，歌長短，酒淺深。而今已不如
> 昔，後定不如今。閑處直須行樂，良夜更教秉燭，高會惜
> 分陰。白髮短如許，黃菊倩誰簪。（頁 441）

詞序題爲「醉吟」，然其實作者相當清醒，首韻即預告將講述一段道
理。自「池塘」句開始，即大量鋪陳時間流動之場景，「池塘春草未
歇，高樹變鳴禽」寫時序變動之迅速，春草未歇，忽忽夏蟲已鳴。其
次急轉直下，「鴻雁」、「蟋蟀」皆爲秋景，自春至秋，一句一景，令
讀者亦覺季節變遷如梭，並引杜甫〈春日江村〉「時序百年心」帶出
百年過客之主旨，可以感受到時光之不斷變遷、消逝。下片起始乃是
三句三字句，辛棄疾連續以「一、二」句式，形成三組排比句，亦有
賦體氣味。以下仍舊繼續書寫時光之流動，「今已不如昔，後定不如
今」字句淺白，卻富含哲理，此亦人生之共同感喟。「閑處直須行樂，
良夜更教秉燭，高會惜分陰」並非辛棄疾眞有意教人行樂，此處「閑」
字多少反映其落職閒居之心境，故此處或爲牢騷之語，「良夜」以下
二句勸人珍惜分陰，或方爲意志所在。末韻「白髮短如許，黃菊倩誰
簪」之牢騷不滿，亦約略可見。由季節之變遷、時光之迅速，歸結至
珍惜光陰，架構清晰分明，全詞充滿時間流動之場景，抒寫時間先後
之鏡頭不停變更，實爲時間鋪敘顯著之例。

2、詠史懷古

懷古詠史向爲中國傳統詩詞重要題材，文人或以前人失敗之例
爲殷鑑，或視英雄人物爲偶像，對過往陳跡或喟嘆、或稱賞，要之，
史事、古蹟極易觸動文人而成爲寫作對象。辛棄疾於史事興感之鋪
陳如〈永遇樂〉：

> 千古江山，英雄無覓，孫仲謀處。舞榭歌臺，風流總被，
> 雨打風吹去。斜陽草樹，尋常巷陌，人道寄奴曾住。想當
> 年，金戈鐵馬，氣吞萬里如虎。　　元嘉草草，封狼居胥，
> 贏得倉皇北顧。四十三年，望中猶記，烽火揚州路。可堪

　　回首，佛狸祠下，一片神鴉社鼓。憑誰問，廉頗老矣，尚
　　能飯否。(頁553)

詞序云：「京口北固亭懷古。」辛棄疾登上京口北固亭，北固山下臨長江，地勢險固，且與許多歷史人物有淵源，因此辛棄疾開始臚列相關人物。「千古」以下六句，緬懷三國時吳帝孫權，孫權定都健康，而京口爲軍事重地，「英雄無覓」、「雨打風吹」透露景物依舊，人事全非之感。其次續寫於京口起事之南朝宋武帝劉裕，劉裕曾揮軍北伐南燕、後秦，辛棄疾直接表達對其景仰之情，此蓋與辛棄疾早年亦曾起義南歸之事跡有關。辛棄疾並非泛舉兩位歷史人物，而是故意舉曾經雄霸一方之霸主作比較，對照草草出兵，落得「倉皇北顧」之劉裕三子義隆，並藉以警告韓侂冑應做好萬全準備，方可進軍。以下由回顧轉入現實，眞實描寫偏安一隅之南宋屢受金兵侵略，而南宋上下一片苟安，全無恢復之志。末韻表達自己雖年紀老大，仍尚欲有所作爲之雄心壯志。辛棄疾計畫性的羅列歷史人物，以此帶出歷史之感，李若鶯即云：「兩宋詞中最富有歷史感的是辛棄疾的作品，懷古詞在辛棄疾詞中占有重位置。他的憤懣悲涼之情往往於憑高弔古、眺遠傷懷時，借歷史上英雄人物以宣洩。歷史感和現實感緊密交織，成爲他詞風的重要特色。」〔註17〕辛棄疾此詞列舉孫權、劉裕、劉義隆、金兵南侵、拓拔燾、廉頗等六件歷史史實與人物事跡，且此鋪陳乃是經過刻意設計之安排，以今與昔、成與敗、準備與倉促作對照，而非任意泛舉。無數之過往風流，總爲煙消雲散，確實易使讀者興起歷史興亡之感，並從中體會歲月不斷變遷之憂患。

　　極力蒐羅同類事物，對空間上下四方作全面性之書寫，乃賦體顯著特徵之一。曹淑娟云：「賦家在眞實事象描寫之外，便常摒去徵實之顧慮，充分發揮以文字作爲媒介之可能效率，用以完成鋪陳之新內容，亦即以『鋪采摛文』之方法，利用文字辭彙，極力鋪排事物之品

〔註17〕李若鶯：《唐宋詞鑑賞通論》(高雄：復文圖書出版社，1996年)，頁212。

類；利用文辭之組合方式，極力形容事勢之形象，企圖呈現賦家之心所追尋之境界。」〔註18〕曹氏並將「空間透視」又細分出「事物品類之鋪陳」、「地理形勢之鋪陳」、「特定對象之鋪陳」〔註19〕。事物品類之鋪陳即大量排比同類事物；地理形勢之鋪陳即針對描寫空間之上下四方作鋪敘；特定對象之鋪陳則針對單一事物，作詳盡之鋪敘。

3、事物品類

辛棄疾作事物品類之鋪陳者如〈永遇樂〉：

> 烈日秋霜，忠肝義膽，千載家譜。得姓何年，細參辛字，一笑君聽取：艱辛做就，悲辛滋味，總是辛酸辛苦。更十分，向人辛辣，椒桂搗殘堪吐。　　世間應有，芳甘濃美，不到吾家門户。比著兒曹，纍纍卻有，金印光垂組。付君此事，從今直上，休憶對牀風雨。但贏得，鞾紋縐面，記余戲語。（頁529）

刻意針對「辛」字之性質、特徵、可能產生之影響，作集中且誇張式之敘寫。全詞環繞辛字著題，句句相關，歷數窮舉，然實驗性質較高，故詞序自言「戲賦」，並非辛詞佳作。

4、四方空間

機械式全面照應、描寫空間之上下四方者，即本文第四章所謂「上下四方」作法〔註20〕，辛棄疾詞如〈滿江紅〉：

> 曲几蒲團，記方丈、君來問疾。更夜雨、匆匆別去，一杯南北。萬事莫侵閒鬢髮，百年正要佳眠食。最難忘、此語重殷勤，千金直。　　西崦路，東巖石。攜手處，今塵迹。望重來猶有，舊盟如日。莫信蓬萊風浪隔，垂天自有扶搖力。對梅花、一夜苦相思，無消息。（頁190）

寫方位則南北東西，敘數值則一百千萬，類推方式相當明顯。其他如

〔註18〕曹淑娟：《漢賦之寫物言志傳統》，頁12。

〔註19〕同前註，頁152～168。

〔註20〕「上下四方」作法即姚鉉所云「水之前後左右廣言之」及《夜航船》所載「海之上下四旁言之」之法，詳請參見本文第四章註。

〈滿江紅〉（我對君侯，頁 401～402）有「山左右，溪南北。花遠近，雲朝夕」之句，〈水龍吟〉（老來曾識淵明，頁 521～522）有「白髮西風，折腰五斗，不應堪此。問北窗高臥，東籬自醉，應別有、歸來意」等，均爲上下四方此類思維，此亦〈離騷〉之傳統（註21）。

6、特定對象

辛棄疾於事物品類及地理形勢之鋪陳，雖有賦體作法之氣味，然並不出色，辛詞於空間上鋪陳之佳作，不得不以「特定對象之鋪陳」此類詞作爲第一。由於賦體重體物，能針對某一特點作局部放大，委曲詳盡，故此法實爲詠物詞之一大利器。辛棄疾對特定對象鋪陳之詞如〈賀新郎〉：

> 雲臥衣裳冷。看蕭然、風前月下，水邊幽影。羅襪生塵凌波去，湯沐煙波萬頃。愛一點、嬌黃成暈。不記相逢曾解佩，甚多情、爲我香成陣。待和淚，收殘粉。　　靈均千古懷沙恨。記當時、匆匆忘把，此仙題品。煙雨淒迷僝僽損，翠袂搖搖誰整。謾寫入、瑤琴幽憤。絃斷招魂無人賦，但金杯的皪銀臺潤。愁殢酒，又獨醒。（頁 135）

此詞爲辛棄疾詠水仙之作，詞人自水仙之外貌開始刻劃，因其花瓣潔白，故形容如衣裳散落，偃臥冷雲之中。蕭然寫其冷清寂然，與風前、月下、水邊等共同構築其清幽高雅之形象，此乃以所處環境之幽雅陪襯水仙。其次仍是從外在樣貌著手，「羅襪」句直接化用曹植〈洛神賦〉，此亦賦化表現之明證，寫水仙如洛神仙子凌波微步，又如沐浴於萬頃煙波之中，以美景陪襯水仙。以下則從視覺轉爲嗅覺，寫其香氣襲人，忒煞多情。下片牽引屈原，晉·王嘉《拾遺記》載：「屈原

〔註21〕劉熙載云：「〈離騷〉東一句，西一句，天上一句，地下一句，極開闔抑揚之變，而其中自有不變者存。」〔清〕劉熙載：〈賦概〉，《藝概》，頁88。陳婉儀《漢賦中的「中心」與「四方」書寫及其文化意涵研究》亦將此上下四方作法之來源分爲「楚騷的傳統」及「戰國遊士的傳統」，可參看。陳婉儀：《漢賦中的「中心」與「四方」書寫及其文化意涵研究》（臺北：國立政治大學中國文學研究所碩士論文，2008 年），頁 27～36。

以忠見斥，隱於沅湘……被王逼逐，乃赴清泠之淵。楚人思慕，謂之水仙。」〔註22〕指出屈原有水仙之別號，並以慣用之香花香草傳統，認爲水仙亦應成爲屈原寫作題材。其次則寫水仙枝葉受風雨吹拂搖動，憔悴淒迷。詞人大肆聯想，憶起曾有〈水仙操〉之曲。進而連結〈招魂〉，並以水仙外貌如金杯銀臺〔註23〕，聯想屈原「眾人皆醉我獨醒」〔註24〕之孤獨心境。

　　摹寫物態，曲曲折折，務求物無隱貌；巧爲連結，反反覆覆，必使蒐羅殆盡。辛棄疾以水仙爲中心，向外輻射，不論樣貌、姿態、所處環境、相關樂曲、傳說、別稱，均拉雜運用，期能窮變聲貌。正符合劉熙載所云：「賦家主意定則群意生……皆由屈子先有主意，是以相形相對者，皆若沓然偕來，拱向注射之耳。」又云：「《周南・卷耳》四章，只『嗟我懷人』一句是點明主意，餘者無非做足此句。」〔註25〕此詞即以水仙爲主意，其餘意象皆「沓然偕來，拱向注射之」，對單一特點作局部放大及推衍。

（二）鋪排對偶

　　對偶並非賦體所獨專，然他類文體卻未有如賦體如此大量鋪排對偶者。其次，對句依句數可分爲單句對、隔句對、複句對等〔註26〕。詩體如絕句、律詩等因限於體裁，多數僅有單句對，且句數亦固定不可變動；賦體與詞體則因字數自由或可選擇相應詞牌，因此三類

〔註22〕〔晉〕王嘉：《拾遺記》（臺北：世界書局，1988 年景印《摛藻堂四庫全書薈要》本），冊 278，卷 10，頁 52。

〔註23〕楊萬里〈千葉水仙花序〉云：「世以水仙爲金盞銀臺，蓋單葉者其中眞有一酒盞，深黃而金色。」〔宋〕楊萬里著：〈千葉水仙花序〉，傅璇琮等編：《全宋詩》（北京：北京大學出版社，1998 年），冊 42，卷 2303，頁 26459。

〔註24〕〔戰國〕屈原著：〈漁父〉，〔宋〕洪興祖注：《楚辭補注》（臺北：頂淵文化，2005 年），頁 179。

〔註25〕〔清〕劉熙載：〈賦概〉，《藝概》，頁 98。

〔註26〕何沛雄：〈六朝駢賦對句形式初探〉，《漢魏六朝賦論集》（臺北：聯經出版事業公司，1990 年），頁 181。

對偶形式皆可使用，句數亦可靈活運用，此亦賦體與詩體於對偶相異之處。徐柚子《詞範》即云：「詞有三字至七字對偶句，亦從漢唐詩賦與六朝駢體承襲而來。」〔註27〕第三，領字所引起之流水對，詩體同樣受限於體裁侷限，僅賦體與詞體可使用〔註28〕，此三點乃詩、詞、賦三類文體於對偶上之差異。

徐柚子《詞範》針對唐五代之詞與宋詞之對偶作比較，從而指出：

> 唐五代之詞，本不講求對偶，白居易之〈望江南〉三四兩句『日出江花紅勝火，春來江水綠如藍』，不僅不對，而且兩句重複一『江』字。……溫庭筠詞「過盡千帆皆不是，斜暉厭厭（他本多作默默）水悠悠」，都不對偶。至宋以來，〈望江南〉三四兩句必對。又如〈浣溪沙〉韋莊詞後闋一二兩句『暗想玉容何所似，一枝春雪凍梅花』，亦不對偶，而後來必對。〔註29〕

可見詞體初興之際，並不講究偶對，而是受賦體影響（尤其是律賦，律賦對偶情形詳見本文第二章），始開始注意對偶，而賦體影響詞體最顯著之處，即在於隔句對及領字所引起之流水對。

賦家受鋪陳精神影響，往往於運用對偶時，亦大量連用，期使於羅列名物之情形下，造成協調之對稱美感。當句對之對偶出現頻率過於頻繁，複句對之數量則較爲少見，且此二類不易看出文體間之影響，故下文將以隔句對及以領字引起之對偶爲主要討論對象。辛棄疾詞中，類似律賦隔句對者如〈沁園春〉：

〔註27〕徐柚子：《詞範》（上海：華東師範大學出版社，1993 年），頁 8。
〔註28〕李嘉瑜指出：「律詩的對句多屬於兩句爲一聯的定格，在形式上是無法形成領字的，不過這種齊言的詩句中亦出現一種相當於領字成分的詞組，……只是這種以虛字引起的流水對，由於組合在齊言的對句中，和柳詞長調中使用的領字仍有一定程度的歧異。」李嘉瑜：〈論「以賦爲詞」的形成——以柳永、周邦彥詞爲例〉，《國立編譯館館刊》第 29 卷第 1 期（2000 年 6 月），頁 142。
〔註29〕徐柚子：《詞範》，頁 65。

一水西來，千丈晴虹，十里翠屏。喜草堂經歲，重來杜老，
斜川好景，不負淵明。老鶴高飛，一枝投宿，長笑蝸牛戴
屋行。平章了，待十分佳處，著箇茅亭。　　青山意氣崢
嶸。似爲我歸來嫵媚生。解頻教花鳥，前歌後舞，更催雲
水，暮送朝迎。酒聖詩豪，可能無勢，我乃而今駕馭卿。
清溪上，被山靈卻笑：白髮歸耕。(頁353)

賦體作隔句對者如宋・蘇軾〈赤壁賦〉：「浩浩乎如憑虛御風，而不
知其所止；飄飄乎如遺世獨立，羽化而登仙。」〔註30〕採用隔句對
作法，字句長短可自由伸縮，端視作者需要。此詞「草堂經歲，重
來杜老，斜川好景，不負淵明」及「頻教花鳥，前歌後舞，更催雲
水，暮送朝迎」，均爲四言隔句對，辛棄疾其他隔句對者如〈滿江紅〉
(漢水東流，頁45)：「腰間劍，聊彈鋏。尊中酒，堪爲別。」亦爲
相同情形。律詩或絕句之對仗，受限於字數必須固定爲五言或七言，
無法長短其詞；而詞體雖不若賦體自由，然詞人遣詞用字可依字數
之實際需求，選擇不同詞牌以長短其詞，仍較詩體有彈性，限制相
對寬鬆許多。清・沈祥龍《論詞隨筆》云：「詞中對句，貴整鍊工巧，
流動脫化，而不類於詩賦。」〔註31〕言「不類於詩賦」，即指出詞之
對偶介於詩、賦之中間地帶，可爲詩體之齊整，亦能達賦體之流暢，
故注重整鍊工巧，同時又強調流動脫化。

　　辛棄疾詞大量採用對偶，然如〈水調歌頭〉則全爲單句對：
十里深窈窕，萬瓦碧參差。青山屋上，流水屋下綠橫溪。
眞得歸來笑語，方是閒中風月，剩費酒邊詩。點檢笙歌了，
琴罷更圍棋。　　王家竹，陶家柳，謝家池。知君勳業未
了，不是枕流時。莫向癡兒說夢，且作山人索價，頗怪鶴
書遲。一事定嗔我，已辦北山移。(頁497)

全詞十九句，其中對偶句數高達十一句，超過半數，此詞對偶雖多，

〔註30〕〔宋〕蘇軾：〈赤壁賦〉，〔清〕陳元龍編：《御定歷代賦彙》(京都：
　　　　中文出版社，1974年)，上集，頁339。
〔註31〕〔清〕沈祥龍：《論詞隨筆》，見唐圭璋編：《詞話叢編》，冊5，頁
　　　　4051。

卻全爲單句對，雖有賦體大量運用對偶氣味，然受賦體影響反不如上述所引〈沁園春〉明顯，足以視爲對照之例。

另外以領字引起之對偶者，律賦如北周・庾信〈哀江南賦序〉有「是知并吞六合，不免軹道之災；混一車書，無救平陽之禍」、「況覆舟楫路窮，星漢非乘槎可上；風飈道阻，蓬萊無可到之期」〔註32〕。辛棄疾詞則有〈沁園春〉：

> 甚雲山自許，平生意氣；衣冠人笑，抵死塵埃。……
> 要小舟行釣，先應種柳；疏籬護竹，莫礙觀梅。（頁92）

> 甚長年抱渴，咽如焦釜，於今喜睡，氣似犇雷。……
> 況怨無小大，生於所愛，物無美惡，過則爲災。（頁386）

> 更高陽入謁，都稱齏臼，杜康初筮，正得雲雷。……
> 記醉眠陶令，終全至樂，獨醒屈子，未免沈菹。（頁387）

律詩頷聯、腹聯因格式限制，必定兩兩對仗，較無彈性；然詞體多數並無刻意規範，詞人可自由選擇是否作隔句對，如上述所引〈沁園春〉詞上片四至七句，及下片三至六句，均爲以領字所引起之隔句對，上下片均如此。然同爲〈沁園春〉詞，辛棄疾卻亦有不同作法，如：

> 被東風吹墮，西江對語；急呼斗酒，旋拂征埃。……
> 記我行南浦，送君折柳；君逢驛使，爲我攀梅。（頁93）

> 正驚湍直下，跳珠倒濺；小橋橫截，缺月初弓。……
> 似謝家子弟，衣冠磊落；相如庭戶，車騎雍容。（頁376）

二例上片均爲單句對，下片卻爲隔句對，與前文所引上下片均爲隔句對作法不同。要之，詞體既能選擇句數相等之齊言句，營造齊整之美感；亦可採用句數錯綜之雜言句，發揮縱橫之氣勢，如何運用，全視作者需要，作法極富彈性，超越詩體之表現能力。

另外需注意處，乃是詞牌與對偶之關係。由於詞牌句數各不相

〔註32〕〔北周〕庾信：〈哀江南賦〉，〔清〕陳元龍編：《御定歷代賦彙》，外集，頁1911。

等，某些詞牌由於詞體句數相同，因此特別適合對仗，而某些詞牌之特殊格式，更是容易促使詞人於該處使用對偶。如本文所引之〈沁園春〉既適合隔句對，亦能作為單句對使用。〈水調歌頭〉上片之一、二句，五、六句，八、九句，下片之一至三句，六、七句，九、十句，同樣適合對仗；然而不論上下片，由於可作對偶之句數中間（如上片之三、四句、七句）均隔開其他對句，因此〈水調歌頭〉即不如〈沁園春〉可隨意選擇是否使用隔句對，此亦詞體句數之限制。其他以領字引起對偶之詞牌如〈行香子〉：「看北山移，盤古序，輞川圖。」（頁476）〈雨中花慢〉：「悵溪山舊管，風月新收。明便關河杳杳，去應日月悠悠。」（頁 480）等。鼎足對者如〈水調歌頭〉：「喚雙成，歌弄玉，舞綠華。」（頁 7）「破青萍，排翠藻，立蒼苔。」（頁 115）「醉淋浪，歌窈窕，舞溫柔。」（頁 200）〈行香子〉：「恨夜來風，夜來月，夜來雲。」、「放雲時陰，雲時雨，雲時晴。」（頁 328）「奈一番愁，一番病，一番衰。」、「算不如閑，不如醉，不如癡。」（頁 365）等等。由上述諸例可發現，辛棄疾於賦化詞作中之對偶情形相當顯著。

（三）堆疊典故

本文第三章曾分析：宋詞大量堆砌典故，就內在因素而言，乃是由於宋人以才學為詩、以才學為賦等以才學發揚文采之手段；就外在因素而言，則是詞體受到賦體鋪陳精神影響。而以詩、賦之用典相較，賦體好堆砌事典以凸顯賦作主旨，務求盡善盡美；詩體卻要求典故運用恰到好處，並不刻意求多。其次，詩體用典並不特別揀擇，重在貼切；賦體則避俗求雅，務為典麗。此乃詩、賦用典之大概。

梁・劉勰《文心雕龍・事類》認為典故乃前人智慧結晶，揚雄、班固等賦家更是大為採用：

> 夫經典沈深，載籍浩瀚，實群言之奧區，而才思之神皋也。
> 揚班以下，莫不取資，任力耕耨，縱意漁獵，操刀能割，
> 必裂膏腴。是以將贍才力，務在博見，狐腋非一皮能溫，
> 雞蹠必數千而飽矣。是以綜學在博，取事貴約，校練務精，

揖理須覈，眾美輻輳，表裡發揮。〔註33〕

指出典故若運用妥當，則能收「眾美輻輳，表裡發揮」之效。簡宗梧分析賦家創作態度之改變，乃是由於「施展的空間」及「欣賞者」不同所導致，簡氏云：

> 到了東漢，專業賦家失去他們原本的表演舞臺，欣賞者不再是驕奢的帝王，而是同受語文訓練的文人墨客，同是飽讀詩書的士子才人。他們欣賞賦篇，不再是聽人朗誦，而是自行閱讀吟詠，因此他們不免斟酌經辭、鎔鑄故實，一則以增加美感的密度，再則以顯示其學博才高，所以《文心雕龍·時序》說：「中興之後，群才稍改前轍，華實所附，斟酌經辭，蓋歷政講聚，故漸靡儒風者也。」賦家也就逐漸走上「捃摭經史，華實布濩，因書立功」路子。
>
> 當然這種修辭方式的改變，也是愛奇好異的心理使然，他們應用換喻或隱喻以求新變，這些隱喻材料之所以能成爲共同的媒介，是建立在對這些材料有共同認知的基礎上，而能建立這種認知，是以熟悉經史爲先決條件。在言語侍從奏賦的時代，作者與讀者之間，缺乏共同熟悉的典籍爲認知基礎，所以做爲御用文人也就不敢賣弄這方面材料而肆其發揮。到言語侍從沒落之後，賦的作者與讀者，同是長期濡染於典籍與語言訓練的讀書人，於是賦篇逐漸從「巧爲形似之言」的講求，轉到把語意隱藏在典故之下以求新奇的道路，也就不難理解了。〔註34〕

透過簡氏分析，可知搬用經典，堆砌故實，具有「增加美感密度」及「顯示才高學博」之目的。而讀者身份之轉換，亦促使賦體所關注之焦點，由對外貌型態之講求，轉爲隱藏語意以追求新奇，凡此，皆相當程度的促進典故於賦中之發達現象。與此相應，不論爲「增加美感密度」、「顯示才高學博」之目的，或是關注焦點之變更，詞體之用典

〔註33〕〔梁〕劉勰：〈事類〉，《文心雕龍讀本》，頁170。
〔註34〕簡宗梧：〈賦的可變基因與其突變－兼論賦體蛻變之分期〉，《逢甲人文社會學報》第12期（2006年6月），頁12～13。

數量，確實亦相對增加〔註35〕。

　　辛棄疾用典數量之多，據陳淑美統計，高達 1677 條〔註36〕，平均每首用典二至三次，兩宋詞壇殆無其比。清·吳衡照《蓮子居詞話》亦云：

> 辛稼軒別開天地，橫絕古今。論、孟、詩小序、左氏春秋、南華、離騷、史、漢、世說、選學、李杜詩，拉雜運用，彌見其筆力之峭。〔註37〕

可知辛棄疾不僅運用數量豐富，取材之來源亦相當廣泛，經、史、子、集均曾取以爲詞。詩有反對用典者，賦則多爲贊成；賦家以鋪陳典故爲慣用伎倆，而辛棄疾堆砌典故，宛然〈恨賦〉者如〈賀新郎〉：

> 綠樹聽鵜鴂。更那堪、鷓鴣聲住，杜鵑聲切。啼到春歸無尋處，苦恨芳菲都歇。算未抵、人間離別。馬上琵琶關塞黑，更長門、翠輦辭金闕。看燕燕，送歸妾。　　將軍百戰身名裂。向河梁、回頭萬里，故人長絕。易水蕭蕭西風冷，滿座衣冠似雪。正壯士、悲歌未徹。啼鳥還知如許恨，料不啼清淚長啼血。誰共我，醉明月。（頁 526～527）

起首以三種禽鳥之啼聲悲苦，帶起離情愁緒。之後隨即連續疊用昭君和親、漢武帝陳皇后失寵、莊姜送別戴嬀、李陵餞別蘇武、荊軻告別燕太子丹五個事典，反覆述說離別之難分難捨，藉以呼應現實與族弟之分別。此種作法，與江淹〈恨賦〉、〈別賦〉以一特定主旨爲中心，堆疊一系列同性質之歷史典故相當一致，因此歷代評論家多認爲此詞與賦體相當接近，如：

〔註35〕由於詞體雅化之發展，詞體逐漸偏離音樂藝術，而逐漸向案頭文學傾斜，因此用典數量遂逐漸提升。請參見陳福升：〈論詞中用典與唐宋詞的發展〉，《內蒙古社會科學》2003 年第 24 卷第 3 期，頁 106～107。

〔註36〕陳淑美：《稼軒詞用典分類研究》（臺北：臺灣大學中國文學研究所碩士論文，1967 年），頁 5～47。

〔註37〕〔清〕吳衡照：《蓮子居詞話》，見唐圭璋編：《詞話叢編》，冊 3，卷 1，頁 2408。

此盡是集許多怨事，全與李太白〈擬恨賦〉手段相似。
〔註38〕

稼軒……「誰共我，醉明月」，恨賦也。皆非詞家本色。
〔註39〕

羅列古人許多離別，如讀文通別賦，亦創格也。〔註40〕

李白之〈擬恨賦〉亦是效法江淹〈恨賦〉，故追本溯源，此詞實爲模仿江淹賦作。言非詞家本色，言創格，均是著眼於突破詞體既有表現能力，而向賦體靠攏之顯著創作手法，不論爲此詞之鋪陳精神，或對賦作之仿擬，皆透露出辛棄疾刻意賦化之痕跡，此詞實乃辛棄疾以賦爲詞最明顯例證之一。

辛棄疾亦有應用特定對象之典故，連續堆疊作鋪敘者，如〈六幺令〉：

酒群花隊，攀得短轅折。誰憐故山歸夢，千里蓴羹滑。便整松江一棹，點檢能言鴨。故人歡接。醉懷雙橘，墮地金圓醒時覺。　　長喜劉郎馬上，肯聽詩書說。誰對叔子風流，直把曹劉壓。更看君侯事業，不負平生學。離觴愁怯。送君歸後，細寫茶經煮香雪。（頁122）

刻意揀擇，疊用陸機、陸龜蒙、陸績、陸抗、陸贄、陸羽等陸氏典故，即是因詞作乃送別友人陸德隆之故。更難能可貴處在於：典故全爲正面意義，且能切合主旨，或肯定陸德隆之侍親東歸，或稱許其機智與才學，或讚揚其孝順等，典故不再冰冷而帶有人情味。蔣哲倫〈隱喻思維與辛詞的用典〉認爲用典著重：「關注歷史與現實人事之間的內在關聯，即所謂『據事以類義，援古以證今』，其著眼點全在於古今事象間的意義溝通，故而在形象思維中也常摻雜了邏輯

〔註38〕〔宋〕陳模：《懷古錄》，見鄧子勉編：《宋金元詞話全編》（南京：鳳凰出版社，2008年），冊中，頁1451。

〔註39〕〔清〕劉體仁：《七頌堂詞繹》，見唐圭璋編：《詞話叢編》，冊1，頁619。

〔註40〕〔清〕許昂霄：《詞綜偶評》，同前註，冊2，頁1556。

思考的成份，這又是它區別於一般隱喻思維的表徵。」〔註41〕辛棄疾此即結合歷史典故與現實人事，將原本完全不相干之典故，串連至一處，溝通彼此，典故之安排，經過深思熟慮，使全詞融洽而相安。

　　清‧劉熙載《藝概》云：「賦起於情事雜沓，詩不能馭，故爲賦以鋪陳之。斯於千態萬狀，層見迭出者，吐無不暢，暢無或竭。」〔註42〕明顯指出詩、賦之區別在於「情事雜沓，詩不能馭」，因此需要賦體之鋪陳手法，以刻劃宇宙，管領萬物，期使能突破原本詩體、詞體無法摹寫之景況，達到窮形盡相、物無隱貌之境界。此即辛棄疾遍閱前人詞作，經過一番深思熟慮之寫作策略。

第二節　想像出奇

　　賦體具有色彩濃烈之虛構性質，自屈原起，即已肆其想像，〈離騷〉上天入地，四處求索，虛構各種物事，廣泛類推，使讀者亦馳騁於此虛構之世界，心醉神迷。漢賦作家承襲此項特色，司馬相如之〈子虛賦〉、〈上林賦〉等賦作，同樣逞其才思，臚列天地奇觀，五花八門，使人心折於賦家迷離之幻境中。鍾仕倫〈漢大賦虛構性略述〉認爲漢賦虛構性之形成，不僅滿足帝王，同時亦滿足作者本人，鍾氏云：

> 他們可以馳騁自己的想像力去創造一種虛幻的世界以滿足帝王們在現實世界中所不能滿足的那一部分需要。他們以語言符號不斷向外征服客觀世界的同時，也向內開掘了自己的審美心理結構，構建起藝術創造所必需的自由思維和想像的空間。在作賦時，他們憑藉著內心所具有的審美激情，專注在自己的對象上，其審美注意的中心放在作品的虛構性和感染力上面。〔註43〕

〔註41〕蔣哲倫：〈隱喻思維與辛詞的用典〉，《詞別是一家》（上海：上海社會科學院出版社，2005 年），頁 195。
〔註42〕〔清〕劉熙載：〈賦概〉，《藝概》，頁 86。
〔註43〕鍾仕倫：〈漢大賦虛構性略述〉，收入熊良智主編：《辭賦研究》（北京：商務印書館，2006 年），頁 99。

不論是以侍從之臣身份，創造奇幻世界以滿足帝王，保障官爵俸祿與名譽地位；或是以炫才文人角度，提高賦作價值以滿足自己，抒發創作欲望及逞才心理，二者均大爲提高賦體之想像能力，進而使賦體內涵更爲豐富。

　　清・劉熙載《藝概》云：「相如一切文，皆善於架虛行危。其賦既會造出奇怪，又會撇入窅冥，所謂『似不從人間來者』此也。至模山範水，猶其末事。」〔註44〕即是有見於司馬相如過人之想像力，能跳脫枯燥單調之敘寫。而辛棄疾運用其奇幻想像以爲詞者，如〈木蘭花慢〉：

　　　　可憐今夕月，向何處，去悠悠。是別有人間，那邊纔見，
　　　　光影東頭。是天外空汗漫，但長風、浩浩送中秋。飛鏡無
　　　　根誰繫，姮娥不嫁誰留。　　謂經海底問無由。恍惚使人
　　　　愁。怕萬里長鯨，縱橫觸破，玉殿瓊樓。蝦蟆故堪浴水，
　　　　問云何、玉兔解沉浮。若道都齊無恙，云何漸漸如鈎。（頁
　　　　408）

詞序乃云：「中秋飲酒將旦，客謂前人詩詞有賦待月，無送月者，因用天問體賦。」可見此詞乃辛棄疾對賦體有心之追摹。梁・劉勰《文心雕龍・神思》云：「文之思也，其神遠矣。故寂然凝慮，思接千載；悄焉動容，視通萬里。」〔註45〕正因詞人充滿豐富之想像，因此對習以爲常之月落，興起月歸何處之疑問，並且帶出「是別有人間，那邊纔見，光影東頭」之驚人想像。清・王國維《人間詞話》云：「稼軒中秋飲酒達旦，用〈天問〉體作〈木蘭花慢〉以送月，曰：「可憐今夜月，向何處、去悠悠。是別有人間，那邊才見，光景東頭。」詞人想像，直悟月輪遶地之理，與科學家密合，可謂神悟。」〔註46〕下片以月經海底發想，而擔心「萬里長鯨，縱橫觸破，玉殿瓊樓。蝦蟆故

〔註44〕〔清〕劉熙載：〈賦概〉，《藝概》，頁92。
〔註45〕〔梁〕劉勰：〈神思〉，《文心雕龍讀本》，頁3。
〔註46〕〔清〕王國維：《人間詞話》，見唐圭璋編：《詞話叢編》，冊5，頁4250。

堪浴水，問云何、玉兔解沉浮」，鯨與月原爲自然界之物，然一經作者巧妙疊合，卻能營造新奇之感，繼而擔心神話中之玉兔不解游水，由月聯想及相關物件，並杞人憂天，爲玉殿瓊樓、玉兔擔憂，可謂無理而妙。

連續疊用疑問句，不僅展現刻意模擬屈原賦作之企圖，奇幻之想像，亦是屈原一貫風格之繼承。想像乃文人必備之武器，創作之法寶，運用得當，可於瞬間穿梭古今，交遊屈、宋、李、杜；亦可置身任何處所，跳躍四海八荒，悠遊於繆思之殿堂。清・劉熙載《藝概》云：「賦之妙用，莫過於「設」字訣，看古作家無中生有處可見。」〔註47〕辛棄疾即靈活設計各式各樣之疑問，妥善將原本衝突之物件，和諧統一的安排於詞中，既顯現其運思之奇妙，亦發揚矛盾之趣味。

古人由於科技不若今日發達，對大自然運行之奧妙，往往無法解釋，然亦因此而產生更多奇幻有趣之想像。辛棄疾詞如〈水調歌頭〉：

> 我志在寥闊，疇昔夢登天。摩挲素月，人世俛仰已千年。有客驂鸞並鳳，云遇青山、赤壁，相約上高寒。酌酒援北斗，我亦虱其間。　　少歌曰：「神甚放，形則眠。鴻鵠一再高舉，天地睹方圓。」欲重歌分夢覺，推枕惘然獨念：人事底虧全？有美人可語，秋水隔嬋娟。（頁437）

詞人以超凡之氣魄，想像登臨天界，賞玩素月，並與李白、蘇軾等頗具豪氣之文人飲酒，所謂志同道合者也。詞中一再化用賦作名句，如「疇昔」句用《楚辭・九章》：「昔余夢登天兮」〔註48〕，「赤壁」則是因蘇軾有前、後〈赤壁賦〉，「酌酒」句用《楚辭・九歌》：「援北斗兮酌桂漿」〔註49〕，少歌用《楚辭・九章》〔註50〕，「鴻鵠」句

〔註47〕　〔清〕劉熙載：〈賦概〉，《藝概》，頁100。

〔註48〕　〔戰國〕屈原著：〈九章〉，〔宋〕洪興祖注：《楚辭補注》，頁124。

〔註49〕　〔宋〕洪興祖：《楚辭補注》，頁76。

〔註50〕　〔宋〕洪興祖：《楚辭補注》，頁139。

用漢・賈誼〈惜誓〉：「黃鵠之一舉兮，知山川之紆曲，再舉兮，睹天地之圓方。」〔註51〕等，且與全詞風格相當貼切，並無突兀之處，顯見賦作詞句之運用，乃經過詞人精心之安排。

左思〈三都賦序〉云：

> 揚雄曰：「詩人之賦麗以則。」班固曰：「賦者，古詩之流也。」先王采焉，以觀土風。見「綠竹猗猗」，則知衛地淇澳之產；見「在其版屋」，則知秦野西戎之宅。　故能居然而辨八方。然相如賦〈上林〉，而引「盧橘夏熟」，楊雄賦〈甘泉〉，而陳「玉樹青蔥」，班固賦〈西都〉，而歎以出比目，張衡賦〈西京〉，而述以遊海若。假稱珍怪，以爲潤色，若斯之類，匪啻于茲。考之果木，則生非其壤；校之神物，則出非其所。於辭則易爲藻飾，於義則虛而無徵。〔註52〕

不僅清楚區分詩、賦於想像與現實間之區別，更印證賦體著重想像力之發揮，而能對現實作有限制之割捨。由《詩經》可知，詩句乃現實之反映；而上述諸賦卻以「假稱珍怪，以爲潤色」爲其慣用技法。故清・劉熙載《藝概》乃云：「賦取乎麗，而麗非奇不顯，是故賦不厭奇。」〔註53〕

內容之奇異新穎，除透露辛棄疾刻意嘗試之實驗精神外，其寫作之精神動機，亦值得發掘。以〈木蘭花慢〉而言，自古至宋即有許多不同形式、風格、特色之賦體，何以辛棄疾填詞送月，卻刻意模仿「天問體」寫作？填詞之時，辛棄疾複因被劾閑居鉛山，其拳拳報國之志，屢遭打擊，故以「天問體」寫作，乃是內心有許多疑問不可解，應有抒寫一腔襟懷之企圖。如由詞作內容檢視，更可引起政治意涵之聯想。「怕萬里長鯨，縱橫觸破，玉殿瓊樓。」或許以月宮之玉殿瓊樓比喻朝廷，而暗指朝中小人橫行。「蝦蟆故堪浴水，問云何、玉兔解沉浮。」蝦蟆、玉兔或以隨世浮沉之輩與忠貞之士

〔註51〕　〔漢〕賈誼：〈惜誓〉，吳雲、李春台校注：《賈誼集校注》（中州：中州古籍出版社，1989 年），頁 6。

〔註52〕　〔晉〕左思：〈三都賦序〉，〔梁〕蕭統編：《文選》，卷 4，頁 74。

〔註53〕　〔清〕劉熙載：〈賦概〉，《藝概》，頁 100。

作對比，謂玉兔不解隨波逐流，恐將難以自免。「若道都齊無恙，云何漸漸如鈎。」則帶有自嘲氣息，認爲自己一身傲骨而能粗得安保，已是幸運；雖則如此，卻又如缺月有所遺憾。復以〈水調歌頭〉爲論，登天摩挲素月爲空間之自由，與李白、蘇軾等文豪援北斗而酌乃時間之超越，詞人別開蹊徑，使時、空均獲得無限自由之超越。飲酒而歌賈誼〈惜誓〉之賦，壯懷逸興原已滿溢，隨即卻又以「夢覺」、「惘然」、「虧全」重申其無限心事。

正由於詞人當時心境，與賦作有相近、暗合之處，因此辛棄疾即引賦入詞，巧妙將詞、賦熔爲一爐。由上述所引二詞可見，辛棄疾有部分詞作深受賦篇影響，不論爲詞句之化用、風格之追摹、體裁之仿效，處處有賦體影響之痕跡。而賦體誇張、奇幻之想像能力，若成功引進詞作之中，確實亦造成無理而妙之奇趣，此不得不歸功於作者精心設計之巧思。

第三節　假設問對

假託人物以進行對話，自屈原始，即有〈卜居〉、〈漁父〉，荀子諸賦，全篇更是以二人對答方式書寫。其後宋玉〈對楚王問〉、〈高唐〉亦援用問答之例，逮及漢代，假設問對已成爲賦體顯著易辨之形式，枚乘〈七發〉、司馬相如〈天子游獵賦〉、班固〈兩都賦〉等均以問對方式進行。簡宗梧〈試論賦體設辭問對之進程〉指出：

> 賦體設辭問對可分三個階段：先秦宮廷暇豫之賦，大多是朝廷口才便捷之優者，暇豫時戲謔逗趣，或迂迴諷喻的對話記錄，是眞有其人的言語侍從與帝王的對話，其賦作即使經過整理修飾，仍保留對問體的形式，並以其爲大宗。到了西漢，由於宮廷待詔的賦家眾多，不太有機會與帝王即席對話，其賦都是「受詔」而作，賦家是以先寫劇本式的書面創作方式進行，所以更需要虛擬人物展開對話。從東漢到六朝，賦不再是口誦耳受的聲音藝術，欣賞者閱讀書面文字，但賦家仍有採「爲主客之分而爲對問之體，以

曼衍其辭」者，乃藉古人代言。所以以虛擬人物展開對話，
是劇本式寫作的產物。當「述主客以首引，極聲貌以窮文」
的作品大量產生，這特徵也就成爲「別詩之原始，命賦之
厥初」的充分條件了。〔註54〕

設辭問對經過三種階段，而有不同之表達樣貌，西漢之後，問答方式
成爲以書面創作爲主之方式。而假設問對之興起，乃因先秦之優者多
與帝王直接交談，言辭若稍有不慎，恐將有殺身之禍，因此採用虛構
之人物對談，將厲害關係推遠，貌似與我無關，不失爲一遠罪避禍之
良方。

　　賦家爲求「情貌無遺」〔註55〕，欲人不能加，因此創作時往往
以鋪陳爲之，此乃賦體顯著特色，本文已再三強調，不再贅述，而賦
家安排以假設問對建築辭賦架構時，鋪敘展衍之精神，亦隨之延伸進
入此種架構之中。如枚乘〈七發〉，全文刻意以問答方式完成，且由
聲音、美食、車乘、游宴、校獵、奇觀、要言妙道等各個層面申論其
理，而值得關注之處，乃爲寫作主旨要言妙道僅爲七事之一，而枚乘
卻堆疊數種足以動人心弦之事物，以作爲對照，並非以一二事略作點
綴，而是求全求備，蒐羅宏富，極力鋪排可供論述之各項物件。在經
由一來一往之反覆對答下，不僅賦作主旨更爲明確，同時亦使賦作篇
幅大爲衍長。

　　詞體原僅爲「『綺筵公子』在『葉葉花箋』上寫下來，交給那些
『繡幌佳人』們『舉纖纖之玉手拍按香檀』去演唱的歌辭而已……詞
在形式方面本來就有一種伴隨音樂節奏而變化的長短錯綜的特美，因
此遂特別宜於表達一種深隱幽微的情思」〔註56〕，如此自然以花前月
下爲主要內容，且初期之詞多隨音樂表達離別、思念之情，詞作多爲
詞人以代言體設想彼此情境，甚至近乎病態的喃喃自語；然自詞體引

〔註54〕簡宗梧著：〈試論賦體設辭問對之進程〉，許結、徐宗文主編：《中國
　　　　賦學》（南京：江蘇教育出版社，2007年），卷1，頁66。
〔註55〕〔梁〕劉勰：〈物色〉，《文心雕龍讀本》，頁302。
〔註56〕葉嘉瑩：《中國詞學的現代觀》，頁7。

入賦體對答之法，詞中人物遂由獨語轉爲二人對話，甚至與禽鳥草木共語，辛棄疾詞如〈沁園春〉：

> 杯汝來前，老子今朝，點檢形骸。甚長年抱渴，咽如焦釜；於今喜睡，氣似犇雷。汝説：「劉伶，古今達者，醉後何妨死便埋。」渾如此，歎汝於知己，眞少恩哉！　　更憑歌舞爲媒。算合作人間鴆毒猜。況怨無小大，生於所愛；物無美惡，過則爲災。與汝成言：「勿留亟退，吾力猶能肆汝杯。」杯再拜，道：「麾之即去，招亦須來。」（頁386）

辛棄疾原另有一用此韻之詞，依詞意判斷，創作時間應當十分相近，詞云：

> 杯汝知乎？酒泉罷侯，鴟夷乞骸。更高陽入謁，都稱齏臼；杜康初筮，正得雲雷。細數從前，不堪餘恨，歲月都將麴蘖埋。君詩好，似提壺卻勸，沽酒何哉。　　君言病豈無媒。似壁上雕弓蛇暗猜。記醉眠陶令，終全至樂；獨醒屈子，未免沈蕾。欲聽公言，懇非勇者，司馬家兒解覆杯。還堪笑，借今宵一醉，爲故人來。（頁387）

題材、作法，甚至用韻雖均相同，然次闋僅爲辛棄疾一人之獨語，不若首闋乃爲辛棄疾與酒杯之對話，因此次闋僅能作爲對照，並非假設問對式之作法。辛棄疾起首即將酒杯擬人化，因縱酒發病而責怪酒杯，且進一步代酒杯作申辯，以放達之劉伶，諭示何妨抱持自由隨性之生活。代爲回覆後，辛棄疾再度以第一人稱埋怨酒杯，不該與歌舞同謀，使詞人如飲鴆毒，無法自拔，並強調過則爲災之理。詞末再度以對話書寫，一方則云：「勿留亟退」，酒杯則以「麾之即去，招亦須來」回答。此詞與〈七發〉作法極爲相近，〈七發〉遍數各式動人心弦之事物，以成就最終主旨之要言妙道；此詞則列舉數種因縱酒所患之疾病，末了宣誓戒酒之意願，卻又以酒杯之回答，暗寓詞人於不得志之情況下，不得不藉飲酒以暫時逃避之憂愁。

　　設辭問對並非詞體傳統，辛棄疾費心採此一形式，自有其用意所在。前文已曾提及，辭賦之假設對話，具有迂迴諷諫之功能，能

張起「虛構」此一保護傘，以避免無妄之災。以〈沁園春〉爲例，詞作以第一人稱發言者，均爲討論飲酒之害，爲虛寫；假設酒杯之對答，方爲辛棄疾實際寫作主旨。酒杯曾兩度發言，首次發言鼓勵辛棄疾效法劉伶。此絕非辛棄疾眞正意志，此次發言，即用於申訴其不肯放縱逃避之心理。再次發言，則以「招亦須來」暗藏玄機。既不願效法劉伶，亦不肯放任飲酒之害，何以又回覆「招亦須來」？此即辛棄疾委婉其詞之表現。辛棄疾屢受彈劾，被迫長期賦閒家居，滿腹牢騷無可發洩，此由次闋之「細數從前，不堪餘恨，歲月都將麴蘗埋。」、「記醉眠陶令，終全至樂；獨醒屈子，未免沈菑。」亦可略見其意。此處答覆「招亦須來」，乃是設想後日或又有無可奈何之事，不得不飲，詞句背後隱藏許多酸處與無奈。

　　辛棄疾除此詞外，尚有因賈誼〈鵩鳥賦〉著題，而採對答方式寫作者，如〈六州歌頭〉：

> 晨來問疾，有鶴止庭隅。吾語汝：「只三事，太愁余：病難扶，手種青松樹，礙梅塢，妨花逕，纔數尺，如人立，却須鋤。秋水堂前，曲沼明於鏡，可燭眉鬚。被山頭急雨，耕壟灌泥塗。誰使吾廬，映污渠？歎青山好，簷外竹，遮欲盡，有還無。刪竹去？吾乍可，食無魚。愛扶疎，又欲爲山計，千百慮，累吾軀。凡病此，吾過矣，子奚如？」口不能言臆對：「雖盧扁藥石難除。有要言妙道，往問北山愚，庶有瘳乎。」（頁428）

起首即用漢・賈誼〈鵩鳥賦〉「有鵩鳥飛入誼舍，止於坐隅」[註57]說明創作之由，並將鶴擬人化，多情的以鶴止庭隅乃爲探病。其次以松妨花逕、泥塗污渠、竹遮青山等三事向鶴埋怨。末則代鶴設想，「口不能言臆對」同樣化用〈鵩鳥賦〉「鵩乃歎息，舉首奮翼，口不能言，請對以臆」[註58]之命意，而鶴所回答之「要言妙道」則明

[註57]　〔漢〕賈誼：〈鵩鳥賦〉，〔清〕陳元龍編：《御定歷代賦彙》，下集，頁 1764。
[註58]　同前註。

顯採自〈七發〉。此詞不論爲體裁格式、以數事鋪排成文、或直接取用〈鵬鳥賦〉、〈七發〉等,詞作賦化痕跡均相當明顯,對照於晚唐五代北宋之詞,以問答作架構,仿擬賦作列舉數事者,辛棄疾之外,殆無其匹。

　　唐・劉知幾《史通》云:「自戰國以下,詞人屬文,皆僞立客主,假相酬答。至於屈原〈離騷〉辭,稱遇漁父於江渚;宋玉〈高唐賦〉,云夢神女於陽臺。」〔註59〕如同荀賦、〈七發〉等,一問一答之作法,實爲辛棄疾獨具之賦化表現。北宋柳永雖已開賦化風氣,然僅止於鋪陳描寫。蘇軾以賦爲詞之貢獻,乃爲於詠物詞中引進不即不離作法,遠承荀賦謎語式書寫;然亦僅止於獨語式之單向寫作,而非雙向之對答體。周邦彥爲北宋以賦爲詞之集大成者,然其詞更是與設辭問對無涉。是故假設問對乃爲辛棄疾以賦爲詞之絕技。

第四節　模擬仿效

　　賦體發展,經先秦至兩宋,其間有部分篇章成爲典範,亦有賦家受後人有心之仿效。因愛賞而稱引賦家,並非辛棄疾專利,如姜夔詞集即好引庾信〔註60〕,劉乃昌〈論賦對宋詞的影響〉亦指出:「宋代詞人仿效辭賦體制,步武其風情遺韻者亦所在多有。」〔註61〕辛棄疾詞中往往爲搭配詞意而搬弄賦篇,如〈江神子〉有「當年綵筆賦〈蕪城〉」(頁167),〈山鬼謠〉有「誦我〈遠遊〉賦」(頁176),〈沁園春〉

〔註59〕〔唐〕劉知幾著,〔清〕浦起龍注釋,白玉崢校點:《史通通釋》(臺北:藝文印書館,1978年),頁477。

〔註60〕檢索姜夔詞作,如〈霓裳中序第一〉有「幽寂。亂蛩吟壁。動庾信、清愁似織。」句、〈齊天樂〉有「庾郎先自吟愁賦。淒淒更聞私語。」句、〈卜算子〉有「憶別庾郎時,又過林逋處。」句;另,其〈長亭怨慢〉:「樹若有情時,不會得、青青如此。」亦是化用庾信〈枯樹賦〉:「昔年種柳,依依漢南;今看搖落,淒愴江潭;樹猶如此,人何以堪!」白石詞序即自云:「此語予深愛之。」可見姜夔對庾信之喜愛。見〔宋〕姜夔著,陳書良箋注:《姜白石詞箋注》(北京:中華書局,2009年),頁11、164、244、97。

〔註61〕劉乃昌:〈論賦對宋詞的影響〉,《文史哲》1990年第5期,頁86。

有「試高吟楚些，重與〈招魂〉。」（頁 233），〈賀新郎〉有「須更把，〈上林〉寫」（頁 311），〈賀新郎〉有「兒曹不料揚雄賦。怪當年、〈甘泉〉誤說，青蔥玉樹。」（頁 380），例多不勝枚舉，此皆辛棄疾好用賦篇之證據。而辛棄疾對賦體文學之模擬仿效可分爲：對賦家之醉心追摹、對賦作之刻意仿擬、對字句之化用移植等，以下依序論述。

（一）對賦家之醉心追摹

辛棄疾對賦家之心醉追摹者，可以屈原及司馬相如爲代表。仿擬屈原者如〈賀新郎〉下片：

> 靈均千古〈懷沙〉恨。記當時、匆匆忘把，此仙題品。煙雨淒迷僝僽損，翠袂搖搖誰整。謾寫入、瑤琴〈幽憤〉。弦斷〈招魂〉無人賦，但金杯的皪銀台潤。愁殢酒，又獨醒。
>
> （頁 135）

此詞詠水仙，由於屈原投汨羅江而死，楚人謂之「水仙」，因此辛棄疾即以屈原典故結合所詠之水仙，之後直接用〈招魂〉，或是化用「眾人皆醉我獨醒」爲句，均相當明顯爲屈原作品。其他如〈喜遷鶯〉下片：「休說。搴木末。當日靈均，恨與君王別。心阻媒勞，交疏怨極，恩不甚兮輕絕。千古〈離騷〉文字，芳至今猶未歇。都休問，但千杯快飲，露荷翻葉。」（頁 499）〈西江月〉：「八萬四千偈後，更誰妙語披襟。紉蘭結佩有同心。喚取詩翁來飲。　　鏤玉裁冰著句，高山流水知音。胸中不受一塵侵。卻怕靈均獨醒。」（頁 503）等皆是用屈原典故，並化用屈賦成句。清・劉熙載《藝概》云：「《屈原傳》曰：『其志潔，故其稱物芳。』《文心雕龍・詮賦》曰：『體物寫志。』余謂志因物見，故《文賦》但言『賦體物』也。」〔註62〕即是著眼於作者擅以香花香草等典型物件，表達其忠貞不二之故，辛棄疾好引屈原，正與其志向高潔有關。

引用司馬相如入詞，於辛棄疾集中更是屢見不鮮，如〈摸魚兒〉（更能消幾番風雨，頁 66）、〈小重山〉（旋製離歌唱未成，頁 134）、

〔註62〕〔清〕劉熙載：〈賦概〉，《藝概》，頁 96。

〈沁園春〉（疊嶂西馳，頁 376）、〈賀新郎〉（聽我三章約，頁 473）、
〈漢宮春〉（亭上秋風，頁 542）等均曾引用，〈沁園春〉（我醉狂吟，
頁 292）更直接以司馬相如之生平勉勵友朋；他如〈踏莎行〉（夜月
樓臺，頁 264）引用宋玉；〈卜算子〉（夜雨醉瓜廬，頁 491）引用揚
雄，並套用〈子虛賦〉等，均可見辛棄疾引賦家入詞之現象。其中
〈摸魚兒〉引賦家入詞，最爲切合詞情，詞云：

> 更能消、幾番風雨。匆匆春又歸去。惜春長怕花開早，何
> 況落紅無數。春且住。見說道、天涯芳草無歸路。怨春不
> 語。算只有殷勤，畫簷蛛網，盡日惹飛絮。　　長門事，
> 準擬佳期又誤。蛾眉曾有人妒。千金縱買相如賦，脈脈此
> 情誰訴。君莫舞。君不見、玉環飛燕皆塵土。閒愁最苦。
> 休去倚危欄，斜陽正在，煙柳斷腸處。（頁 66）

下片引用司馬相如〈長門賦〉，借古諷今，「長門事」五句，取材漢孝
武帝陳皇后故事，屬於詞語上之化用；「君莫舞」以下，有暗寓南宋
國勢之用心，乃是用柔性典故寫其陽剛不平之氣，詞情所反射之詞人
胸襟，則接近屈原之憂懷國事。劉永濟《唐五代兩宋詞簡析》即云：
「觀結尾之意，可知所惜之春非止一身之遭遇，實乃身、世雙關。此
詞頗似屈子〈離騷〉。蓋讒諂害明，賢人失志，爲古今所同慨也。」
〔註63〕認爲此詞確有諷刺之意，並直言與〈離騷〉精神相似之處，此
乃屬於詞情之步武。

（二）對賦作之刻意仿擬

對賦作之刻意仿擬者可分爲兩類，一類是辛棄疾已於詞序標舉有
取用仿擬者，如〈山鬼謠〉（問何年此山來此）、〈水龍吟〉（昔時曾有
佳人）。另一類則未於詞序明言，然詞句及詞情卻明顯仿效辭賦作品
者，如〈水龍吟〉（聽兮清珮瓊瑤些）、〈千年調〉（左手把青霓）等，
均可於詞作中探尋種種仿擬辭賦之痕跡。

〔註63〕劉永濟：《唐五代兩宋詞簡析》（北京：中華書局，2007 年），頁 82。

1、詞序已明言仿擬

賦兼才學，而積學足以廣才，良好的學習、化用，確實能使作品高出眾表，清・陳廷焯《白雨齋詞話》即認爲溫庭筠由於善於學習〈離騷〉，因此能「獨絕千古」，成爲「古今之極軌」〔註64〕。明・楊愼《詞品》於指出歐陽脩「『草薰風暖搖征轡』乃用江淹〈別賦〉『閨中風暖，陌上草薰』之語也。」後，更進一步認爲「塡詞雖於文爲末，而非自選詩、樂府來，亦不能入妙。」〔註65〕二家均不排斥良好之化用及仿擬。

辛棄疾於詞序直接明言取用仿擬辭賦者，如〈山鬼謠〉：

> 問何年，此山來此，西風落日無語。看君似是羲皇上，直作太初名汝。溪上路。算只有、紅塵不到今猶古。一杯誰舉。笑我醉呼君，崔嵬未起，山鳥覆杯去。　　須記取。昨夜龍湫風雨。門前石浪掀舞。四更山鬼吹燈嘯，驚倒世間兒女。依約處。還問我、清遊杖屨公良苦。神交心許。待萬里攜君，鞭笞鸞鳳，誦我〈遠遊賦〉。（頁176）

詞序云：「雨巖有石，狀怪甚，取〈離騷〉、〈九歌〉，名曰〈山鬼〉，因賦〈摸魚兒〉，改今名。」詞人爲怪石命名，乃是用〈九歌〉中「山鬼」典故，然此僅交代寫作動機及詞牌命名因由，未足以稱奇。內容寫雨巖怪石所透顯之歲月痕跡及冷淡天然性質，辛棄疾以其浪漫之思，不僅寫怪石外貌、猜想怪石身世，並繼續設想原無生命之怪石，經詞人命名爲「山鬼」後，種種光怪陸離之神奇事蹟。全詞充滿詞人浪漫之想像，誇張之描寫，末篇甚至要和「山鬼」乘駕鸞鳳，吟誦〈遠遊〉而萬里遨遊。詞人嚮往解脫，不願受拘束之心境，與屈原〈遠遊〉期望突破拘限，到達自由、超越之國度，於詞境、作法均有刻意模擬之狀況存在。

除〈山鬼謠〉外，〈水龍吟〉詞序亦云：「愛李延年歌、淳于髡語，

〔註64〕〔清〕陳廷焯：《白雨齋詞話》，見唐圭璋編：《詞話叢編》，冊4，頁3777、3778。
〔註65〕〔明〕楊愼：《詞品》，見唐圭璋編：《詞話叢編》，冊1，頁438。

合爲詞，庶幾〈高唐〉、〈神女〉、〈洛神〉賦之意云。」詞云：

> 昔時曾有佳人，翩然絕世而獨立。未論一顧傾城，再顧又傾
> 人國。寧不知其，傾城傾國，佳人難得。看行雲行雨，朝朝
> 暮暮，陽臺下，襄王側。　　堂上更闌燭滅。記主人、留髠
> 送客。合尊促坐，羅襦襟解，微聞薌澤。當此之時，止乎禮
> 義，不淫其色。但啜其泣矣，啜其泣矣，又何嗟及。（頁360）

辛棄疾自敘因喜愛李延年〈北方有佳人〉、《史記‧滑稽列傳》所載淳
于髠回答齊威王之語，因此取之以爲詞，而以〈高唐〉、〈神女〉、〈洛
神〉等賦爲指標。上片寫一傾城傾國之絕世佳人，並套用〈高唐賦〉
成句，重點在寫佳人之情態。下片寫佳人之多情，及君子好色而止乎
禮義，使得佳人無奈啼泣。全詞圍繞該傾城傾國之絕世美女，其翩然
獨立之形象，透過辛棄疾之描繪，顯得相當立體而鮮明，詞作亦確實
達到辛棄疾所設定以〈神女〉、〈洛神〉等賦爲極軌之目標。

2、詞作可檢視仿擬

　　楊海明《唐宋詞美學》分析文體間之相互影響時認爲：「從這一
角度出發，我們即可將詞中的『變體』視爲詩、文等其他文體對詞進
行『滲透』的結果。」〔註66〕文體之影響，往往是雙方面齊頭並進，
詩、賦等文體既可能對詞進行滲透，詞體亦可能主動汲取詩、賦之養
分。詞作借鑒賦體作品，最主要之判斷準據，仍必須以詞作內容爲依
歸。

　　辛棄疾未於詞序明言，然詞作內容明顯仿效辭賦者，如〈水龍
吟〉：

> 聽兮清佩瓊瑤些。明兮鏡秋毫些。君無去此，流昏漲膩，
> 生蓬蒿些。虎豹甘人，渴而飲汝，寧猿猱些。大而流江海，
> 覆舟如芥，君無助，狂濤些。　　路險兮山高些。塊予獨
> 處無聊些。冬槽春盎，歸來爲我，製松醪些。其外芳芬，
> 團龍片鳳，煮雲膏些。古人兮既往，嗟予之樂，樂簞瓢些。
> （頁355）

〔註66〕楊海明：《唐宋詞美學》（鎭江：江蘇大學出版社，2010年），頁289。

辛棄疾仿效之處，首先於句末刻意「重複」押「些」字爲韻，如同〈招魂〉；其次於句中刻意摻入「兮」字，這兩點均營造出騷賦特有之用韻及句法。更重要者，乃是內容之仿擬，辛棄疾描寫瓢泉，不僅刻意用賦作名句，如虎豹二句化用〈招魂〉，松醪句可追溯蘇軾之〈中山松醪賦〉等；詞情更是充滿騷賦之浪漫風格與神奇想像，如辛棄疾以「君無去此，流昏漲膩」、「虎豹甘人，渴而飲汝，寧猿猱些」、「覆舟如芥，君無助，狂濤些」等盼望瓢泉能保有良善的本質，與屈原潔身自愛之精神一致。明・楊愼《詞品》即評爲：「小詞中〈離騷〉。」〔註67〕

內容同樣仿效賦作者，尚有〈千年調〉：

左手把青霓，右手挾明月。吾使豐隆前導，叫開閶闔。周遊上下，徑入寥天一。覽玄圃，萬斛泉，千丈石。　　鈞天廣樂，燕我瑤之席。帝飲予觴甚樂，賜汝蒼璧。嶙峋突兀，正在一丘壑。余馬懷，僕夫悲，下恍惚。（頁 513～514）

此詞同樣學習騷體賦，全詞泰半化用〈離騷〉，仿擬痕跡相當顯著。常國武《辛稼軒詞集導讀》即云：「上片寫上天周游，下片寫天帝賜以蒼璧而下，造語、結構皆祖〈離騷〉。」〔註68〕此外，龔本棟《辛棄疾評傳》認爲：「辛棄疾在詞的創作中所取資的對象，既有古人，也有今人，既有風格與己相近的作家，也有風格似乎與己迥不相侔的作家；而他所學習的方法，也不只是取其形貌，而是更重其精神，不是機械摹仿，而是融化爲己所用。」〔註69〕辛棄疾此詞即是取〈離騷〉詞句，來表達一己之情思，風格雖仿效騷賦，然其精神仍以己身情志爲主體，並非生硬模仿。

（三）對字句之化用移植

中國文學淵遠流長，悠久歷史產生數量相當可觀之優秀文學作

〔註67〕〔明〕楊愼：《詞品》，見唐圭璋編：《詞話叢編》，冊 1，頁 465。
〔註68〕常國武：《辛稼軒詞集導讀》（北京：中國國際廣播出版社，2009 年），頁 261。
〔註69〕龔本棟：《辛棄疾評傳》（南京：南京大學出版社，1998 年），頁 349。

品，成爲後世取之不盡之寶藏，詞人對前賢名句、佳境之化用移植，即是汲取文學養分其中一項作法。辛棄疾時常擷取數句賦作詞語進入詞中，擷取騷賦者，如〈蝶戀花〉：「九畹芳菲蘭佩好。空谷無人，自怨蛾眉巧。」（頁 177）用〈離騷〉：「紉秋蘭以爲佩」、「余既滋蘭之九畹兮」、「眾女疾余之蛾眉兮，謠諑謂余以善淫。」下片首韻「冉冉年華吾自老」用「老冉冉其將至兮，恐修名之不立。」辛棄疾空有壯志，卻報國無路，因此相當敬慕同樣忠而遭嫉之屈原，詞作亦好化用屈賦佳句，即以「蘭佩」爲例，尚有〈水龍吟〉：「蘭佩空芳，蛾眉誰妒，無言搔首。」（頁 153）及〈賀新郎〉：「蘭佩芳菲無人問，歎靈均、欲向重華訴。」（頁 380）可見辛棄疾於所喜愛之佳句，不憚屢屢引用詞中。擇取辭賦者，如〈賀新郎〉：「誰解胸中吞雲夢，試呼來、草賦看司馬。須更把，〈上林〉寫。」（頁 311）用司馬相如〈子虛賦〉及〈上林賦〉。揀擇俳賦者，如〈賀新郎〉：「羅襪生塵凌波去」（頁 135）即用曹植〈洛神賦〉：「凌波微步，羅襪生塵。」同樣取用此句者尚有〈南鄉子〉：「漸見凌波羅襪步，盈盈。隨笑隨顰百媚生。」（頁 61）辛棄疾詞中，賦句移植最爲顯著者，當屬〈水調歌頭〉：

> 長恨復長恨，裁作短歌行。何人爲我楚舞，聽我楚狂聲。余既滋蘭九畹，又樹蕙之百畮，秋菊更餐英。門外滄浪水，可以濯吾纓。　　一杯酒，問何似，身後名。人間萬事，毫髮常重泰山輕。悲莫悲生離別，樂莫樂新相識，兒女古今情。富貴非吾事，歸與白鷗盟。（頁 317）

詞中「余既滋蘭九畹，又樹蕙之百畮。」直接套用〈離騷〉：「余既滋蘭之九畹兮，又樹蕙之百畮。」 [註70] 成句，僅因句式關係去掉單句句尾之語助詞「兮」字；而「秋菊更餐英」亦爲「夕餐秋菊之落英」 [註71] 之倒裝。下片「悲莫悲生離別，樂莫樂新相識。」則是用〈九歌・少司命〉：「悲莫悲兮生別離，樂莫樂兮新相知。」 [註72] 此詞對

[註70]〔戰國〕屈原著：〈離騷〉，〔宋〕洪興祖注：《楚辭補注》，頁 10。
[註71] 同前註，頁 12。
[註72]〔戰國〕屈原著：〈九歌〉，同前註，頁 72。

偶句式之高度使用賦句，明顯可見辛棄疾於創作時，因詞、賦之情境相似，因而刻意於對偶句式，揀擇長於偶對之賦句入詞，兩篇作品間之過渡相當契合。他如〈喜遷鶯〉：

> 暑風涼月。愛亭亭無數，綠衣持節。掩冉如羞，參差似妒，擁出芙渠花發。步襯潘娘堪恨，貌比六郎誰潔。添白鷺，晚晴時公子，佳人並列。　　休說。搴木末。當日靈均，恨與君王別。心阻媒勞，交疎怨極，恩不甚兮輕絕。千古〈離騷〉文字，芳至今猶未歇。都休問，但千杯快飲，露荷翻葉。（頁499）

下片用〈九歌・湘君〉：「采薜荔兮水中，搴芙蓉兮木末。心不同兮媒勞，恩不甚兮輕絕。」〔註73〕以及〈離騷〉：「芳菲菲而難虧兮，芬至今猶未沫。」〔註74〕亦十分明顯，一經比對，即可發現仿擬之處。

　　清・況周頤《蕙風詞話》云：「讀詞之法，取前人名句意境絕佳者，將此意境，締構於吾想望中。然後澄思渺慮，以吾身入乎其中，而涵泳玩索之。吾性靈與相浹而俱化，乃眞實爲吾有，而外物不能奪。」〔註75〕辛棄疾確實能對前人名句深入玩味尋繹，使此名句融入己身性靈之中，加之能妥爲運用，因此雖用賦句入詞，卻不覺有絲毫障礙不合之處。

　　另外必須說明的是，此節「模擬仿效」中，「對賦家之醉心追摹」及部分「對字句之化用移植」，嚴格而論，雖非直接採用「以賦爲詞」，然其作法確實有助於讀者（包含詞人自身）對詞體賦化有更全面之認識，對「以賦爲詞」亦有相當程度之推波助瀾效果，故亦一併討論之。

第五節　諷諭精神

　　漢代賦家相當重視辭賦之諷諭精神（西漢尤爲明顯），追求「麗

〔註73〕同前註，頁62。
〔註74〕〔戰國〕屈原著：〈離騷〉，同前註，頁42。
〔註75〕〔清〕況周頤：《蕙風詞話》，見唐圭璋編：《詞話叢編》，冊5，頁4411。

詞雅義，符采相勝」，排斥「無實風軌，莫益勸戒」〔註76〕之作。簡宗梧《漢賦源流與價值之商榷》認爲漢賦諷諫起源之一，乃是「出於漢賦作家的職分」〔註77〕，這些漢賦作家，多數爲言語侍從之臣，諷諫乃其傳統職責之所在〔註78〕。於此情形下，賦體創作往往帶有諷諭成分。賦家刻意於賦中加入諷諭成分，實際乃爲勸喻至高無上之帝王。又因帝王完全掌握臣民之生殺大權，故辭賦作家便不能不委曲其詞，婉言以諫，是以程大昌乃云：「先出以勸，以中帝欲，帝既訢訢有意，乃始樂聽，待其樂聽，而後徐加風諭。」〔註79〕由於賦體此種委婉其詞之作法，與詞體爲保留餘韻而採取之含蓄筆法，創作態度恰巧相當接近，因此當賦體之諷諭移植至詞體運用時，並無扞格不入之感，卻與詩體直抒其志之作法距離較遠，此乃諷諭精神於詩、賦上之差異表現。

　　賦體之諷諭作法，往往爲「曲終奏雅」，亦即於賦作篇末始表露眞正主旨。辛棄疾以此法填詞者，如〈摸魚兒〉（更能消幾番風雨，頁66），前文「對賦家之醉心追摹」一節，已曾說明此詞有諷諭之意。詞作上片既能作惜春之意讀，亦能視爲對南宋國勢之憂慮。下片敘述自己忠而見讒，以致壯志難伸、報國無門之悲憤，尤其篇末「休去倚危欄，斜陽正在，煙柳斷腸處」雖未明指南宋國勢，但諷諭之意相當明顯且沈重。

　　葉嘉瑩《唐宋詞名家論集》分析辛棄疾詞作所發散之「感發生命

〔註76〕〔梁〕劉勰：〈詮賦〉，見王更生注譯：《文心雕龍讀本》，上篇，頁134。
〔註77〕簡宗梧：《漢賦源流與價值之商榷》（臺北：文史哲出版社，1980年），頁12～14。
〔註78〕簡宗梧指出：「遠從戰國時期的侯門清客，本來就已經是主上的參贊策畫人員，爲主上分勞解憂，一方面是爲報答知遇之恩，另方面也是爲使自己的靠山長久不墜。他們畢竟是士子，都學會一套諂諫諷諭的本事。後來的這些言語侍從之臣，就是那些清客游士的化身。」同前註，頁14。
〔註79〕〔宋〕程大昌：《雍錄》（臺北：藝文印書館，1970年）冊5，頁6。

的本質」時指出：

> 辛詞中之感發生命，雖然與當日的政局及國勢往往有密切
> 之關係，但辛氏卻絕不輕易對此做直接的敍寫，而大都是
> 以兩種形象做間接的表現。一種是大自然界的景物之形
> 象，另一種則是歷史中古典之形象。這種寫法，一則固然
> 可能由於辛氏對於直言時政有所避忌，再則也可能是由於
> 辛氏本身原具有強烈的感發之資質。〔註80〕

〈摸魚兒〉既有對大自然景物之描寫，同時又運用歷史古典之形象。
而其原因，即爲不能直言時政所不得不採取之相應作爲。劉永濟云：
「此詞頗似屈子〈離騷〉。蓋讒諂害明，賢人失志，爲古今所同慨也。
相傳孝宗趙昚見此詞頗不悅，然終未加罪。」〔註81〕漢賦作家委曲其
詞，婉言以諫，「批判現實缺憾以爲諷諫」〔註82〕。辛棄疾繼之以發
揮此諷諭精神，於披掛惜春之外衣下，寓含其眞正主旨。

　　除〈摸魚兒〉外，以賦體曲終奏雅之方式寫作，進行委婉之諷諫
者，辛棄疾尚有〈念奴嬌〉：

> 我來弔古，上危樓、贏得閒愁千斛。虎踞龍蟠何處是？只
> 有興亡滿目。柳外斜陽，水邊歸鳥，隴上吹喬木。片帆西
> 去，一聲誰噴霜竹。　　卻憶安石風流，東山歲晚，淚落
> 哀箏曲。兒輩功名都付與，長日惟消棋局。寶鏡難尋，碧
> 雲將暮，誰勸杯中綠。江頭風怒，朝來波浪翻屋。（頁11）

此詞爲辛棄疾登賞心亭而作，上片自懷古出發，「只有興亡滿目」已
爲下片預作鋪陳。換片隨即以桓伊撫箏而歌〈怨詩〉：「爲君既不易，
爲臣良獨難。忠信事不顯，乃有見疑患。周旦佐文武，金縢功不刊。
推心輔王政，二叔反流言。」〔註83〕致使謝安落淚之典故，抒發忠而

〔註80〕葉嘉瑩：《唐宋詞名家論集》（臺北：桂冠圖書，2000年），頁326。
〔註81〕劉永濟：《唐五代兩宋詞簡析》，頁82。
〔註82〕曹淑娟將寓言寫物之諷諭技巧分爲「批判現實缺憾以爲諷諫」、「頌
　　　　美理想情境以爲勸誘」、「頌美現實情境而成反諷」等。筆者歸納辛
　　　　詞之諷諭多爲一、三類作法。見曹淑娟：《漢賦之寫物言志傳統》（臺
　　　　北：文津出版社，1987年），頁186～198。
〔註83〕《晉書》原文爲：「時謝安女婿王國寶專利無檢行，安惡其爲人，每

見黜之主旨。「兒輩功名都付與,長日惟消棋局。」暗寓吾輩惟消棋局,軍備僅能交由不諳軍事之兒輩。「寶鏡難尋」,因此難照一片赤忱之心。「江頭風怒,朝來波浪翻屋。」亦含有局勢洶洶,深恐波浪翻滅朝廷之意。

　　由於辛棄疾始終懷有恢復之志,兼以具備實務經驗,並非白面書生之紙上談兵,因此一旦朝廷所用非人,而致國力衰退,辛棄疾自然無法袖手旁觀,此時辛棄疾胸中「尚武任俠的軍人意識」〔註84〕,便不得不噴騰而出。另外,辛棄疾又能以婉曲之筆,迂迴表達諷刺之意,既能宣洩其軍人意識不平之氣,亦能對時政以旁敲側擊方式進行規諫,進而完成良臣忠君輔國之政治責任。藉將自己置於安全距離外,以及以看似不相關之典故敘述嚴肅之議題,此詞均爲成功之寫作。辛詞之諷諭,與賦體以文學改善社會之精神實相當接近,如另一闋〈滿江紅〉:

> 直節堂堂,看夾道、冠纓拱立。漸翠谷、群仙東下,珮環聲急。誰信天峰飛墮地,傍湖千丈開青壁。是當年、玉斧

抑制之。及孝武末年,嗜酒好內,而會稽王道子昏闇尤甚,惟狎昵諂邪,於是國寶讒諛之計稍行於主相之間。而好利險詖之徒,以安功名盛極,而構會之,嫌隙遂成。帝召伊飲讌,安侍坐。帝命伊吹笛。伊神色無迕,即吹爲一弄,……伊便撫箏而歌怨詩曰:「爲君既不易,爲臣良獨難。忠信事不顯,乃有見疑患。周旦佐文武,金縢功不刊。推心輔王政,二叔反流言。」聲節慷慨,俯仰可觀。安泣下沾衿,乃越席而就之,捋其鬚曰:「使君於此不凡!」帝甚有愧色。」記載謝安因「功名盛極」而遭忌被讒,桓伊歌詩爲諷以醒悟主上之事蹟。見〔唐〕房玄齡等著:〈桓伊傳〉,《晉書》(北京:中華書局,1987年),卷81,頁2118~2119。

〔註84〕劉揚忠指出:「辛棄疾頭腦中濃厚而頑強的軍人意識,滲透了他詞作中無數的抒情意象,并成了他的主導詞風中雄豪勁健的風格因子。辛棄疾寫景詠物,從不喜描頭畫角,不斤斤於形似,而常常是興酣落筆,借題發揮地向外界事物灌注自己的感情,以遣胸中之意。如上所引這些主觀化地把非軍事物演化成軍事形象的例子,既是作者本人性格的必然外化,也是作者因武功不遂而在吟詠風景外物中去求取某種感情寄託與心理補償的表現。」見劉揚忠:《辛棄疾詞心探微》(濟南:齊魯書社,1989年),頁25~36。

削方壺，無人識。　　　山木潤。琅玕濕。秋露下，瓊珠滴。
向危亭橫跨，玉淵澄碧。醉舞且搖鸞鳳影，浩歌莫遣魚龍
泣。恨此中、風物本吾家，今爲客。（頁 56）

自「直節堂堂」至「浩歌莫遣魚龍泣」，均爲鋪敘冷泉亭，看似
與諷諭無關，卻於結句突然轉折，以「恨此中、風物本吾家，今爲客。」
透露北方未靖，神州未復之眞正意蘊。由此可證此賦體「曲終奏雅」
式之諷諭，不僅因迂迴其詞而帶有詞體餘韻之美感，亦確實影響詞
人，進而擴大詞體創作之內涵。

第六節　稼軒賦化特色

以賦爲詞經北宋許多詞人嘗試實驗後，至北宋末已成爲慢詞主
要創作手法之一，然則因秉性、學養、才情諸般因素，以致各家著
重並不相同，如騷賦多語助詞「兮」、「些」此特色，一般詞人或偶
於詞中點綴一二，並無辛棄疾〈水龍吟〉（聽兮清珮瓊瑤些，頁 355）
通首押些韻者。餘如假設問答、賦體諷諭精神等，於他人詞作中亦
不多見。是以雖同爲以賦爲詞，然則實各具特色。周邦彥乃北宋賦
化之集大成者，歷來備受稱譽，如陳振孫稱其：「長調尤善鋪敘，富
豔精工。」〔註85〕周濟云：「美成思力，獨絕千古。」又云：「鉤勒之
妙，無如清眞。」〔註86〕王國維認爲周邦彥：「言情體物，窮極工巧。」
〔註87〕曰「鋪敘」，曰「思力」，曰「體物工巧」，皆爲賦化表現。因
此本章最終即以辛棄疾與周邦彥對比，以彰顯辛棄疾賦化之特色。

（一）鋪　敘

1、用　字

《咸淳臨安志・人物傳》載周邦彥：「字美成，少涉獵書史。遊

〔註85〕〔宋〕陳振孫：《直齋書錄解題》，見鄧子勉編：《宋金元詞話全編》，
　　　　冊中，頁 1265～1266。
〔註86〕〔清〕周濟：《介存齋論詞雜著》，見唐圭璋編：《詞話叢編》，冊2，
　　　　頁 1632。
〔註87〕〔清〕王國維：《人間詞話》，同前註，冊5，頁 4246。

太學，有儁聲。元豐中，獻《汴都賦》七千言，多古文奇字，神宗嗟
異，命左丞李清臣讀於邇英閣，多以偏旁言之，不盡悉也。……邦彥
能文章，妙解音律，名其堂曰『顧曲』，樂府盛行於世，人謂之落魄
不羈，其提舉大晟亦由此。」〔註88〕周邦彥能作賦，因此文體間之借
鑒，並不構成阻礙。更可注意者，乃爲落魄不羈之個性，以及仕宦流
落之際遇〔註89〕，由於此數種因素，共同促使周邦彥往往於詞作中抒
發羈旅飄零之情，如〈瑞龍吟〉（章臺路），甚至於詠物詞中，此種情
緒仍無法消除，如〈蘭陵王〉（柳陰直）〔註90〕，故表現於用字上，
詞中多爲「惜春」、「傷離」、「斷腸」、「夢魂」、「鳳箋」、「口脂香」等
較屬於柔性、偏向閨房之詞語，往往受人批評麗而不雅〔註91〕。反觀
辛棄疾，由於其親執干戈，滿懷壯志卻又數遭貶黜之實際經歷，於進
取與失落之現實矛盾中，用字多爲武器、猛獸與封賞，如「倚天劍」
（頁 257、337）、「吳鉤」（頁 34）、「貔貅」（頁 36、277）、「兜鍪」（頁
414、548）、「金印」（頁 26、153、276、284、303、324、334、414），
餘如虎、鯨等猛獸亦不乏其例，此即清・周濟《介存齋論詞雜著》所
云：「稼軒不平之鳴，隨處輒發。」之「英雄語」也〔註92〕。清・田
同之《西圃詞說》亦引王士禎論詞云：「有英雄之詞，蘇、陸、辛、

〔註88〕〔宋〕潛說友：〈人物傳〉，《咸淳臨安志》（臺北：成文出版社，1970
年），卷 66，頁 646。

〔註89〕《揮麈餘話》記載周邦彥：「流落不偶，浮沉州縣三十餘年。」見〔宋〕
王明清：《揮麈餘話》，收入新興書局編：《筆記小說大觀》（臺北：
新興書局，1977 年），15 編，頁 2255。

〔註90〕以上二詞見〔宋〕周邦彥著，孫虹校注：《清眞集校注》（北京：中
華書局，2007 年），頁 1、31。

〔註91〕如王世貞評周邦彥：「能入麗字，不能入雅字。」見〔明〕王世貞：
《藝苑卮言》，見唐圭璋編：《詞話叢編》，冊 1，頁 389。王國維亦
云：「詞之雅鄭，在神不在貌。永叔、少游雖作豔語，終有品格。方
之美成，便有淑女與倡伎之別。」見〔清〕王國維：《人間詞話》，
見唐圭璋編：《詞話叢編》，冊 5，頁 4246。

〔註92〕〔清〕周濟：《介存齋論詞雜著》，見唐圭璋編：《詞話叢編》，冊 2，
頁 1633。

劉是也。」〔註93〕不論英雄語或英雄詞，均可瞭解辛詞用語異於常人之處。因此周、辛二人即使同以鋪敘作法作贈答之詞，用字卻大不相同，反映二人學養、際遇之差異。

2、用　典

以情感內容而言，周詞多寫落拓江湖及相思離別之情，黃文吉《北宋十大詞家研究》即認爲周邦彥「是以愛情、羈旅行役爲主」〔註94〕；辛詞則以英雄之崇拜、神州之陸沉、世無知音之哀感爲主。周詞除上述二詞外，餘如〈六醜〉（正單衣試酒）、〈滿庭芳〉（風老鶯雛）等〔註95〕，觸發原因雖有不同，然詞中之鋪敘，則同爲此類情感之顯現，仍以「春歸」、「別情」爲主。辛詞除上述「倚天劍」及本文第四章所舉之「三箭定天山」外，亦尚有「祖逖、劉琨中宵舞」、「女媧補天」（頁9、238、258、463）、「李廣射虎」（頁58、133、205、492）、「汗血鹽車」等典故，以抒發一己之情感意志。相較而言，辛詞結合對英雄事蹟之詳細摹寫，表面稱揚彼等，實則以彼等爲我所用，藉英雄之際遇反襯、凸顯內心勃然奮發之情志；周詞則明顯未將焦點置於此類英雄典故之上，關注之議題僅限於自身周遭，並無過多企圖，黃文吉甚至認爲周詞「即使和偎紅倚翠的柳永相較，都顯現出內容相當貧乏」〔註96〕。以賦化而論，雖然內容取徑狹隘並非缺點，然相對亦顯出辛棄疾關心角度較廣泛，鋪敘對象較多元之事實，因此典故較爲豐富且具積極進取意義。

其次，即使同爲書寫不得晉用之寂寞，周邦彥用典自然含蓄而能渾化無跡，使事毫無滯礙，即使略去典故所蘊藏之深意，仍不失佳作。辛棄疾用典則多切合主旨，詞如〈水調歌頭〉（落日古城角，

〔註93〕〔清〕田同之：《西圃詞說》，見唐圭璋編：《詞話叢編》，冊2，頁1451。
〔註94〕黃文吉：《北宋十大詞家研究》（臺北：文史哲出版社，1996年），頁314～324。
〔註95〕見〔宋〕周邦彥著，孫虹校注：《清眞集校注》，頁81、99。
〔註96〕黃文吉：《北宋十大詞家研究》，頁324。

頁 27）有「風雪敝貂裘」、「寂寞賦〈登樓〉」之喟嘆，然亦用杜詩
爲典故，及「班超投筆」之典，詞人雖云「莫學」，實則爲牢騷語，
辛棄疾一生除開禧二年（1206）曾辭官外（開禧二年爲辛棄疾去世
前一年，已是屢遭打擊，垂垂老矣），開禧二年之前，生平莫不以燕
然勒功爲念，因此詞中即便有牢騷歸隱之意，然所用典故仍不時透
露建功立業之願望，〈水調歌頭〉（落日塞塵起，頁 58）、〈滿江紅〉
（倦客新豐，頁 78）、〈賀新郎〉（老大那堪說，頁 238）、〈賀新郎〉
（綠樹聽鵜鴃，頁 526～527）等，均於反面情緒中，發散「萬卷詩
書事業」、「看試手，補天裂」之眞正意圖。因此周用典較爲渾融無
跡，辛多有跡可尋，其下者，易招「時時掉書袋」之批評〔註 97〕。

　　蔣哲倫〈隱喻思維與辛詞的用典〉云：「辛氏常喜歡在一首詞裡
連用或並用一系列典故，形成一串串眩人眼目的珍珠。」並分析辛
詞用典有（1）數典連用（2）數典並用（3）數典合一（4）數典雜
用等情形〔註 98〕。不論是何者，均反映辛棄疾堆疊典故以求詳盡之
特色。與周邦彥相較，周詞多用柔性典，辛詞則多用「聞雞起舞」、
「李廣射虎」、「汗血鹽車」等剛性典。辛詞由於博覽群書，用事不
止於剛性典，如〈賀新郎〉即用「羅韈生塵淩波去」（頁 135）之〈洛
神賦〉典故，以形容水仙、〈念奴嬌〉用「似吳宮初教，翠圍紅陣」
（頁 182）之吳王闔廬美人典故吟詠牡丹，此類均屬柔性典。可見
辛詞用典範圍亦較周邦彥廣泛，辛剛而寬，周柔而窄。

3、對　偶

　　賦之爲體，特重對偶，司馬相如〈答盛擥問作賦〉云：「合綦組
以成文，列錦繡而爲質。」〔註 99〕朱光潛亦云：「賦側重橫斷面的描
寫，要把空間紛陳對峙的事物情態都和盤托出，所以最容易走一排偶

〔註97〕〔宋〕劉克莊著：〈跋劉叔安感秋八詞〉，辛更儒編：《辛棄疾資料彙
　　　　編》（北京：中華書局，2007 年），頁 102。
〔註98〕蔣哲倫：〈隱喻思維與辛詞的用典〉，《詞別是一家》，頁 196～199。
〔註99〕〔漢〕司馬相如著：〈答盛擥問作賦〉，金國永校注：《司馬相如集校
　　　　注》，頁 223。

的路。」〔註100〕辛棄疾與周邦彥二家均好用對偶，然而差異頗大。
首先，以寫作手法而論，辛棄疾往往以對偶鋪排內心情志，直接表達
所有感受，不重雕飾，而強調情緒之完整；周邦彥則以對偶雕刻情、
景，務爲典雅妍麗，僅透露一點細微之情思。周詞如〈水龍吟〉（素
肌應怯餘寒）〔註101〕，以「樊川照日，靈關遮路」僅形容梨之耀眼
及梨樹之多；寫「傳火樓臺，妒花風雨」僅爲點明當時季節、氣候；
以「潘妃卻酒，昭君乍起」形容梨花之潔白及乍見之驚喜。以上對偶
雖描寫不同，然同爲刻劃梨花，能切合題旨，其中「潘妃卻酒，昭君
乍起」更是以人擬花，形象鮮明，然周邦彥耗費許多力氣，僅爲描摹
梨花之美，確實可謂富豔精工。辛詞如〈滿江紅〉：

> 漢水東流，都洗盡、髭胡膏血。人盡說、君家飛將，舊時
> 英烈。破敵金城雷過耳，談兵玉帳冰生頰。想王郎、結髮
> 賦從戎，傳遺業。　　腰間劍，聊彈鋏。尊中酒，堪爲別。
> 況故人新擁，漢壇旌節。馬革裹屍當自誓，蛾眉伐性休重
> 說。但從今、記取楚樓風，裴臺月。（頁45）

以「破敵金城雷過耳，談兵玉帳冰生頰」形容軍隊戰力之勇猛；用
「腰間劍，聊彈鋏。尊中酒，堪爲別」抒發些許牢騷；再以「馬革
裹屍當自誓，蛾眉伐性休重說」表明應以武功爲念之眞正意志；詞
末則用「楚樓風，裴臺月」訴說他日相會之願。先勉勵友人應以先
祖李廣之偉業爲志向，間而穿插離別之牢騷，末仍延續主旨，以馬
革裹屍與蛾眉伐性對比收束全篇。直來直往，不斤斤於字雕句琢；
寫作視野廣闊，將所思所感一併和盤托出。相較而言，信筆揮灑，
氣勢凌厲，辛直而大，近兩漢辭賦；仔細描摹，工整精巧，周麗而
精，近魏晉俳賦。

　　其次，以對偶句式而言，辛棄疾詞作數量之夥，兩宋略無其匹，
故詞作對偶句式之數量，連帶亦相當可觀，種類亦相當多元。周邦
彥由於善解音律，往往自創新詞，又不喜重複塡作同一詞牌，因此

〔註100〕　朱光潛：《詩論》（臺北：頂淵文化，2003 年），頁 209。
〔註101〕　〔宋〕周邦彥著，孫虹校注：《清眞集校注》，頁 76～77。

《清真集》中詞牌數量高達一百一十八種，反觀辛棄疾僅使用九十三種。於此情形下，某些詞牌之句式由於特別適合對偶，因此辛棄疾若稍加應用，則對偶句數自然不少；而周邦彥並不刻意強調對仗，加以詞作著重音律與詞情，自製之多數詞牌並不特別適合對偶，因此某些對偶句式明顯少於辛棄疾。如以隔句對為例，周邦彥僅〈風流子〉、〈一寸金〉等少數詞牌適合使用隔句對；然而辛棄疾詞如〈滿江紅〉：「腰間劍，聊彈鋏。尊中酒，堪為別。」（頁 45）〈水龍吟〉：「蜂房萬點，似穿如礙，玲瓏窗戶。石髓千年，已垂未落，嶙峋冰柱。」（頁 175）〈沁園春〉：「喜草堂經歲，重來杜老，斜川好景，不負淵明。」、「解頻教花鳥，前歌後舞，更催雲水，暮送朝迎。」（頁 353）等，數量遠較周邦彥可觀，尤其〈沁園春〉特別適合隔句對。檢視《清真集》，〈水龍吟〉、〈滿江紅〉僅各一首，且未使用隔句對，而辛棄疾習用之〈沁園春〉，《清真集》竟然付之闕如。

此外如鼎足對，亦有類似情況。周邦彥部分可運用鼎足對之詞牌如〈塞垣春〉（暮色分平野）之三、四、五句，及〈掃花游〉（曉陰翳日）上下片之二、三、四句均適用，然周邦彥並未刻意形成對偶句式〔註102〕。反觀辛棄疾之〈水龍吟〉：「綠野風煙，平泉草木，東山歌酒。」（頁 145）〈水調歌頭〉：「破青萍，排翠藻，立蒼苔。」（頁 115）均不憚使用，尤其〈水調歌頭〉下片首韻為連續三字句，特別適合使用鼎足對，因此辛棄疾〈水調歌頭〉之鼎足對不乏其例。由此可見，詞牌之揀擇，將明顯影響對偶之使用，此又與周邦彥長於音律，不喜填作同一詞牌，且未刻意對偶之作法有關。辛棄疾運用隔句對、鼎足對等對偶句式明顯偏高，而隔句對、鼎足對與賦體鋪排手法密切相關，故若以對偶句式而論，辛棄疾賦化程度實高於周邦彥。

（二）想像出奇

辛棄疾〈水龍吟〉（補陀大士虛空，頁 175）以蜂房形容雨巖，

〔註102〕〔宋〕周邦彥著，孫虹校注：《清真集校注》，頁 87、90。

如同玲瓏窗戶，以及以臥龍鼻息、洞庭張樂、湘靈鼓瑟等比擬濤聲，已足見想像力之驚人。〈木蘭花慢〉（可憐今夕月）「是別有人間，那邊纔見，光影東頭」，詞人除對自然現象發問外，恐亦有幻想一處「別有人間」桃花源之寓意，以作為心靈之歸宿。餘如「怕萬里長鯨，縱橫觸破，玉殿瓊樓」、「蝦蟆故堪浴水，問云何、玉兔解沉浮」、「若道都齊無恙，云何漸漸如鉤」等均結合現實不滿與虛構想像。〈水調歌頭〉（我志在寥闊）「摩挲素月，人世俛仰已千年」、「有客驂鸞並鳳，云遇青山、赤壁，相約上高寒」乃時間之超越，「鴻鵠一再高舉，天地睹方圓」為空間之自由，將時、空推廣至極限，正是詞人運其思力以致無限自由之故。故辛詞想像出奇之特色，一能於虛構之幻想中，寄託內心真正情志；二為藉想像超越時空，追求徹底逍遙之境界。

（三）假設問對

設辭問答乃自荀賦、〈七發〉、〈子虛〉、〈上林〉以來之賦體傳統，不論何者，主體均為人與人之對答。〈沁園春〉（杯汝來前）、（杯汝知乎）假設與酒杯之對話，抒發賦閒家居之幽憤，及借酒澆愁之無奈。〈六州歌頭〉則模仿〈七發〉，藉與鶴之談話及猜測，稍抒大病初癒後之無聊景況。辛詞明顯突破主體必定為人之局限，乃以無生命之酒杯及口不能言之鶴，作為對話者。設辭問答不僅能使對話者之形象具體化，使發聲者由單調一人變為雙向交流，形成一種異於傳統詞體結構之奇趣，亦能成功進行迂迴諷諫或論述說理。

此設辭問答並結合賦體架構之作法，乃辛棄疾獨到之賦化表現。更可注意者，為辛棄疾刻意採取以對話式創作，乃藉由對話雙方之正反意見，寓藏其抑鬱無聊之氣，婉轉敘述內心真正情志，表現一種堅持理想之價值觀。是以此類詞作雖為數不多，仍不可輕忽偏廢。

（四）仿擬

辛棄疾仿擬賦體之特色，自詞作風格、結構作法、字句移植等面

向觀察，可依序比較辛、周差異，以見辛之特色。

1、賦　境

屈原潔身自好，乃著名愛國文人，辛棄疾亦十分敬慕，其〈喜遷鶯〉即云：「休說。蒪木末。當日靈均，恨與君王別。心阻媒勞，交疏怨極，恩不甚兮輕絕。千古〈離騷〉文字，芳至今猶未歇。」（頁499）除表示對〈離騷〉之推崇外，亦可發現引文全為化用〈九歌〉〈離騷〉，辛棄疾對騷賦之心慕手追，可見一斑〔註103〕。同為仿擬賦境者，周邦彥則偏重宋玉、曹植之〈高唐〉、〈神女〉、〈洛神〉一系。辛棄疾雖亦有此類賦境之仿作，然此乃辛棄疾取徑寬廣，無所不包之故，且此類究屬少數，不似周邦彥乃以之為主要仿擬對象。周邦彥詞如〈蝶戀花〉：「美盼低迷情宛轉。愛雨憐雲，漸覺寬金釧。桃李香苞秋不展。深心黯黯誰能見。　　宋玉牆高才一覘。絮亂絲繁，苦隔春風面。歌板未終風色變。夢為蝴蝶留芳甸。」〔註104〕描繪美人，如〈高唐賦〉作法，下片化用〈登徒子好色賦〉，亦曲盡其妙，呼應前篇。餘如〈風流子〉（新綠小池塘）、〈意難忘〉（衣染鶯黃）、〈側犯〉（暮雲霽雨）等，均有模仿〈高唐〉諸賦作法之氣味〔註105〕。

相較可知，周邦彥善於學習〈高唐〉、〈神女〉之佳處，除因讀者對〈高唐〉諸賦之瞭解，而使美人形象更加具體外；賦體影寫美人情態之技巧，亦能結合詞體幽緲委婉之情思。辛棄疾同情屈原之餘，其仿擬仍可見胸襟懷抱，不獨頌揚屈原之修身潔行，更反映己身纏綿忠愛之情操。周得宋玉影寫之妙，如仕女畫〔註106〕；辛效屈原修潔自

〔註103〕　辛棄疾對騷賦之援引甚眾，詳見附錄，茲不贅。

〔註104〕　〔宋〕周邦彥著，孫虹校注：《清真集校注》，頁170。

〔註105〕　《揮塵餘話》即載：「周美成為江寧府溧水令，主簿之室，有色而慧，美成每款洽于尊席之間。世所傳〈風流子〉詞，蓋所寓意焉。」足見其詞摹寫美人情態，出神入化。見〔宋〕王明清：《揮塵餘話》，收入新興書局編：《筆記小說大觀》，頁2267。周邦彥詞見〔宋〕周邦彥著，孫虹校注：《清真集校注》，頁16～17、24、63。

〔註106〕　王灼云：「柳氏（永）何敢知世間有〈離騷〉，惟賀方回、周美成時時得之。」見〔宋〕王灼：《碧雞漫志》，唐圭璋編：《詞話叢編》，

好,是幽蘭圖。

2、作　法

辛棄疾好援騷賦入詞,作法明顯仿效賦體者,如〈水龍吟〉(聽
兮清佩瓊瑤些)刻意以「些」字為韻,此為辛棄疾獨特之嘗試,檢視
《清真集》中,並無刻意仿擬賦體押韻作法,以「些」字為韻,除辛
棄疾外絕無僅有。其次,辛棄疾尚有〈木蘭花慢〉,乃用「天問體賦」,
作法新穎,出人意表,此皆辛棄疾成功之嘗試,且為其所獨專。

3、用　字

辛棄疾好援屈原、司馬相如賦句入詞,故詞中往往可見〈離騷〉、
〈九歌〉、〈子虛〉、〈上林〉諸賦文字。辛棄疾化用騷賦字句入詞者,
如〈蝶戀花〉(九畹芳菲蘭佩好)、〈沁園春〉(有美人兮,頁290)、〈水
調歌頭〉(長恨復長恨)等,例多不勝枚舉;化用辭賦者如〈賀新郎〉
(覓句如東野)、〈賀新郎〉(逸氣軒眉宇,頁380)、〈水調歌頭〉(我
亦卜居者,頁383)等。以比例而言,辛棄疾化用數量最豐富者為騷
賦,尤其為〈離騷〉與〈九歌〉。周邦彥曾作〈汴都賦〉,故以賦句入
詞時,亦曾帶入「多古文奇字」之習慣,如〈倒犯〉:「共寒光、飲清
醥。」之「清醥」,及〈南鄉子〉:「自在開簾風不定,颸颿。」之「颸
颿」等〔註107〕,均為引用左思〈三都賦〉而有古文奇字習慣之遺留。
周邦彥徵引賦作字句,不似辛棄疾對〈離騷〉情有獨鍾,用六朝俳賦
數量反在騷賦之上〔註108〕;若以個別賦家而言,則以宋玉最為顯著,
如〈風流子〉「楚客慘將歸」用〈九辯〉語意,自比悲秋宋玉,〈蝶戀
花〉「宋玉牆高才一覰。絮亂絲繁,苦隔春風面」用〈登徒子好色賦〉,
〈紅羅襖〉「算宋玉、未必為秋悲」用〈九辯〉,〈鶴沖天〉「日流金,

冊1,卷2,頁84。然周邦彥雖有仿擬〈離騷〉之作,實則更為接
近宋玉。
〔註107〕　〔宋〕周邦彥著,孫虹校注:《清真集校注》,頁207、315。
〔註108〕　周邦彥除騷賦、辭賦外,曾用曹植、陸機、左思、鮑照、江淹、梁
簡文帝、梁元帝、李百藥等人賦句入詞。同前註,頁55、63、74、
112～113、154、190、202、205、315、318、363。

風解慍」用〈招魂〉,〈浪淘沙慢〉「念珠玉、臨水猶悲感」仍用〈九辯〉〔註 109〕。故以仿擬之用字而論,首先,周邦彥並無辛棄疾數句連用賦體之作,僅於詞中點綴一、二賦句,因此辛棄疾以賦句入詞者,篇幅遠較周邦彥爲高。其次,周邦彥用賦句入詞,僅宋玉稍高於其他賦家,因此較爲平均;辛棄疾則特別鍾情屈原,故詞情亦最接近〈離騷〉等作。

(五)諷　諭

　　好於詞末以曲終奏雅方式透露諷諭之意,是爲辛棄疾另一特色。如〈摸魚兒〉(更能消幾番風雨)末以「休去倚危欄,斜陽正在,煙柳斷腸處」寄託深意,〈念奴嬌〉「我來吊古」末以「江頭風怒,朝來波浪翻屋」表達對局勢之憂慮等,使賦體之諷諭精神復見於辛棄疾詞中。周邦彥詞作題材不甚廣泛,以相思離別及羈旅行役爲主要內容,實則因周邦彥並無杜甫致君堯舜上之理想,亦缺辛棄疾時時以家國爲念之胸襟,因此詞中並無諷諭之意,林玫儀〈論清眞詞中之寄託〉即認爲:「由於思、筆的變化多端,故形成周詞複雜而深隱的詞意,使人不能遽窺其旨。」又云:「以專尙寄託之常州詞派,尙且無法找出周詞之微言大義,豈非正是周詞殊少寄託之最佳反證?」〔註 110〕或許由於周詞過於曲折隱晦,難於詞中窺探眞正主旨;又或許周詞實無寄託,僅爲反映一己情思。故相較之下,曲終奏雅之諷諭,乃爲辛棄疾將「一腔忠憤,無處發洩」之氣,寄寓於詞之賦化表現。

〔註 109〕同前註,頁 7～8、170、175、236、306。
〔註 110〕林玫儀著:〈論清眞詞中之寄託〉,國立臺灣大學中國文學研究所編:《宋代文學與思想》(台北:臺灣學生書局,1989 年),頁 357、358。

第六章　結　論

　　以賦爲詞乃爲慢詞得以興盛發展原因之一，借鑒賦體之寫作技
巧，勢必能超越詞體原有之表現能力，此亦自柳永、周邦彥等人使用
此法之後，以賦爲詞能於南宋詞壇廣爲詞家接受之原因。詞家以賦爲
詞能突破《花間集》、宋初應制詞等之籠罩，亦能使原本以小令爲主
之詞界，開始重視慢詞之創作，同時促進詞體之進步。

　　欲探討以賦爲詞，賦之定義則必須先予釐清，賦固有平鋪直敍
之意，然以賦爲詞之賦，則僅能爲鋪陳展衍，否則以賦爲詞之作法
不僅失焦，亦與前賢之見解有異。因此本文界定以賦爲詞之「賦」，
乃是「鋪采摛文，體物寫志」之意，而並非詩六義之平鋪直敍意。
朱光潛《詩論》即云：「賦大牛描寫事物，事物繁複多端，所以描寫
起來要鋪張，纔能曲盡情態。因爲要鋪張，所以篇幅較長，詞藻較
富麗，字句段落較參差不齊，……一般抒情詩較近於音樂，賦則較
近於圖畫，用在時間上綿延的語言表現在空間上並存的物態。」朱
氏並認爲詩是「時間藝術」，賦則有幾分是「空間藝術」〔註1〕。本
文擬定以《稼軒詞編年箋注》爲範圍，嘗試挖掘辛棄疾以賦爲詞之
賦化表現。

　　清楚界定賦義，有助於探究賦體諸般特色，（否則除賦體之特色

〔註 1〕 朱光潛：《詩論》（臺北：頂淵文化，2003 年），頁 207。

外，尙需討論詩六義之平鋪直敘）賦體依其本身特色可分爲騷賦、辭賦、詩賦、俳賦、律賦、文賦等。騷賦最易辨識之特徵，即爲數量遠較他類豐富之語助詞，語助詞不僅可調整文氣緩急，亦能強化文句之流暢。騷賦之作，多爲先秦、兩漢時代，此時期奠定騷賦句式之多樣化，而與後來以四、六言爲多數，具有整齊美感之賦作不同，然句式多樣亦自有其錯綜之氣勢，未可以句式齊整與否論高下。篇末之亂辭亦騷賦極顯著之特色，篇末亂辭類似文章之結論，往往一針見血指出賦作重點。此外，騷賦更以奇特之想像，形成色彩瑰麗、思想浪漫，富含神話色彩之文學作品。於騷賦之後，荀子亦有五篇賦作不容忽視，荀賦值得注目之特色乃爲假設問對及隱語性質。騷賦亦有假設問對，然由於作者是否爲屈原尙未定論，因此本文將此類特色劃分於荀子。假設問對乃構成賦體其中一項形式上之作法，且足供詞體取資。

　　辭賦乃賦體重鎮，諸多特色中以鋪陳堆垛最爲重要，亦爲以賦爲詞運用最爲廣泛之手法，其他部分作法如堆砌典故、排比對偶等，均爲鋪陳精神之延伸。諷諭精神則展現出賦家之關懷，並非甘心僅作爲帝王身旁之優人。用字上有意識的選用同偏旁之瑋字，乃是賦家逞才表現之一，然過於強調之後果，亦足招字林之批評。與其他賦體相較，詩賦較顯著之特徵乃爲齊整之句式，然此特徵乃是由於賦體向詩靠攏之必然結果，因此若與詩體同列相較，差異並不明顯，勉強比附，不免有武斷之嫌，故本文略而不論。

　　文體往往乃由直率趨向精緻，俳賦之出現，即意味賦體亦明顯呈現精緻化傾向。其中對偶已較騷賦、辭賦等精切，音調更趨和諧，鍊字更加工麗，皆爲文體演進之必然結果。結構上，篇幅則自東漢以來，有逐漸精簡之現象，此時賦家多好創作袖珍小品。由於六朝之藝術自覺，因此賦中亦多含作者之情志，主觀抒情成分加深。由於律賦有俳賦之基礎，因此更加追求形式美學之極致。如韻腳之限定，即爲文人藉以逞才炫技之絕佳機會。因難見巧之下，不僅能杜絕勦襲，亦能輔助提供思考方向。與他類賦體隨意創作不同，唐、

宋律賦均重視章法之安排，章法可分破題、佈局、結尾等三項，律
賦作家尤其重視破題，期使能「冠冕涵蓋，出落明白」，結尾則儘量
避免草率敷衍，力求能以警策結束全篇。

　　宋人講求實學，歐陽脩等人更發起古文運動，是以宋代文賦興
起，取代律賦成爲當時主要流行賦體。顧名思義，文賦最重要之特色
自然爲散文化之書寫風格，以此創作，文氣流暢自然。且文賦不似律
賦要求韻腳之限定，句法及用韻之自由，亦使文賦更加擺落格律之拘
牽，字句之長短，駢散之使用與否，完全取決於作者之自由意志。結
合時代風氣，宋代之文賦亦呈現好議論、多哲理之現象，受「文」體
影響之層面相當廣泛。

　　詞體興起之初，原以小令爲主，慢詞並不多見，當有識之士逐漸
不滿於《花間集》、應制詞之模式後，遂有自覺之詞人挺身而出，嘗
試性的從事慢詞之創作。慢詞不僅可表達較爲豐富之情思，同時亦迫
使詞人必須重新檢視選題命意之重要性。張先意識到慢詞創作之必要
性，然仍是以小令作法，填寫慢詞。柳永則是以鋪敘展衍，備足無餘
的追求形容曲盡，其於都邑描寫、羈旅行役、絢麗豔情等方面之描寫，
均顯著繼承宮殿賦、懷思行旅賦、豔情宮體賦。對賦體之成功移植，
乃柳永於詞學史上最重要之功績，並開啓以賦爲詞之風，稱之爲以賦
爲詞之開山祖並不爲過。蘇軾之貢獻，則是於詠物詞中帶入荀賦之隱
語性質，使詠物詞能不即不離，既酷肖形容，其中又有作者情志時時
浮現。

　　周邦彥最爲人所稱道者，乃其鋪陳採取不依時間先後排列，而是
將時間、空間作倒置、插敘之環形結構，回環往復，交錯敘述。其鋪
敘展衍手法亦與柳永等人相異，葉嘉瑩即認爲周邦彥較柳永更具繁複
曲折之故事性，而周邦彥慢詞雖多鋪陳，卻不致一覽無遺，而能保有
餘韻。駢偶對仗及典故堆砌乃爲受律賦影響，詠物之體物無遺亦是賦
體一貫作法。要之，北宋時期乃是經由詞人不斷努力探索，接續前人
經驗，改良舊有詞體之後，擇優汰劣方才開出以賦爲詞最甜美之果

實，其間不僅可見詞體向其他文體借鑒之痕跡，並足以證明詞學史之完整、不可切割性質。

由歷代賦作之題材，反面探尋辛棄疾曾經採用之主題，遠較直接歸類辛棄疾詞作，更能由正、反二面完整檢視辛棄疾以賦爲詞之容受與開創。言志類之作，有英雄崇拜、憂生憂世兩大類，而不論何者，詞中時時發散出辛棄疾忠勇奮發之正面力量，此亦傳統言志類賦作之主流。抒情類題材較關注自我情緒之抒發，故描寫範圍較小，觀察較爲細微。懷古感遇注重「歷史意識」之呈現，由於有今昔、優劣之別，因此含有一定之批判意味；友朋交遊強調「知己意識」之抒發，由於文人期待與知己作精神之交契，因此一旦獲得宣洩，勢必眞情湧動。詠物類題材實遍佈各種文體之中，詠物之作除酷肖形容外，往往亦加入體志之目的。而不同於詩之直接感發，賦經由對物之形容，以表達意志之曲折手法，實爲詠物詞與詠物詩相異之處。辛棄疾之詠物詞亦帶有主觀情志，既藉詠物傾吐胸中塊壘，歌頌美好物事，作爲自我寫照；復亦羼詠史入題，透過對時代背景與歷史之書寫，以寄託其無可奈何之憂愁心事。

寫景類作品同樣廣受各項文體採用，此類詞作即自紀行、遊覽類賦作而來。寫景類不僅描寫大地山河，更重要者乃能記錄作者於過程中之心靈變化，而非空洞之風景圖。而寫景類之作，結合己身情感者，亦有小大之別，結合小我之情感者，僅記錄一時之心境，並非袖珍小品，然亦無包括宇宙之意圖，精神上接近六朝小賦；結合大我之意志者，則多爲不平之鳴，內心有一股不吐不快之牢騷在，故所言充滿氣魄，亦較能引起共鳴。敘事類作品中，部分特色如議論說理、以寓言諷刺等，亦有賦體意味在。議論說理者如荀子賦作，寓言諷刺者如宋玉、司馬相如之賦。對照辛棄疾之詞，議論說理者，強調信而有徵，務必完整論述我方意見，期使藉強而有力之證據，壓倒對方；寓言諷刺者，較注重故事情節之精彩，能於難言處道其心志，期使由「曲終奏雅」以針貶時事。

　　稼軒以賦爲詞之表現，計有鋪陳排比、想像出奇、假設問對等手法。以鋪陳排比而言，詞人借用賦體鋪敘展衍之技巧，摹寫時間流動之場景，確能把握住光陰變動之連續鏡頭，使全詞之敘寫更加貼切；以之懷古詠史，並與己身際遇作結合，不僅令讀者有親切之感，連續鋪陳之歷史人、事，亦隨之活躍於經典場境之中。蒐羅同類事物，對空間上下四方作全面性之書寫，更是賦體獨門絕技。以一事、物爲主旨，極力蒐羅相關物件，務求窮變聲貌。詞體初興並不講究偶對，而是受賦體影響，才開始注意運用。詞體接受賦體對偶最顯著之處，即爲隔句對及領字所引起之流水對。對偶不僅造成協調之對稱美感，連續疊用之下，更能發揮縱橫之氣勢。且對偶於詞體上之運用，作法極富彈性，端視作者需求，超越詩體之表現能力。賦體好堆砌事典以凸顯賦作主旨，務求盡善盡美；詩體卻要求典故運用恰到好處，並不刻意求多。宋人既以才學爲詩、以才學爲賦等以才學發揚文采，且詞體亦受賦體鋪陳精神影響，因此堆砌典故之現象自然不足爲奇。搬用典故不僅能增加美感密度，亦能顯示才高學博，故辛棄疾用典密度極高，如〈賀新郎〉即相當接近江淹之〈恨賦〉與〈別賦〉，因此堆砌典故，期使眾美輻輳，表裡發揮，實亦賦體鋪陳之精神再現。

　　自屈原以至司馬相如，賦家一貫均擅長以假設虛構之筆，寫迷離倘恍之幻境。賦家臚列天地奇觀，炫人耳目，不僅滿足帝王，同時亦滿足作者自己，且詞人充滿豐富之想像，亦能使詞作跳脫枯燥單調之敘寫，辛棄疾之〈木蘭花慢〉甚至使王國維發出神悟之嘆。想像運用得當，可於瞬間穿梭古今，交遊古人，亦能閃現八荒宇宙，悠遊於緲思殿堂，進一步使詞作產生無理而妙之奇趣。假託人物，設辭問對，屈原、荀子即已開始運用。其後作家如宋玉等，援用其例，更是成爲賦體慣用手法。假設問對展現賦家全身遠禍之智慧，並以婉轉其詞，將語言藝術推展至極致，宋玉〈風賦〉、枚乘〈七發〉等均爲顯例。引進賦體問答之法，詞作人物更爲多元，甚至以禽鳥草木爲對話對象，辛棄疾詞如〈六州歌頭〉，化用〈鵬鳥賦〉、〈七發〉等痕跡即相

當顯著。

　　除上述賦化表現外，辛棄疾詞尚有數種賦化現象，如對賦家之有心模仿、對賦作之刻意仿擬、用字遣詞之化用移植，此均為詞人經過深思熟慮後之模擬仿效。辛棄疾對賦家之心醉追慕者，如〈賀新郎〉（雲臥衣裳冷）、〈喜遷鶯〉（暑風涼月）之引用屈原，搬弄《楚辭》；〈摸魚兒〉（更能消幾番風雨）、〈沁園春〉（疊嶂西馳）、〈沁園春〉（我醉狂吟）引用司馬相如；〈踏莎行〉（夜月樓臺）引用宋玉；〈卜算子〉（夜雨醉瓜廬）引用揚雄，並套用〈子虛賦〉等。對賦作之刻意仿擬者，如〈水龍吟〉（聽兮清珮瓊瑤些），不僅心境近似屈原，刻意以「些」字為韻，全詞直接以《楚辭》體寫就；〈千年調〉（左手把青霓）之詞情及內容架構，更是完全仿擬〈離騷〉。用字遣詞之化用移植者，如〈沁園春〉（有美人兮）用〈招魂〉與〈九歌〉之語；〈水調歌頭〉（長恨復長恨）用〈離騷〉、〈九歌〉之語，二詞對騷賦用語之移植，均不避忌諱，直接套用成句。此外，尚有繼承辭賦之諷諭精神者，如〈摸魚兒〉（更能消幾番風雨）曲詞諷刺南宋國勢，詞人冀望以詞諷諭、以文學改善社會之現象可見一斑。

　　總而言之，以賦為詞主要能擴大慢詞之作法，超越詞體原有表現能力，具體而言，以賦為詞具有鋪陳展衍（包含鋪敘、用典及對偶）、想像出奇、假設問對、模擬仿效、諷諭精神等技法及特色。雖然過份鋪排，不免有堆砌蕪雜之累，然若妥善運用，確能於借鑒賦體形式技巧之餘，仍能保有詞體要眇宜修之美感，即兼具賦體外在之形式美感及詞體內在之詞情餘韻。是以賦化之法，大盛於南宋詞壇，不僅為辛棄疾所善用，成為詞體一項創作利器，更影響後來吳文英、史達祖、王沂孫等人，開創一代以賦為詞之風氣。

參考書目

一、古籍文獻

1. 中華書局編輯部編：《全唐詩》，北京：中華書局，1996 年。
2. 孔穎達：《毛詩正義》，收入《十三經注疏》，臺北：新文豐出版公司，2001 年。
3. 方回：《瀛奎律髓》，臺北：藝文印書館，民國年間。
4. 毛先舒：《填詞名解》，收入查培繼輯：《詞學全書》，臺北：廣文書局，1971 年。
5. 王灼：《碧雞漫志》，收入唐圭璋編：《詞話叢編》第 1 冊，北京：中華書局，2005 年。
6. 王定保：《唐摭言》，臺北：世界書局，1975 年。
7. 王明清：《揮麈餘話》，收入新興書局編：《筆記小說大觀》15 編，臺北：新興書局，1977 年。
8. 王冠：《賦話廣聚》，北京：北京圖書館出版社，2006 年。
9. 王國維：《人間詞話》，收入唐圭璋編：《詞話叢編》第 5 冊，北京：中華書局，2005 年。
10. 王楙：《野客叢書》，收入《叢書集成初編》第 305 冊，北京：中華書局，1983 年。
11. 王嘉：《拾遺記》，收入《景印摛藻堂四庫全書薈要》第 278 冊，臺北：世界書局，1988 年。
12. 世界書局編輯部：《全宋詞》，臺北：世界書局，1984 年。
13. 司馬光：《涑水記聞》，北京：中華書局，1989 年。

14. 司馬遷：《史記》，臺北：鼎文書局，1980 年。

15. 左丘明：《左傳》，收入《十三經注疏》第 6 冊，臺北：藝文印書館，1989 年。

16. 田同之：《西圃詞說》，收入唐圭璋編：《詞話叢編》第 2 冊，北京：中華書局，2005 年。

17. 朱熹：《楚辭集注》，臺北：中央圖書館，1991 年。

18. 何晏：《論語集解》，收入王雲五主編：《四部叢刊正編》第 2 冊，臺北：臺灣商務印書館，1979 年。

19. 吳自牧：《夢梁錄》，收入《中國近代小說史料續編》第 35 冊，臺北：廣文書局，1986 年。

20. 吳處厚：《青箱雜記》，收入《唐宋史料筆記叢刊》，北京：中華書局，1985 年。

21. 吳衡照：《蓮子居詞話》，收入唐圭璋編：《詞話叢編》第 3 冊，北京：中華書局，2005 年。

22. 李延壽：《北史》，北京：中華書局，1987 年。

23. 李昉：《文苑英華》，臺北：新文豐出版公司，1979 年。

24. 李昉等：《太平御覽》，收入《景印文淵閣四庫全書》第 894 冊，臺北：臺灣商務印書館，1983 年。

25. 李漁：《閒情偶記》，收入馬漢茂輯：《李漁全集》第 5 冊，臺北：成文出版社，1970 年。

26. 李漁：《窺詞管見》，收入唐圭璋編：《詞話叢編》第 1 冊，北京：中華書局，2005 年。

27. 李調元：《賦話》，臺北：世界書局，1974 年。

28. 辛更儒：《辛棄疾資料彙編》，北京：中華書局，2007 年。

29. 沈作喆：《寓簡》，收入《叢書集成初編》，第 296 冊，北京：中華書局，1985 年。

30. 沈約：《宋書》，臺北：鼎文書局，1979 年。

31. 沈祥龍：《論詞隨筆》，收入唐圭璋編：《詞話叢編》第 5 冊，北京：中華書局，2005 年。

32. 沈謙：《填詞雜說》，收入唐圭璋編：《詞話叢編》第 1 冊，北京：中華書局，2005 年。

33. 周義敢、周雷編：《秦觀資料彙編》，北京：中華書局，2001 年。

34. 周濟：《宋四家詞選》，收入唐圭璋編：《詞話叢編》第 2 冊，北京：中華書局，2005 年。

35. 周濟：《介存齋論詞雜著》，收入唐圭璋編：《詞話叢編》，第 1 冊，北京：中華書局，2005 年。

36. 房玄齡等：《晉書》，北京：中華書局，1987 年。

37. 況周頤：《歷代詞人考略》，見朱崇才編：《詞話叢編續編》第 3 冊，北京：人民文學出版社，2010 年。

38. 況周頤：《蕙風詞話》，收入唐圭璋編：《詞話叢編》第 5 冊，北京：中華書局，2005 年。

39. 金啓華等：《唐宋詞集序跋匯編》，臺北：臺灣商務印書館，1993 年。

40. 洪興祖：《楚辭補注》，臺北：頂淵文化，2005 年。

41. 紀昀等：《四庫全書總目提要》，石家莊：河北人民出版社，2000 年。

42. 胡仔：《苕溪漁隱叢話》，臺北：木鐸出版社，1982 年。

43. 孫光憲：《北夢瑣言》，收入《景印摛藻堂四庫全書薈要》第 278 冊，臺北：世界書局，1988 年。

44. 孫梅：《四六叢話》，臺北：世界書局，1962 年。

45. 徐師曾《文體明辨序說》，北京：人民文學出版社，1998 年。

46. 徐釚：《詞苑叢談》，見朱崇才編：《詞話叢編續編》第 1 冊，北京：人民文學出版社，2010 年。

47. 浦銑：《歷代賦話校證》，上海：上海古籍出版社，2007 年。

48. 班固：《漢書》，北京：中華書局，1987 年。

49. 祝堯：《古賦辨體》，收入王冠編：《賦話廣聚》第 2 冊，北京：北京圖書館出版社，2006 年。

50. 祝穆：《方輿勝覽》，收入《景印文淵閣四庫全書》第 471 冊，臺北：臺灣商務印書館，1986 年。

51. 袁枚：《隨園詩話》，臺北：宏業書局，1987 年。

52. 張玉書等：《佩文齋詠物詩選》，收入《景印文淵閣四庫全書》第 1432 冊，臺北：臺灣商務印書館，1983 年。

53. 張岱：《夜航船》，收入《續編四庫全書》第 1135 冊，上海：上海古籍出版社，2002 年。

54. 張炎：《詞源》，收入唐圭璋編：《詞話叢編》第 1 冊，北京：中華書局，2005 年。

55. 張德瀛：《詞徵》，收入唐圭璋編：《詞話叢編》第 5 冊，北京：中華書局，2005 年。

56. 張璋、黃畬編:《全唐五代詞》,臺北:文史哲出版社,1986 年。

57. 脫脫等:《宋史》,北京:中華書局,1985 年。

58. 許昂霄:《詞綜偶評》,收入唐圭璋編:《詞話叢編》第 2 冊,北京:中華書局,2005 年。

59. 陳元龍:《御定歷代賦彙》,京都:中文出版社,1974 年。

60. 陳廷焯:《白雨齋詞話》,上海:上海古籍出版社,2009 年。

61. 陳廷焯:《詞則》,上海:上海古籍出版社,1984 年。

62. 陳師道:《後山詩話》,收入吳文治編:《宋詩話全編》第 2 冊,南京:江蘇古籍出版社,1998 年。

63. 陳振孫:《直齋書錄解題》,收入鄧子勉編:《宋金元詞話全編》中冊,南京:鳳凰出版社,2008 年。

64. 陳模:《懷古錄》,收入鄧子勉編:《宋金元詞話全編》中冊,南京:鳳凰出版社,2008 年。

65. 章學誠:《校讎通義》,臺北:中華書局,1966 年。

66. 傅璇琮等:《全宋詩》,北京:北京大學出版社,1998 年。

67. 程大昌:《雍錄》,臺北:藝文印書館,1970 年。

68. 費振剛:《全漢賦》,北京:北京大學出版社,1997 年。

69. 黃昇:《花庵詞選》,收入《景印文淵閣四庫全書》第 1489 冊,臺北:臺灣商務印書館,1986 年。

70. 黃蘇:《蓼園詞評》,收入唐圭璋編:《詞話叢編》第 4 冊,北京:中華書局,2005 年。

71. 楊家駱:《全上古三代秦漢三國六朝文》,臺北:世界書局,1969 年。

72. 楊慎:《詞品》,收入唐圭璋編:《詞話叢編》第 1 冊,北京:中華書局,2005 年。

73. 劉熙載:《藝概》,臺北:漢京文化,1985 年。

74. 劉體仁:《七頌堂詞繹》,收入唐圭璋編:《詞話叢編》第 1 冊,北京:中華書局,2005 年。

75. 歐陽脩等:《新唐書》,北京:中華書局,1987 年。

76. 潛說友:《咸淳臨安志》,臺北:成文出版社,1970 年。

77. 蔣敦復:《芬陀利室詞話》,收入唐圭璋編:《詞話叢編》第 4 冊,北京:中華書局,2005 年。

78. 蔡嵩雲:《柯亭詞論》,收入唐圭璋編:《詞話叢編》第 5 冊,北京:

中華書局，2005 年。

79. 蕭統：《昭明文選》，臺北：華正書局，1995 年。

80. 戴聖：《禮記》，收入《十三經注疏》第 5 冊，臺北：藝文印書館，1989 年。

81. 謝章鋌：《賭棋山莊詞話》，收入唐圭璋編：《詞話叢編》第 4 冊，北京：中華書局，2005 年。

82. 羅大經：《鶴林玉露》，臺北：臺灣開明書局，1975 年。

83. 譚獻：《譚評詞辨》，臺北：廣文書局，1962 年。

84. 顧從敬：《類編草堂詩餘》，收入《中國基本古籍庫》，合肥：黃山書社，2009 年。

二、近人專著

1. 孔凡禮：《蘇軾詩集》，北京：中華書局，2009 年。

2. 木齋：《宋詞體演變史》，北京：中華書局，2008 年。

3. 王更生：《文心雕龍讀本》，臺北：文史哲出版社，2004 年。

4. 王良友：《中唐五大家律賦研究》，臺北：文津出版社，2008 年。

5. 王隆生：《宋詞的登望意識與境界》，臺北：文津出版社，1998 年。

6. 王偉勇：《南宋詞研究》，臺北：文史哲出版社，1987 年。

7. 丘瓊蓀：《詩賦詞曲概論》，臺北：臺灣中華書局，1983 年。

8. 白玉崢：《史通通釋》，臺北：藝文印書館，1978 年。

9. 宇文所安：《初唐詩》，臺北：聯經出版事業公司，2007 年。

10. 朱光潛：《文藝心理學》，臺北：頂淵文化，2007 年。

11. 朱光潛：《詩論》，臺北：頂淵文化，2003 年。

12. 何沛雄：《漢魏六朝賦論集》，臺北：聯經出版事業公司，1990 年。

13. 何沛雄：《賦話六種》，香港：萬有圖書公司，1982 年。

14. 吳世昌：《詩詞論叢》，北京：北京出版社，2000 年。

15. 吳在慶：《杜牧集繫年校注》，北京：中華書局，2008 年。

16. 吳梅：《詞學通論》，南京：江蘇文藝出版社，2008 年。

17. 吳熊和：《唐宋詞匯評》，兩宋卷，杭州：浙江教育出版社，2006 年。

18. 吳熊和：《唐宋詞通論》，上海：上海古籍出版社，2010 年。

19. 李天道：《司馬相如賦的美學思想和地域文化心態》，北京：華齡出

版社，2006 年。

20. 李曰剛：《中國辭賦流變史》，臺北：國立編譯館，1997 年。

21. 李若鶯：《唐宋詞鑑賞通論》，高雄：復文圖書出版社，1996 年。

22. 辛更儒：《辛稼軒詩文箋注》，上海：上海古籍出版社，1995 年。

23. 汪中：《詩品注》，臺北：正中書局，1990 年。

24. 宗白華：《美學的散步》，臺北：洪範書局，2001 年。

25. 林天祥：《北宋詠物賦研究》，臺北：萬卷樓出版社，2004 年。

26. 林玫儀：《詞學考詮》，臺北：聯經出版事業公司，1993 年。

27. 金國永：《司馬相如集校注》，上海：上海古籍出版社，1993 年。

28. 俞陛雲：《唐五代兩宋詞選釋》，臺北：文史哲出版社，1988 年。

29. 施議對：《宋詞正體》，澳門：澳門大學出版中心，1996 年。

30. 施議對：《詞與音樂關係研究》，北京：中華書局，2008 年。

31. 胡亞敏：《敘事學》，武漢：華中師範大學出版社，2008 年。

32. 苗菁：《唐宋詞體通論》，鄭州：中州古籍出版社，1998 年。

33. 夏敬觀：《映庵詞評》，收入《詞學》第五輯，上海：華東師範大學出版社，1986 年。

34. 孫虹：《清眞集校注》，北京：中華書局，2007 年。

35. 孫崇恩等：《辛棄疾研究論文集》，北京：中國文聯出版公司，1993 年。

36. 孫康宜：《晚唐迄北宋詞體演進與詞人風格》，臺北：聯經出版事業公司，2001 年。

37. 孫維城：《宋韻——宋詞人文精神與審美型態探論》，合肥：安徽大學出版社，2002 年。

38. 徐志嘯：《楚辭綜論》，臺北：東大圖書公司，1994 年。

39. 徐柚子：《詞範》，上海：華東師範大學出版社，1993 年。

40. 徐復觀：《中國文學論集》，臺北：臺灣學生書局，2001 年。

41. 馬積高：《賦史》，上海：上海古籍出版社，1998 年。

42. 常國武：《辛稼軒詞集導讀》，北京：中國國際廣播出版社，2009 年。

43. 康金聲：《漢賦縱橫》，山西：山西人民出版社，1992 年。

44. 張正體、張婷婷：《賦學》，臺北：臺灣學生書局，1982 年。

45. 張書文：《楚辭到漢賦的衍變》，臺北：正中書局，1983 年。

46. 張高評：《會通化成與宋代詩學》臺南：成功大學出版組，2000 年。

47. 曹辛華：《唐宋詩詞的文體觀照》，北京：中華書局，2011 年。

48. 曹明海：《文體鑒賞藝術論》，濟南：山東文藝出版社，1992 年。

49. 曹明綱：《賦學概論》，上海：上海古籍出版社，2009 年。

50. 曹淑娟：《漢賦之寫物言志傳統》，臺北：文津出版社，1987 年。

51. 許伯卿：《宋詞題材研究》，北京：中華書局，2007 年。

52. 許東海：《女性‧帝王‧神仙——先秦兩漢辭賦及其文化身影》，臺北：里仁書局，2003 年。

53. 許結：《賦體文學的文化闡釋》，北京：中華書局，2005 年。

54. 許結、徐宗文：《中國賦學》，南京：江蘇教育出版社，2007 年。

55. 郭紹虞：《滄浪詩話校釋》，臺北：東昇出版事業公司，1980 年。

56. 郭維森、許結：《中國辭賦發展史》，南京：江蘇教育出版社，1996 年。

57. 陳匪石：《宋詞舉》，臺北：正中書局，1970 年。

58. 陳滿銘：《稼軒詞研究》，臺北：文津出版社，1980 年。

59. 陳滿銘：《詞林散步——唐宋詞結構分析》，臺北：萬卷樓出版社，2000 年。

60. 陳鵬翔：《主題學理論與實踐》，臺北：萬卷樓出版社，2001 年。

61. 章炳麟：《國故論衡》，上海：上海古籍出版社，2003 年。

62. 單芳：《南宋辛派詞人研究》，成都：巴蜀書社，2009 年。

63. 曾大興：《柳永和他的詞》，廣州：中山大學出版社，1990 年。

64. 程章燦：《魏晉南北朝賦史》，南京：江蘇古籍出版社，2001 年。

65. 童慶炳：《文體與文體的創造》，昆明：雲南人民出版社，1999 年。

66. 童慶炳：《中國古代心理詩學與美學》，臺北：萬卷樓出版社，1994 年。

67. 馮小祿：《漢賦書寫策略與心態建構》，北京：人民出版社，2010 年。

68. 黃文吉：《宋南渡詞人》，臺北：臺灣學生書局，1985 年。

69. 黃文吉：《北宋十大詞家研究》，臺北：文史哲出版社，1995 年。

70. 黃水雲：《六朝駢賦研究》，臺北：文津出版社，1999 年。

71. 黃水雲：《歷代辭賦通論》，臺北：文津出版社，2008 年。

72. 黃墨谷：《重輯李清照集》，北京：中華書局，2009 年。

73. 黑格爾：《歷史哲學》，臺北：里仁書局，1994 年。

74. 楊海明：《唐宋詞主題探索》，高雄：麗文文化，1995 年。

75. 楊海明：《唐宋詞美學》，鎮江：江蘇大學出版社，2010 年。

76. 萬光治：《漢賦通論》，北京：華齡出版社，2006 年。

77. 葉嘉瑩：《中國詞學的現代觀》，臺北：大安出版社，1999 年。

78. 葉嘉瑩：《南宋名家詞講錄》，天津：天津古籍出版社，2005 年。

79. 葉嘉瑩：《迦陵論詞叢稿》，臺北：明文書局，1987 年。

80. 葉嘉瑩：《唐宋詞名家論集》，臺北：桂冠圖書股份有限公司，2003 年。

81. 葉嘉瑩：《照花前後鏡——詞之美感特質的形成與演進》，新竹：清華大學出版社，2007 年。

82. 葉嘉瑩：《葉嘉瑩談詞》，天津：南開大學出版社，2010 年。

83. 路成文：《宋代詠物詞史論》，北京：商務印書館，2005 年。

84. 鄒同慶、王宗堂：《蘇軾詞編年校注》，北京：中華書局，2007 年。

85. 廖國棟：《建安辭賦之傳承與拓新——以題材及主題爲範圍》，臺北：文津出版社，2000 年。

86. 廖蔚卿：《漢魏六朝文學論集》，臺北：大安出版社，1997 年。

87. 熊良智：《辭賦研究》，北京：商務印書館，2006 年。

88. 褚斌杰：《中國古代文體學》，臺北：臺灣學生書局，1991 年。

89. 趙逵夫：《歷代賦評著》，成都：巴蜀書社，2010 年。

90. 劉永濟：《唐五代兩宋詞簡析》，北京：中華書局，2007 年。

91. 劉永濟：《詞論》，臺北：源流出版社，1982 年。

92. 劉若愚：《北宋六大詞家》，臺北：幼獅文化事業公司，1986 年。

93. 劉師培：《左盦集》，收入南桂馨、錢玄同編：《劉申叔先生遺書》第 3 冊，臺北：大新書局，1965 年。

94. 劉揚忠：《辛棄疾詞心探微》，濟南：齊魯書社，1989 年。

95. 蔣長棟：《中國韻文文體演變史研究》，長沙：岳麓書社，2008 年。

96. 蔣哲倫：《詞別是一家》，上海：上海社會科學院出版社，2006 年。

97. 蔡義江、蔡國黃：《辛稼軒年譜》，濟南：齊魯書社，1987 年。

98. 鄭倖朱：《蘇軾以賦爲詩研究》，臺北：文津出版社，1998 年。

99. 鄧廣銘：《辛稼軒年譜》，上海：上海古籍出版社，1997 年。

100. 鄧廣銘：《稼軒詞編年箋注》，臺北：華正書局，2007 年。

101. 錢鐘書：《管錐篇》，臺北：書林出版有限公司，1990 年。

102. 簡宗梧：《漢賦史論》，臺北：東大圖書公司，1993 年。

103. 簡宗梧：《漢賦源流與價值之商榷》，臺北：文史哲出版社，1980年。

104. 簡宗梧：《賦與駢文》，臺北：臺灣書店，1998 年。

105. 鄺健行：《詩賦合論稿》，南京：江蘇古籍出版社，2002 年。

106. 蘇慧霜：《騷體的發展與衍變》，臺北：文津出版社，2007 年。

107. 龔本棟：《辛棄疾評傳》，南京：南京大學出版社，1998 年。

108. 龔克昌：《中國辭賦研究》，濟南：山東大學出版社，2010 年。

109. 龔克昌：《漢賦研究》，濟南：山東文藝出版社，1990 年。

110. 宇野直人：《柳永論稿》，上海：上海古籍出版社，1998 年。

111. 村上哲見：《唐五代北宋詞研究》，陝西：陝西人民出版社，1987年。

112. 鈴木虎雄：《賦史大要》，臺北：正中書局，1976 年。

113. James. J. Y .Liu ,*Major Lyricists of the Northern Sung*，Princeton：Princeton Univ.Press,1974。

三、期刊論文

1. 小林春代：〈清眞慢詞的網狀框架及其解讀〉，《天津師範大學學報社會科學版》2001 年第 6 期，頁 67～71。

2. 尹占華：〈唐宋賦的詩化與散文化〉，《西北師範大學學報社會科學版》1999 年第 1 期，頁 9～14。

3. 王兆鵬：〈宋詞流變史論綱〉，《湖北大學學報》哲社版，1997 年第5 期，頁 1～6。

4. 王兆鵬：〈懷古詠史詞〉，《古典文學知識》2006 年第 5 期，頁 10～20。

5. 王偉勇：〈兩宋豪放詞之典範與突破──以蘇辛雜體詞爲例〉，《文與哲》第 10 期，2007 年 6 月，頁 325～359。

6. 王德華〈騷體「兮」字表徵作用及限度──兼論唐前騷體兼融多變的句式特徵〉，《浙江大學學報人文社會科學版》第 38 卷第 5 期，2008 年 9 月，頁 84～91。

7. 王曉衛：〈魏晉的鸚鵡賦與當時文士的英才情結〉，《貴州大學學報》（社會科學版）第 22 卷第 2 期，2003 年 3 月，頁 48～51。

8. 江秀梅：〈魏晉南北朝詩賦合流現象初探〉，《輔大中研所學刊》第

5 期，1995 年 9 月，頁 199～222。

9. 何玉蘭：〈試論宋人的「以賦爲學」〉，《中國文學研究》1994 年第 1 期，頁 41～45。

10. 吳惠娟：〈試論北宋詞發展的重要途徑——賦化〉，《宋代文學研究叢刊》第 6 期，2000 年 12 月），頁 243～254。

11. 李智仁：〈論柳永的宋詞革命〉，《湖南工業職業技術學院學報》2006 年第 1 期，頁 64～66。

12. 李嘉瑜：〈論「以賦爲詞」的形成——以柳永、周邦彥詞爲例〉，《國立編譯館館刊》第 29 卷第 1 期 2000 年 6 月，頁 133～148。

13. 周玲：〈論張先詞的創新〉，《唐都學刊》2001 年第 4 期，頁 78～81。

14. 孟光全：〈論詩、賦、敘事文學在清眞詞中的滲透及其意義〉，《內江師範學院學報》2004 年第 3 期，頁 92～95。

15. 易勤華：〈線性美與環形美——柳永、周邦彥詞結構型態比較〉，《懷化師專學報》1994 年第 3 期，頁 39～42。

16. 孫雪霄：〈以賦爲詞：柳永的市井之「俗」〉，《河北學刊》2011 年第 1 期，頁 255～257。

17. 孫維城：〈論宋玉〈高唐〉、〈神女〉賦對柳永登臨詞及宋詞的影響〉，《文學遺產》1996 年第 5 期，頁 62～69。

18. 孫維城：〈論張先「以小令作法寫慢詞」〉，《安慶師範學院學報社會科學版》1997 年第 2 期，頁 52～57。

19. 徐公持：〈詩的賦化與賦的詩化〉，《文學遺產》，1992 年第 1 期，頁 16～25。

20. 徐培鈞：〈試論秦觀的賦作賦論及其與詞的關係〉，《中國韻文學刊》1997 年第 2 期，頁 11～17。

21. 袁行霈：〈以賦爲詞——試論清眞詞的藝術特色〉，《北京大學學報哲學社會科學版》1985 年第 5 期，頁 67～72。

22. 高莉芬：〈六朝詩賦合流現象之一考察——賦語言功能之轉變〉，《語文學報》第 4 期，1997 年 6 月，頁 203～225。

23. 張高評：〈破體與宋詩特色之形成〉，《成大中文學報》第 2 期（1994 年 2 月），頁 73～111。

24. 張進：〈論柳永詞的「賦法」〉，《陝西廣播電視大學學報》2004 年第 3 期，頁 57～59。

25. 張麗華：〈秦觀賦論與詩詞創作〉，《中國礦業大學學報》2004 年第 3 期，頁 91～95。

26. 曹辛華：〈論唐宋詞與小賦之關聯〉，《宋代文學研究叢刊》第 7 期，2001 年 12 月，頁 251～270。

27. 曹辛華：〈論唐宋詞體演進與律賦之關係〉，《宋代文學研究叢刊》第 4 期，1998 年 12 月，頁 185～200。

28. 曹明綱：〈唐代律賦的形成、發展和程式特點〉，《學術研究》1994 年第 4 期，頁 115～119。

29. 郭建勛、曾偉偉：〈詩體賦的界定與文體特徵〉，《求索》2005 年第 4 期，頁 139～142。

30. 郭建勛：〈論文體賦對楚辭的接受〉，《新亞論叢》2004 年第 1 期，頁 124～145。

31. 陳福升：〈論詞中用典與唐宋詞的發展〉，《內蒙古社會科學》2003 年第 24 卷第 3 期，頁 106～107。

32. 楊遺旗、唐文：〈推動唐代律賦形成的兩股內生力量——「詩化」與「文化」〉，《社會科學家》2009 年第 10 期，頁 23～27。

33. 廖國棟：〈試論辛棄疾「以賦為詞」的藝術表現技巧〉，《宋代文學研究叢刊》第 2 期 1996 年 9 月，頁 475～513。

34. 趙仁珪：〈宋詞結構的發展〉，《北京師範大學學報社會科學版》1996 年第 3 期，頁 75～83。

35. 劉乃昌：〈論賦對宋詞的影響〉，《文史哲》1990 年第 5 期，頁 84～86。

36. 劉培：〈文賦的形成〉，《齊魯學刊》2004 年第 1 期，頁 14～18。

37. 劉培：〈說理與感悟——論北宋文賦的兩種走向〉，《南京師範大學文學院學報》2005 年第 2 期，頁 125～129。

38. 劉湘蘭：〈論賦的敘事性〉，《學術研究》2007 年第 6 期，頁 128～133。

39. 蔡玲婉：〈李白詩的知己意識〉，《南師學報》人文與社會類，第 38 卷第 1 期 2004 年 4 月，頁 217～236。

40. 韓水仙：〈慢詞風致與賦體手法〉，《洛陽師範學院學報》2002 年第 6 期，頁 64～66。

41. 簡宗梧：〈賦的可變基因與其突變——兼論賦體蛻變之分期〉，《逢甲人文社會學報》第 12 期，2006 年 6 月，頁 1～26。

42. 簡宗梧：〈賦與類書關係之考察〉，《第五屆國際辭賦學學術研討會論文集》，漳州：漳州師範學院，2001 年。

43. 鄺健行：〈律賦論體〉，《四川師範大學學報社會科學版》2005 年第 1 期，頁 68～74。

44. 羅忼烈：〈清眞詞與少陵詩〉，《詞學》第 4 輯，上海：華東師範大學出版社，1986 年，頁 1～20。

45. 蘇杭雲：〈楚辭在藝術形式上的地方特色〉，《思想戰線》1980 年第 6 期，頁 69～75。

四、學位論文

1. 李華：《魏晉動物賦研究》，濟南：山東師範大學中國古代文學研究所碩士論文，2008 年。

2. 佘筠珺：《清眞「以賦爲詞」探論》，臺北：臺灣大學中文研究所碩士論文，2008 年。

3. 孟慶光：《宋代應制詞研究》，上海：華東師範大學中國語言文學系碩士論文，2009 年。

4. 祁立峰：《六朝詩賦合流現象之新探》，臺北：政治大學中國文學研究所碩士論文，2005 年。

5. 馬寶蓮：《唐律賦研究》，臺北：文化大學中文研究所博士論文，1992 年。

6. 張秋麗：《漢魏六朝紀行賦研究》，臺北：政治大學中國文學研究所碩士論文，1996 年。

7. 陳婉儀：《漢賦中的「中心」與「四方」書寫及其文化意涵研究》，臺北：國立政治大學中國文學研究所碩士論文，2008 年。

8. 陳淑美：《稼軒詞用典分類研究》，臺北：臺灣大學中國文學研究所碩士論文，1967 年。

9. 董豔梅：《柳永慢詞居多現象解析及其慢詞作品研究》，武漢：中南民族大學中國古代文學研究所碩士論文，2009 年。

10. 劉子芳：《唐代寓言賦的藝術特色及地位研究》，桂林：廣西師範大學中國古代文學研究所碩士論文，2008 年。

11. 劉軼男：《夢窗詞賦化之研究》，曲阜：曲阜師範大學中國古代文學研究所碩士論文，2008 年。

附錄一　辛棄疾以賦為詞之表現

序號	頁碼	詞　牌	賦化表現	實　　例
1	11	念奴嬌	諷諭精神	兒輩功名都付與，長日惟消棋局。江頭風怒，朝來波浪翻屋。
2	24	聲聲慢	鋪敘	自「天上栽花」至末，從各角度抒寫木犀。
3	27	水調歌頭	堆疊典故	用蘇秦、李白、《列子》、杜甫、班超、王粲等典故。
4	34	水龍吟	諷諭精神	獻愁供恨、「把吳鉤看了」四句、「可惜流年」至末。
5	39	摸魚兒	鋪敘	「望飛來半空鷗鷺」四句、「看紅旆驚飛」三句、「憑誰問」至「功名自誤」。
6	45	滿江紅	鋪排對偶	「破敵」二句、「腰間劍」四句、「馬革」二句、「楚樓風」二句。
7	56	滿江紅	鋪敘、諷諭精神	鋪敘：「直節堂堂」至「浩歌莫遣魚龍泣」。 諷諭：末二句。（曲終奏雅）
8	57	滿江紅	鋪敘	「琴裡新聲風響珮」至末。
9	58	水調歌頭	堆疊典故	用苻堅、杜預、匈奴首領冒頓、北魏太武帝、蘇秦、李衡、李廣等典故。
10	66	摸魚兒	堆疊典故、諷諭精神	典故：漢孝武帝陳皇后、楊貴妃、趙飛燕等，連續且集中使用女性人物典故。 諷諭：「長門事」至末。
11	70	滿江紅	堆疊典故	用曹景宗、諸葛亮南征、華歆、陸賈、元結等典。

12	73	木蘭花慢	堆疊典故	用漢高祖劉邦都漢中及滅三秦、韓信、張良、沈約典。寫張仲固者，均爲楚漢相爭之典故。
13	78	滿江紅	堆疊典故	用馬周、蘇秦、馮諼、杜甫、終軍、龔遂、賈誼等典故。
14	90	賀新郎	鋪敘	「高閣」句至「映悠悠潭影長如故」、「王郎」句至「競傳佳句」、「爲倚」至「快江風一瞬澄襟暑」。
15	92	沁園春	鋪排對偶	「雲山自許」四句、「驚弦雁避」二句、「小舟行釣」四句、「秋菊堪餐」二句。
16	93	沁園春	鋪排對偶	「東風吹墮」四句、「我行南浦」四句、「落帽山前」二句。
17	122	六幺令	堆疊典故	刻意使用陸機、陸龜蒙、陸績、陸抗、陸贄、陸羽等陸氏典。
18	135	賀新郎	模擬仿效	詞境近似屈賦，充滿幽渺迷離情思。
19	137	賀新郎	堆疊典故	用白居易〈長恨歌〉、〈琵琶行〉及李白等詩意、王昭君、賀懷智等典故。
20	145	水龍吟	堆疊典故	用晉元帝、桓溫、王導、王衍、裴度、平泉莊、謝安等典故。
21	153	水龍吟	堆疊典故	用柳公權詩、潁川韓氏、屈原、韓琦、項羽、張翰典故。
22	159	千年調	諷諭精神	諷刺隨人稱好者。
23	175	水龍吟	鋪排對偶、想像出奇	對偶：「蜂房萬點」六句、「怒濤聲遠」二句。 想像：「蜂房萬點」三句、「又說春雷鼻息」二句、「洞庭張樂」二句。
24	176	山鬼謠	模擬仿效	「看君」二句、「昨夜龍湫風雨」至末。仿擬騷賦。
25	177	蝶戀花	模擬仿效	仿擬〈離騷〉。
26	182	念奴嬌	鋪敘	「念花何似」至「曾入揚州詠」、「最憶當年」至末。
27	190	滿江紅	鋪敘	自始至末寫交誼之情。
28	202	最高樓	鋪敘	「西園買」二句、「風斜畫燭天香夜」至「吳娃粉陣恨誰知」。
29	216	念奴嬌	鋪敘	「少年橫槊」至「拚了光陰費」、「武媚宮中」至末。

30	238	賀新郎	堆疊典故	用陳登、陳遵、《戰國策》汪明、郭隗先生、祖逖、女媧補天典故。
31	253	歸朝歡	堆疊典故	用鄭玄、劉向、孔子、邊韶、祝欽明典故。
32	263	醉翁操	模擬仿效	「人心與吾分誰同」至末。
33	274	念奴嬌	鋪敘	「洞庭春晚」至「不管孤燈明滅」。
34	291	沁園春	鋪排對偶	「李花初發」四句、「白髮重來」二句、「珮搖明月」二句、「西風吹盡」四句、「弔古愁濃」二句。
35	317	水調歌頭	模擬仿效	「余既滋蘭九畹」至「可以濯吾纓」、「悲莫悲生離別」二句。
36	335	瑞鶴仙	鋪敘	「雁霜寒透幙」至上片結束爲正面刻劃，下片轉爲側面描寫。
37	336	念奴嬌	鋪敘	「疎疎淡淡」至「迥然天與奇絕」、「漂泊天涯空瘦損」至「未怕欺他得」。
38	353	沁園春	鋪排對偶	「千丈晴虹」二句、「草堂經歲」四句、「頻教花鳥」四句、「酒聖詩豪」。
39	355	水龍吟	模擬仿效	心境近似屈原，故仿擬騷賦。
40	360	水龍吟	模擬仿效	仿擬〈高唐賦〉、〈神女賦〉、〈洛神賦〉。
41	376	沁園春	鋪敘	「疊嶂西馳」至「缺月初弓」、「檢校長身十萬松」至「風雨聲中」、「爭先見面重重」至「如對文章太史公」。
42	377	沁園春	鋪排對偶	「有酒忘杯」二句、「縱橫斗轉」四句、「嫋嫋東風」二句、「菖蒲攢港」二句、「只因魚鳥」四句、「芳草春深」二句。
43	380	賀新郎	鋪敘	「逸氣軒眉宇」至「目斷三山伊阻」。
44	383	水調歌頭	模擬仿效	「我亦卜居者」至「泛泛不作水中鳧」、「舞鳥有」三句。
45	386	沁園春	假設問對	假設與酒杯之對答。
46	387	沁園春	堆疊典故、假設問對	典故：用杜甫詩意、酈食其、楊修、杜宣杯弓蛇影、陶潛、屈原、晉元帝、邴原典故。 問對：假設與酒杯之對答。
47	401	滿江紅	鋪敘	「我對君侯」至「散花更滿維摩室」。

48	408	木蘭花慢	模擬仿效、想像出奇、諷諭精神	仿擬〈天問〉。 想像與科學暗合，長鯨與玉兔等亦透顯作者之奇思妙想。
49	427	蘭陵王	堆疊典故、諷諭精神	用萇弘、鄭人緩、望夫石、夏后啓母、莊周夢蝶典故。
50	428	六州歌頭	假設問對、模擬仿效	問對：假設與鶴對答。 仿擬：模仿〈七發〉及〈鵬鳥賦〉。
51	430	沁園春	鋪排對偶	「長身玉立」四句、「文爛卿雲」二句、「他年帷幄」四句、「人道陰功」二句、「幾枝丹桂」二句。
52	437	水調歌頭	想像出奇	「摩挲素月」至「我亦蝨其間」寫登月之奇妙境遇。所用詞語亦多爲賦篇成句。
53	449	念奴嬌	堆疊典故	用林逋、龔勝、龔舍、梅福、白居易、李白典故。
54	473	賀新郎	鋪敘	全詞一肚皮不合時宜。
55	497	水調歌頭	鋪排對偶	「十里深窈窕」二句、「青山屋下」二句、「眞得歸來笑語」二句、「王家竹」三句、「莫向癡兒說夢」二句。
56	499	喜遷鶯	模擬仿效	「休說」至「芳至今猶未歇」。
57	513	千年調	模擬仿效	「左手把青霓」至「賜汝蒼壁」、「余馬懷」三句。
58	515	賀新郎	想像出奇	「我見青山多嫵媚」四句、「回首叫雲飛風起」三句。
59	517	柳梢青	模擬仿效	仿擬「八難之辭」，近似賦體求全、求備精神。
60	523	賀新郎	堆疊典故	用莊子濮上、濠梁、嚴光、巢父、許由、王導典故。
61	527	賀新郎	堆疊典故	用王昭君、陳皇后、莊姜、李陵、蘇武、荊軻典故。
62	529	永遇樂	鋪敘	「烈日秋霜」至「椒桂擣殘堪吐」、「世間應有」三句、「但贏得靬紋縐面」二句。
63	540	漢宮春	諷諭精神	「看亂雲急雨」二句、「長空萬里」四句、「君不見玉亭謝館」二句。

64	545	上西平	鋪敘	「九衢中」三句、「何如竹外」四句、「紛如闘」五句。
65	553	永遇樂	堆疊典故	用孫權、劉裕、拓拔燾、廉頗及劉義隆故事。
66	561	六州歌頭	鋪敘	「西湖萬頃」至「鼓咽咽」、「韓獻子」至末。
67	572	念奴嬌	堆疊典故	用華歆、邴原、管寧、李適之、張良、韓信、蕭何、魏信陵君、周公典故。
68	575	綠頭鴨	鋪敘	「歎飄零」至「拜月處蛛網先成」、「笑此夕金釵無據」二句。

賦化數量小計：

項　目	數　量	比　例
鋪敘	20	26.32%
鋪排對偶	9	11.84%
堆疊典故	19	25%
想像出奇	4	5.26%
假設問對	3	3.95%
模擬仿效	13	17.11%
諷諭精神	8	10.53%

附錄二　辛棄疾用賦作成句、典故入詞表

序號	頁碼	分類	詞牌	實　例	出　處
1	40	騷賦	滿江紅	只是賦行雲，襄王客。	宋玉典
2	75	騷賦	阮郎歸	如今憔悴賦〈招魂〉。	〈招魂〉
3	117	騷賦	水調歌頭	虎豹九關開。	〈招魂〉
4	153	騷賦	水龍吟	蘭佩空芳，蛾眉誰妒？	〈離騷〉
5	220	騷賦	水龍吟	雷鳴瓦釜，甚黃鍾啞？	〈卜居〉
6	233	騷賦	沁園春	高吟楚些，重與〈招魂〉。	〈招魂〉
7	257	騷賦	水調歌頭	長劍倚天誰問？	〈大言賦〉
8	263	騷賦	醉翁操	人心與吾兮誰同……等	〈九章〉、〈招魂〉、〈九辯〉
9	264	騷賦	踏莎行	當年宋玉悲如許。	宋玉典
10	265	騷賦	踏莎行	窗前且把〈離騷〉讀。	〈離騷〉
11	271	騷賦	虞美人	蘭湯	〈九歌〉
12	274	騷賦	念奴嬌	賦了〈高唐〉猶想像。	〈高唐賦〉
13	290	騷賦	沁園春	更上有青楓下有溪……等	〈招魂〉、〈九歌〉
14	291	騷賦	沁園春	看珮搖明月，衣捲青霓……等	〈九章〉、〈九歌〉
15	292	騷賦	沁園春	屈宋降旗。	屈原、宋玉典
16	299	騷賦	生查子	聽讀〈離騷〉去。	〈離騷〉
17	317	騷賦	水調歌頭	余既滋蘭九畹……等	〈離騷〉、〈九歌〉
18	337	騷賦	水龍吟	倚天萬里須長劍。	〈大言賦〉
19	357	騷賦	蘭陵王	紉蘭結佩帶杜若。	〈離騷〉

20	377	騷賦	沁園春	問人間誰似，老子婆娑？	〈神女賦〉
21	380	騷賦	賀新郎	蘭珮芳菲無人問……等	〈離騷〉
22	383	騷賦	水調歌頭	我亦卜居者、昂昂千里……等	屈原典、〈卜居〉
23	407	騷賦	木蘭花慢	與客朝餐一笑……等	〈離騷〉
24	437	騷賦	水調歌頭	疇昔夢登天……等	〈九章〉、〈九歌〉
25	441	騷賦	水調歌頭	手把〈離騷〉讀遍……等	〈離騷〉
26	467	騷賦	玉蝴蝶	向空江誰捐玉珮……等	〈九歌〉
27	503	騷賦	西江月	紉蘭結珮有同心。	〈離騷〉
28	520	騷賦	水龍吟	從此蘭生蕙長……等	〈九章〉
29	27	其他	水調歌頭	何處依劉客……等	王粲典、〈登樓賦〉
30	61	辭賦	南鄉子	漸見凌波羅襪步。	〈洛神賦〉
31	80	辭賦	賀新郎	柳暗凌波路……等	〈洛神賦〉、〈西都賦〉
32	134	辭賦	小重山	羅襪生塵凌波去。	〈洛神賦〉
33	203	辭賦	生查子	要寄揚雄宅。	揚雄典
34	257	辭賦	水調歌頭	賦〈登樓〉。	〈登樓賦〉
35	292	辭賦	沁園春	誰識相如。	司馬相如典
36	311	辭賦	賀新郎	試呼來草賦看司馬……等	司馬相如典
37	380	辭賦	賀新郎	兒曹不料揚雄賦……等	〈甘泉賦〉
38	383	辭賦	水調歌頭	舞烏有……等	〈子虛賦〉
39	437	辭賦	水調歌頭	鴻鵠一再高舉……等	蘇軾典、〈惜誓〉
40	447	辭賦	賀新郎	問烏有。	〈子虛賦〉
41	491	辭賦	卜算子	烏有先生也。	〈子虛賦〉
42	558	辭賦	瑞鷓鴣	不是長卿終慢世。	司馬相如典
43	128	其他	水調歌頭	落佩倒冠吾事。	〈晚晴賦〉
44	167	其他	江神子	當年綵筆賦〈蕪城〉。	〈蕪城賦〉
45	325	其他	滿江紅	明月何妨千里隔。	〈月賦〉

*除騷賦與辭賦外，其他類型賦作數量較少，因此歸於「其他」類說明。

附錄三　未列入賦化詞作舉隅
（以鋪敍展衍爲主）

頁　碼	詞　牌	非賦化原因	說　　明
129	水調歌頭	上片寫景，下片寫情。未集中鋪陳鈎勒，使描寫對象不夠清晰具體。	如頁 129〈水調歌頭〉上片針對雲洞反覆抒寫，然下片轉而寫情，未再繼續刻劃雲洞。
274	念奴嬌		
296	水龍吟		
309	賀新郎		
337	水龍吟		
372	水調歌頭	於所刻劃之物，描寫不夠貼切。	如頁 450〈念奴嬌〉以南朝何遜、劉孝綽、沈約、謝朓四人及商山四皓刻劃四株古梅，商山四皓雖可勉強形容古梅樹齡，然南朝四人實難與古梅有所聯繫。而以李白及白居易之「白」以對應古梅之白，亦略嫌不切。
450	念奴嬌		
273	念奴嬌	部分段落未使用鋪敍，減弱鋪敍效果。	如頁 431〈沁園春〉上片寫吳紹古，下片則著重寫自己情志，鋪敍程度減弱。
431	沁園春		
451	滿江紅		
472	賀新郎		
507～508	鷓鴣天	限於篇幅過短，未能據以論斷。	自（占斷雕欄只一株）至（濃紫深黃一畫圖），一而再，再而三的刻劃牡丹，近於賦體連續刻劃；合觀雖同於鋪敍作法，然因篇幅過短，若僅就單闋而論，未能成爲證據，故本文列出略作說明。